manantial

ALFONSO GROSSO

FLORIDO MAYO

PLAZA & JANES, S. A.
EDITORES

Portada de

C. SANROMA

Editado por PLAZA & JANES, S. A., Editores
Virgen de Guadalupe, 21-33
Esplugas de Llobregat (Barcelona)

Printed in Spain — Impreso en España
ISBN: 84-01-46035-2 — Depósito Legal: B. 21.190 - 1976
(ISBN: 84-204-2053-0. Publicado anteriormente por Ediciones Alfaguara.)

GRAFICAS GUADA, S. A. — Virgen de Guadalupe, 33
Esplugas de Llobregat (Barcelona)

Para mi madre (1906-1949)

IN MEMORIAM

ESPEJISMOS

Que a esas sombras remotas no perturbe
En los limbos finales de la nada
Tu memoria como un remordimiento.
Este cónclave fantasmal que los evoca,
Ofreciendo tu sangre tal bebida propicia
Para hacer a los idos visibles un momento,
Perdón y paz os traiga a ti y a ellos.

LUIS CERNUDA

»*Sic Transit Gloria Mundi,* Delia. ¡Qué lejos quedaron los invictos días de nuestros desafueros! Me faltó sólo conquistar el penúltimo reducto de tu pudor y llevarte un anochecer al naranjal vestida con el uniforme de las Irlandesas manchado de yeso de encerados, salpicado de lágrimas, uncido de avemarías, recamado de atriciones, sudoroso de axilas, tembloroso de veniales rencores; pero tú y yo sabemos que durante aquellos días, no lectivos para ninguno de los dos, de nuestras vacaciones estivales, mis secretos propósitos no hubieran podido jamás ser llevados a cabo, y a lo único que estuve a punto de llegar en mis desvaríos de convertirte en una Frégoli adolescente fue a hacer contigo, simple y llanamente, el amor aquella mañana de setiembre, y no en el huerto de naranjos, ni siquiera en el olivar —donde cantaban los búhos y saciaban su voracidad los estorninos—, sino en el mismo altillo del *club*, hasta donde subimos con el pretexto de encontrar las desaparecidas raquetas australianas que, según nos asegurara el conserje, había dejado olvidadas años atrás la sin par Laura, muerta el invierno anterior en circunstancias un tanto misteriosas aunque no necesariamente imprevisibles conociéndose sus debilidades. Quedaste desnuda bajo el tragaluz, y, por primera vez, desnuda te contemplé entre viejas redes inservibles y victoriosos trofeos ya marchitos, de espaldas a la encalada jamba del postigo entreabierto hasta donde se asomaban los morados racimos florales de la trinitaria; mas sin saberlo, ni siquiera seguramente advertirlo, defraudaste mis más ardientes anhelos de acariciar juntas tus rodillas y las tablas de tu faldita plisada, la suave hondonada de tu vientre y las tirantas de tu ajustador; al unísono tus cabellos —que despeinaste— y el cupido de raso azul que los sujetara; dos texturas, la de la cintita ribeteada de seda y la de tu pelo liso, casi esquimal, de un castaño claro, oloroso de púberes efluvios inapreciados por los olfatos insensibles a la fragancia de ese perfume único que desprendían, con carácter exclusivo, las vírgenes de la burguesía educadas en pensionados de monjas procedentes de la verde Eire y que no era del todo capaz de borrar el largo paréntesis de las vacaciones —pese a los baños de piscina o de mar, las brisas serranas, los conatos de violación, los estupros no consumados, los dormitorios no compartidos y el esperma entre los dedos que no fueran tampoco capaces de enjugar los pañolitos de hilo de los solteros ajuares— porque su verdadera esencia —imposible de sintetizar— estaba alambicada de incienso de capilla con Inmaculada, de injustificadas melancolías, de lana de ancianos colchones mil veces orinados, de tentaciones de Lesbos, de gomas de borrar, de grafito de lápices, de plumas de alondras y de arrobos místicos.

»Nada parece haber cambiado sustancialmente, Delia —desde los días de arreboles de nuestra adolescencia, durante los cuales y pese a tus quince años supieras tan inteligentemente armonizar la potestad de los demonios familiares, los propósitos de enmienda y las absoluciones de tu confesor, el capellán del colegio de las Irlandesas, con los sabios preceptos del Kamasutra, tan tercamente aferrados aún a mi recuerdo y a mi memoria—, en la panorámica de conjunto del aeródromo, o al menos en los más superficiales aspectos de su fisionomía geodésica, exceptuando los límites de su medianería con el olivar y el huerto de naranjos —nuestro jardín de los azahares— donde en ocasiones se rebelaba tu pureza. Serpentea ahora entre ambos, a unos doscientos metros de la cabecera de pista y a algo más de mil quinientos del apeadero ferroviario, una carreterita balizada que es imposible adivinar a dónde conduce exactamente, si a una nueva urbanización o una manufactura del verdeo; los dos anteproyectos se mantuvieron durante años pendientes del vistobueno en la subsecretaría civil del Ministerio del Aire ante la probable expropiación de los terrenos colindantes que transformarían la antigua dehesa —provisionalmente habilitada en el curso de la contienda— y sus aledaños, en un aeropuerto intercontinental capaz de permitir el aterrizaje de los *D.C.-8* y los *Boeing-707*, cuya rentabilidad civil y utilidad castrense fueran finalmente descartadas al sopesarse consideraciones financieras por un lado y estratégicas por otro, y al distar la antigua suerte de tierra desamortizada de la villa de Valdelancina —desmembrada el pasado siglo del patrimonio de la Real Cartuja— casi un centenar de kilómetros del litoral, lo que hubiera encarecido por una parte el precio F. O. B. de los vuelos, y hecho innecesario, desde otra perspectiva, su mantenimiento a nivel defensivo dada su proximidad a la base aeronaval atlántica. Pero el caso es que ahí, enfrente y a la izquierda, se encuentra la nueva carretera con sus balizas de pintura reflectante, sus advertencias y sus prohibiciones, a un tiro de pistola de los anemómetros, las medias esferas y las manguetas de meteorología, únicos instrumentos con los que, independientemente de los reglamentarios de seguimiento de vuelo de la pequeña torre de control, cuenta el aeródromo para cumplir con los servicios de la línea —única al parecer— del *Convair Metropolitan*, mixto de pasaje, carga y correo, y ofrecer cielo libre y riendas sueltas a la imaginación de algunos jóvenes e impacientes arcángeles, arteriosclorizada por la obsolescencia de media docena de avionetas —*Bücker, Cessna, Tiffon*— pertenecientes a la matrícula del aeroclub, cuyo domicilio social, casino, cafetería, restaurante, pista de baile, piscina y cancha de tenis, se levanta aún junto al viejo hangar (ahora almacén de mercancías) de los *Messerschmitt*, los *Junker* y los *Saboyas*, el grupo de palmeras y el edificio de la administración protegido por una pareja de vigilancia y un suboficial, y cuyos servicios se encuentran encomendados a cuatro funcionarios, seis subalternos y una flamante furgoneta de extinción de incendios.

»Nada ha cambiado, Delia, y no obstante sería difícil reconocer en la toponimia de la villa —término rural y caserío— aquel lugar olvidado hasta hace menos de cincuenta años, antes de la inauguración del primer autobús de línea con la ciudad (el apeadero, en razón de las irregularidades horarias de los contados convoyes ferroviarios autorizados a detenerse en él y de su lejanía —al alcance parabólico del disparo de un mauser— no llegó a crear jamás con anterioridad un clima propicio a las arribadas y a los adioses) ni siquiera al de tres lustros más tarde, después de ser requisada la dehesa y quedar transformada en el aeródromo estratégico del Sur por el Alto Estado Mayor, pese a que estos dos hechos, aparentemente sin conexión, fuesen los que precisamente rompieran su secular aislamiento, aunque ambos pertenezcan ya a la Historia, en la misma medida —y situados cronológicamente en diferentes planos— que los restos —ajardinados de boj y de rosas, buganvilla y macizos de espliegos— de las Ruinas romanas, la Colegiata y el toque de ánimas de los atardeceres lo están de la calle Real, el paseo de las Acacias, el casino, y el cementerio empenachado de polvorientos cipreses y ruinosos panteones decimonónicos como el que cobija los huesos —ya sólo cenizas, Delia— del cuerpo atormentado de mi madre.

»Temperatura, trece grados; humedad relativa del aire, setenta y seis por ciento; velocidad, doce kilómetros por hora; dirección W, presión atmosférica, setecientos tres, cero, ocho miligramos. Cielo límpido y despejado por Oriente, exceptuando unos ligeros cirros espectrales. Trina la pajarada sedentaria en el naranjal y gallean los estorninos migratorios en las ramas más altas de los olivos antes de reemprender su primera singladura hacia el Norte tras haber cruzado esta madrugada las aguas del Estrecho y sobrevolado la pineda de Doñana. Son las diez y quince minutos *a. m.* La brisa —que no el viento— trae clamores de tardíos despertares insomnes, *ralentis* de motores de alberca, chirridos de aserradoras mecánicas, ecos de solitarias esquilas. Manuel García Cuesta, *El Espartero,* murió tal día como hoy hace setenta y seis primaveras, Delia. Había nacido en la Ciudad Fluvial el dieciocho de enero de mil ochocientos setenta y seis (Capricornio) y junto a Rafael Guerra Bejarano, *Guerrita* —el más fiel intérprete de la *Tauromaquia* que escribiera *Paquiro* —llenó de legendarios lances la era victoriana, mientras los navíos de McKinley pulverizaban con los proyectiles de sus cañones la ibérica y desmedrada Escuadra, y Kipling cantaba las gestas de los regimientos escoceses en Nagpur. Manuel García murió, gloriosamente también, frente a *Perdigón* (colorado y ojo de perdiz), de la ganadería de Miura, y se encuentra enterrado bajo el templete neoclásico de una truncada columna de capitel corintio en el cementerio de San Fernando. Rafael Guerra, casi octogenario; pero su tumba en el camposanto de San Rafael carece de esa aureola de gloria que imprimen solamente las cornadas mortales, recibidas en la ingle o en el corazón. Son ya las diez y diecisiete de la mañana, Delia —cuento el tiempo en minutos— y a tan relativamente temprana hora siento un extraño pudor cuando me dispongo a cruzar por tercera vez el vestíbulo y el sendero de gravilla —a mi derecha, orillando el grupo de palmeras— para volver a entrar en el bar y purificar —definitivamente en ésta ya quizás última oportunidad— mi sangre con una generosa dosis de dorado, frío y opalino alcohol. Las esperas —lo sabes— se me hicieron siempre interminables. El birreactor particular de Eugenio Hurtado, *Chavelo,* un *Lockheed* de doce plazas, tiene anunciada su llegada a las doce y cuarenta y cinco, pero por una hasta cierto punto comprensible remembranza (durante un par de años *nuestra* y el resto exclusivamente mía) hace casi hora y media que me encuentro en el aeródromo. No, Delia, aún no estoy lo que se dice ni mucho menos borracho. Apenas he bajado a medias la guardia aunque, eso sí, haya perdido acaso algo más de un tercio de mis habituales defensas: impertinentes florentinos, antifaz veneciano, emplumado chambergo y capa napolitana, capacidad de concentración y análisis, sentido del ridículo, compostura y sobrados reflejos frente a unos senos turgentes o unas bien modeladas rodillas. Si no exactamente lúcido, tampoco absolutamente desarmado para afrontar cualquier imponderable. Por otro lado, no me hallo por fortuna en desdichadas tierras de *prohibición.* Imagínate en tan infausto caso mi soledad matrimoniada canónicamente con mi desconsuelo y mi incapacidad de espera viviendo clandestina y adúlteramente con la desvalida tristeza de mi desesperanza; una lamentable situación en fin, a caballo entre los asesinos sin posibilidad de víctimas y de alcanzar la inmortalidad en la *cámara de los horrores* de Madame Tassaud y los piadosos creyentes, ciudadanos de una dictadura iconoclasta, sin ídolos a quienes encomendar su desamparo. O todo o nada. Ése es mi ya viejo problema. Pero aún estoy (se sobrentiende que excepcionalmente y sólo durante unas horas —que debería sacralizar por lo que significan de futuro inmediato y, por lo tanto, de supervivencia) a tiempo si no de dar exactamente marcha atrás, sí de impedir al menos las consecuencias del siguiente paso. El café, en una cuantía cuidadosamente calculada, puede operar el milagro o al menos dar un soberbio quiebro —salvando puntillos de honor y dignidad— y concertar diplomáticamente una honrosa tregua. ¡Bendito *cahve*! Su descubrimiento, no sé si lo sabes, Delia, fue algo maravilloso y fortuito a un tiempo, como el del fermentado mosto bíblico. Sin embargo él es mucho más joven. No ha cumplido aún los seiscientos años. Entre el patriarca israelita y el pastor etíope (que observara desconcertado el nerviosismo y la falta de sueño de su ganado tras haber pastado los frutos de ciertos desconocidos arbustos y terminara por culpar de sus infortunios —cabras despeñadas y furibundos machos constantemente insatisfechos— al mismo diablo, confiando finalmente sus desventuras a un venerable y no menos avispado eremita más inclinado a aceptar las propiedades medicinales de ciertas plantas y sacar de ellas provecho, que a admitir la infalibilidad de sus propios exorcismos) hubieron de transcurrir casi cinco mil años para su propagación, muy pocos ciertamente para culminar un proceso de mutación genésica, pero excesivos sin duda para llegar a obtener satisfactorios resultados del a veces tan eficaz antídoto si por fortuna no llega antes a adquirirse, durante un duro invierno dublinense, el hábito del *Irish Coffee*, puesto en circulación una mañana de diciembre hace algo más de veinte años por un tiritante *barman* en la cafetería del aeropuerto Shannon. Y ése no es precisamente mi caso, Delia. En última instancia soy más propicio al gesto de Luis XIV, que después de apurar su primera taza contrarrestara sólo unos segundos más tarde, enfurecido, su sabor con el de una alta y tallada copa llena de vino de Burdeos, lo que no le impediría volver al día siguiente a repetir la hazaña, ya sin aditamento alguno de Gironda para, hasta su muerte, seguir siendo el más ferviente de sus defensores, sin dejar por ello de continuar impertérritamente fiel al *Sauternes* y al *Médoc*, amén de a los vinos rojos, algo más ligeros aunque no menos generosos, de Lorena. *Il ne faut pas disputer des goûts*, Delia.

»Los apuntes a tinta china de un gato desperezándose, de un ramo de camelias dentro de un búcaro de Trajana, del claustro de un monasterio, del jardín de un convento; la bermeja e inconfundible textura de los lápices de sanguina sobre el granulado del papel *Ingres*, y las inacabadas pinceladas sobre los enrollados óleos resecos, junto a las viejas *Esferas* y las arrinconadas plumas de avestruz y las flores de organdí de los viejos sombreros, y los baúles atiborrados de partituras musicales, viejas litografías y coloreadas estampas de *La Lidia*, y los planos y los proyectos de mausoleos jamás edificados, y los calidoscopios sin cristales, y las cornucopias descascarilladas de sus panes de oro, y las guerreras celestes de la Caballería que ajustaran los torsos de los hijos que sirvieran al rey como soldados de cuota, y sus leguis y sus charreteras y sus espuelas y sus roses, y las jaulas vacías de las cotorras y los guacamayos, y las tablas de caoba de un columpio, y las argollas de gimnasia uncidas aún a la podredumbre de sus cordajes, y los destripados maniquíes de los caprichos modisteriles de las hijas, junto a las cintas métricas y los roídos ángulos de *La Femme Élégante*. Y el polvillo dorado como una constante, como el haz luminoso de una linterna sorda, casi sobrenatural e inmutable prendido del rayo único de sol que iluminara la geometría del desván que momificara casi medio siglo de vida familiar, alcanzando los umbrales de una infancia marcada ya para siempre por esta atmósfera, hasta el punto de ofrecer el más propicio de los climas a unas retinas predispuestas, que continuarían investigando —independientemente del golpe genésico de la sangre— en aquel mundo, y contemplando el resto de mi vida partiendo de él —y ya por siempre— valiéndome en adelante de un *block* y un lapicero, no de una bigotera y un tiralíneas y un compás y una regla métrica como todos —menos mi madre— me aconsejaran, sino desde las páginas de un escueto e inmaculado *block* sin cuadrículas, y más tarde de unos carboncillos y unas acuarelas, y más adelante de unos pinceles —hallados en aquel mismo desván junto a una paleta velazqueña y unas espátulas y unos solidificados tubos de pintura— de la mocedad del Artista, a los que fueran no obstante capaces de ablandar los aguarrases y de abrillantar los aceites de linaza, culpables directos de mi primer lienzo, el retrato de medio busto de mi hermana, disfrazada de principesa florentina gracias a su asombrosa imaginación, a unas viejas cortinas de seda, unas puntillas holandesas de encaje y una gorra de terciopelo carmesí, la ayuda de un falso collar de esmeraldas, su fe en mi talento, su belleza, y el cromático fondo de paisaje toscano de un apolillado tapiz.

»Me pierdo, Delia. ¿Dónde estábamos? A medio camino entre mis recuerdos y mi endemoniada voracidad por el alcohol que me temo no sea capaz de frenar una infusión de café por muy *ca*liente, *f*uerte y *e*spesa que sea, y que, en último término, tendré sobrado tiempo de ingerir cuando los altavoces anuncien el aterrizaje del *Lockheed.* No, no me he perdido aún, Delia. Sé perfectamente dónde estábamos y por dónde íbamos. Francisco Arjona Herrera, *Cúchares,* nació el diecinueve de mayo —Tauro— de mil ochocientos dieciocho, fue alumno de la Escuela de Tauromaquia, fundada por el inefable Fernando VII, y en la que aseguraba no haber aprendido a ejecutar ni uno solo de los lances que más tarde lo harían en la plaza invulnerable. Actualizó el toreo de muleta con la mano derecha, utilizando al parecer la izquierda sólo para dilapidar sus caudales. Contratado para torear en La Habana, pocos días después de desembarcar en el muelle de San Lázaro, murió víctima de vómito negro sin haber llegado a pisar un ruedo. Sus restos mortales volvieron a atravesar el Atlántico en una fragata de la Armada y recibieron definitiva sepultura a orillas de la avenida de los mismos cipreses que veintiséis años más tarde contemplarían la llegada del féretro de *El Espartero*, y, cincuenta y dos, el de José Gómez Ortega, *Gallito*.

»Medio no, entero. Tampoco doble sino sencillamente entero y acompañado de un único cubito, suficiente para que se tornasole, para que se enfríe en la medida justa de obtener ese punto medio de temperatura desde el que comienza a ser fragante. Al fin y al cabo, Delia, son sólo las once menos veinticinco, y para alcanzarlo tengo que cruzar solamente el sendero de gravilla —a mi derecha— que orilla al grupo de palmeras bajo cuya sombra te descubriera por vez primera hace veinticinco años, solitaria y absorta, mordiendo distraídamente un tallo de avena loca.»

MARTES, CATORCE DE JULIO DE MIL NOVECIENTOS VEINTITRÉS. A ritmo de crujientes suelas de pespunteados zapatos de cabritilla, Alberto, el Artista, baja de dos en dos los escalones de rejal festoneados de azulejos. Al llegar a la meseta pasa suavemente las yemas de los dedos de su mano izquierda por los nacarados bordes de los pétalos del nardo que lleva prendido en el ojal de la solapa y ejerce en seguida una ligerísima presión en el tallo para que la flor se perfile, arrogante y vertical, sobre el entramado de hilo holandés de su inmaculada y relampagueante chaqueta recién planchada por las amorosas manos de su prima Natalia. Luego, antes de terciarse ligeramente el *panamá* flexible, el Artista contempla unos instantes, casi distraídamente —con cierta singularísima mezcla de desdén y nostalgia— el pez platino que sostiene en su diestra el arcángel Gabriel, hierático y desvaído, en el gran lienzo de verdes minerales, sofocantes carmines y azules tormentosos, que preside el descansillo de la escalera, que él mismo tan fielmente copiara años atrás cuando era alumno de la Escuela Superior de Bellas Artes y que, en vista de su extraordinaria identidad con el original, mereciera el honor de ser enmarcado con una noble caña estofada que tío Felipe trajera una mañana de domingo, en un coche de punto, del monasterio de San Clemente, el infausto y lúgubre invierno que las monjas del Espíritu Santo se vieron obligadas a sacar a subasta su colección de cornucopias, relicarios y espejos olvidados en los desvanes del cenobio desde el bienio de los Cantonales. Circunstancia evidentemente premonitoria ésta del toscano marco orlando desde la adolescencia del Artista uno de sus primeros lienzos, en cuanto su arte llegaría precisamente a alcanzar la gloria —efímera, pero no obstante coronada de laureles y acantos— por los edificantes caminos de los encalados claustros monacales, las silenciosas clausuras, los recoletos compases, las enceradas celosías, los dorados comulgatorios, los cincelados relicarios de plata, las almidonadas tocas y los floridos búcaros, en el transcurso de los años —que sucedieran a la confrontación castrense— tan propicios a la inversión en obras de un arte que restablecía la tradición pictórica religiosa a punto de perderse en el quinquenio frígido.

Ingratos y ya pretéritos tiempos de copista —lejanos días de pinceles, andamios, caballetes y paciencia, para estudiar en los lienzos de los maestros de la pinacoteca provincial el amado y difícil arte de metamorfosear los sienas y los blancos, los azules prusia, los verdes cúpricos, los anaranjados y los sangrientos bermellones en sedas, brocados, tapices, golas, reposteros, banderas, clámides y túnicas, sonrosadas mejillas, blondos cabellos, dilatadas y brillantes pupilas, fulgurantes aureolas de estrellitas de talco y halos diamantinos nimbando cándidos rostros de vírgenes concepcionistas, patriarcales barbas, apostólicos tirabuzones y rubios bucles de asexuados serafines— tan sólo superados tras asegurarse de haber logrado definitivamente arrancar los arcanos secretos de las nobles paletas polícromas durante largas mañanas de soles altos y australes claroscuros, diáfanas sombras, transparencias y penumbras, cipreses, espliegos y arrayanes, mirtos y naranjos, tras las vidrieras y los mediospuntos de los corredores del museo, espigando —entre óleos de carnavales venecianos, brumosos paisajes flamencos, floridos bodegones, santas recamadas en panes de oro, ermitaños flagelando sus espaldas y matronas romanas ciñéndose diademas de laurel— bienaventuradas doncellas con sayas de tisú y chapines de raso, refectorios monacales blasonados de cerámica de Trajana y manteles de lino, inmaculadas adolescentes, teologales doctores tonsurados y jóvenes y fornidos varones tocados con gorra de terciopelo carmesí y chambergos de plumas multicolores.

Desde la meseta al último escabel, que abre el camino del cenador y alcanza los aledaños del patio, aún le faltan al Artista veintiséis peldaños que bajar para abrir la cancela de forja, atravesar el zaguán, cruzar la jamba del portón y salir a la calle. Veintiséis peldaños y el tiempo justo para desear que su fragante nardo —cortado en el último instante de las macetas abonadas con alcaparrosa que riega cada tarde su hermana Esther con el agua centelleante de la alberca del jardín interior, después de perfumar sus pañuelos con lavanda frente al espejo de la cómoda de su dormitorio— quede milagrosamente transformado en una flor de girasol o, mejor aún, en una exótica y deslumbrante orquídea de aterciopelados pétalos fucsias y malvas.

Cuando el Artista se pierde por fin en los arreboles de la calle, los contornos de las fachadas de la casa —tejados, voladizos, cornisas, cierros y canales de lluvia— se desdibujan tras el alba perpendicular de sus espaldas, y sus espacios arquitectónicos vuelven a recobrar sus perdidas dimensiones, descorrida ya la vela del patio, casi agazapados aún en la penumbra del atardecer de julio, oloroso de dondiego, tembloroso de surtidores, cadencioso de mecedoras y de albahaca, sofocado de tedio y aromado de magnolias y de jazmines.

Inesperadamente, el Artista atraviesa la calzada y prosigue caminando en línea recta por el acerado de los números impares, a buen paso, hasta alcanzar la imprecisa línea equinoccial de las casas solariegas, la parroquia, los viejos palacios y la recóndita capilla evangélica que prologan —al final de la calle— la rotonda de la plaza de los duques de Montpensier; cruzándose con el tranvía de jardinera amarilla y toldos flamantes (un *Thompson Houston* que exactamente cada media hora hace tintinear con el eco de su campanil de bronce los centenarios frascos de porcelana en los anaqueles de la botica de don Cástulo, el pavo real de plata de la consola del recibidor, las arañas de cristal de Murano, los péndulos de los relojes —a los que arranca inéditos bemoles— los abanicos de las vitrinas, las flores de lis de los jarros y las pastorcillas de Sèvres de los chineros) el landó de los Ximénez de Andrade, el *break* de los Lissén, el *charré* de los Daoiz, el cascabeleo de las colleras de mulillas del cochecito *leré* que, lleno de niños, recorre las tardecitas de verano las calles del barrio, y el *Oldsmobile* último modelo de la joven Laura, viuda del indiano Ignacio Valparda (antiguo socio de Patiño, experto en estaño, en nitrato y en guano, en aceite de copra y en golpes de fortuna y rebenques) recién llegada a la ciudad tras un largo periplo americano de bacanales presidenciales tras anteriores consentidos adulterios con bizarros hijos de Marte.

El Artista —siempre tan sensible— experimenta una honda y dulcísima felicidad cuando, a través de la luneta biselada de la ventanilla, tras el perfil del chófer, con la gorra enfundada de piqué blanco, la breve sombra fantasmal de un pañolito de encaje y los dedos enjoyados y marfileños de la viuda del indiano, dejan en el aire calmo de la atardecida un vago adiós criollo de agudos y de trémolos (cargados de prometedores augurios carnales que no descartan la posibilidad de ser alguna vez inmortalizados en un retrato) que él contesta con falaz sonrisa y alado ademán de mano genovesa tras dar un levísimo toque de cortesía a su *panamá* antes de volver a cruzar la calle para perderse con su paso alfonsino, jesuítico y galante, en la diagonal de las farolas de gas recién encendidas a la altura de las cornisas, casi a la altura de los rodapiés de los balcones, justamente en el florido borde de las copas de las acacias y de los paraísos, allí donde las cales de las fachadas se convierten en grecas gualdas, en anaranjadas grecas de estrellas de Sión, campánulas, cigüeñas, alcaravanes y flores de nieve, al quedar transfiguradas en azulejos bajo el herraje de las celosías, el garabato de las balconadas y los alerones de cinc pintados de verde de los canales de desagüe.

Temblorosa del agua de los surtidores de la fuente de las ranitas del patio, cadenciosa de mecedoras y de yerbaluisa, pero primordial y fundamentalmente encerrada en sí misma, celada en sí misma, la casa —en la totalidad de su conjunto arquitectónico— ha alcanzado en esta incierta hora del atardecer la plenitud y la serenidad de una paz que sólo es capaz de proporcionarle el silencio no transpuesto ni impurificado por el piar de los gorriones en las higueras y en los limoneros del jardín, en los nísperos y en los tilos; el discurrir de las régolas de la alberca y el tremolar de la brisa en las hojas altas y en los racimos de los dátiles de la palmera, hasta donde trepan, por el tronco acorchado y fibroso, la pareja de camaleones, las culebras, e incluso las ratas para cascar y sorber los minúsculos huevos de los verderones y de los chamarices que anidan entre las oquedades de los tallos y sostienen una ininterrumpida batalla de supervivencia durante los días de su migración anual con las arañas peludas y los arácnidos menores, reyes indiscutibles durante las cuatro estaciones del tronco y de la fronda cuyos vértices se derraman con geométrica pirotecnia por encima de la azotea y de los miradores encristalados de gualdas centelleantes y nazarenos violetas, opalinos verdes y ensangrentados topacios.

La casa se encuentra sitiada por un silencio contra el que nada pueden ni las voces a media voz ni los murmullos domésticos, ni siquiera el maullar de los gatos, incansables cazadores en los cobertizos del taller llenos de lápidas mortuorias, cruces, barrocos ángeles, tumbas rotuladas con letras romanas y frágiles pedestales neoclásicos. El silencio fluye y refluye —impenetrable e incorruptible— a pesar de haber sido arriados los toldos, que no permitían la entrada de los ajenos rumores callejeros, y haber iniciado las mecedoras su ingrávido tic-tac de reloj de cuclillo, su rítmico toc-toc de pájaro carpintero, su monocorde tac-tac de puerta mal encajada movida por el viento, fuera de los corredores del claustro, en el centro mismo del patio, allí donde los surtidores de las ranas vidriadas abren eternamente sus bocas de cerámica y los tacones de los zapatos de Beatriz, Esther y Natalia —vestidas de organzas estampadas— ponen un contrapunto de muletas piratas a la cadencia de sus balancines. Indolentes, recostadas sobre las rejillas, hermanas y prima, leen un breviario mariano, tejen pañitos de punto de cruz y hojean las páginas de *El Debate*, de *Blanco y Negro* o de *Gracia y Justicia*.

Faltan sólo la madre y una tercera hermana para completar el cuadro f-menino familiar. La madre (sin la blonda y el vestido negro de seda, las manos cruzadas sobre el regazo sujetando las varillas de un abanico filipino, los cabellos grises, los ojos enigmáticos y los labios firmes y tenaces. No en definitiva tal como la retratara el Artista sentada en el sofá de terciopelo verde de su estudio, sino vestida sencillamente con una falda marengo y una blusa cerrada de cuello redondo) y la hija, que abandonara la casa para ingresar en la institución seglar y cruzara el Atlántico camino de las misiones de las Indias Occidentales.

Pero mientras quedan aún trece largos años para que Virtudes vuelva a ocupar —eventualmente— su puesto en una mecedora (diecisiete meses más tarde que los *Kepis Azules* salgan de nuevo de sus acuartelamientos en la ciudad con sus fusiles y sus sables, sus entorchados y sus espuelas, sus estandartes y sus caballos, sus armones artilleros y sus bayonetas, sus timbales y su marcial arrogancia colonial y castrense) y arribe a la estación marítima del puerto fluvial —de la que partiera una mañanita de otoño con veinte años recién cumplidos— envuelta en un misterioso halo de marañones y de ceibas, de pumas y de iguanas, ungida no sólo por una aureola de castidad sino también por un nimbo de audacia, de independencia y de heroismo, la madre está ya a punto de completar con su rancia y edificante silueta de matrona sureña la acuarela del patio para quedar sentada bajo la tulipa celeste y malva —alrededor de la cual acechan las salamanquesas a las deslumbradas libélulas, los grillos y las moscardas nocturnas— frente a Esther, entre Beatriz y Natalia, tras haber despertado a su marido de la larga siesta, supervisado el menú de la cena, cortado en el jardín un ramito de jazmines —que se ha colocado en el pecho, sujeto por un medallón de carey— y realizado la segunda inspección a los dormitorios de sus hijos; innecesaria en el del Artista porque como todas las tardes, tras su *toilette*, cada objeto encima de su cómoda y en el armarito del baño ha vuelto a ocupar su lugar exacto: el frasco de sales y el de colonia *Alvarez Gómez*, las lociones para antes y después del afeitado, el pomo de alcohol y abrótano macho, la botellita rectangular del *Petróleo Gal*, los cepillos, los peines, los fijadores, la brillantina, los tubos de dentífrico, la cajita azul de *Rhino-Capsule de Terpoflor* —26 rue Pétrelle, París-9— que descongestionará la sequedad congénita de sus fosas nasales, y el estuche con las limas y las tijeras de manicura; e imprescindible en los de Augusto y Javier —desordenadas leoneras llenas de colillas, salivajos, ropa interior abandonada en el suelo, sucias camisas, anudadas corbatas y fétidos calcetines colgados de los respaldos de las camas, secularmente cargados de una atmósfera de viriles tufos adolescentes y pútridos sudores de siesta— para abrir balcones, descorrer persianas y ventilar las estancias antes de autorizar a las criadas que entren en las alcobas a hacer de nuevo las camas, como temerosa de encontrar cualquier día en las habitaciones de sus hijos alguna licenciosa sorpresa capaz de despertar en las coimas una insana pasión; hay jurisprudencia, y que está segura no hallará jamás en la del Artista, puro y aséptico, con florido balcón al jardín, santuario y ombligo de la casa, artesonado con labradas viguerías de flandes (antiguo comedor cuando en ella habitara aún el anciano canónigo magistral) justamente su epicentro geográfico hasta el grado de que si, con un monstruoso compás, con una descomunal bigotera —a escala 1/500— para *sacar de puntos* de las que se alinean cuidadosamente en los anaqueles del taller junto a los formones y los mazos, las gubias y los cinceles, se trazara una circunferencia que pasara justamente por encima de las tapias del jardín y los muros de los cobertizos, las cales y la almagra de las cornisas de la fachada, las lindes de los caserones fronteros, las piletas de agua de las cocheras y los pesebres de las cuadras, su eje geométrico vendría a coincidir exactamente con la diana de la roseta de madera de naranjo de la tapa de la cómoda del dormitorio del Artista, donde reverberan los vidrios y se tornasolan las etiquetas de los frascos de cosméticos llegados de Londres y Nueva York, de París, de Hamburgo o de Milán, para preservar su piel de los implacables soles y las cálidas brisas, ayudar a mantener sonrosadas sus mejillas y a conservar sus cabellos peinados en suaves crenchas y hermosos bucles que empiezan prematuramente a encanecer, pese a que el triunfo de su última y recientísima exposición pictórica en los salones del *Jockey Club* de Buenos Aires lo alcanzara, según un prestigioso crítico de *La Nación*, antes de que el Artista hubiera sobrepasado la romántica edad de los treinta y tres bíblicos años.

De manera que a cualquier observador anónimo armado de un catalejo marino, situado en cuclillas sobre el rosetón de ánforas y cisnes, hojas de tréboles y espigas de las incrustaciones de la cómoda le resultaría extremadamente sencillo tener la totalidad del caserío a su entera disposición visual: el Norte íntegro a través de los visillos y los cristales del balcón que derrama la cascada de sus tiestos de gitanillas y geranios sobre la fachada del jardín; el Sur haciendo coincidir simplemente la boca del catalejo con el ojo de la cerradura de la puerta del dormitorio, o abriéndola de par en par; el Este, derribando tabiques, desescombrando muros y rompiendo —a golpe de piqueta— ladrillos a la capuchina y sólidas bovedillas de cal y canto: y el Oeste desgarrando primero el damasco rojo de las mamparas —falso biombo de aposento vaticano que mandara instalar el Artista para ennoblecer el testero sobre el que apoya la cabecera de su lecho— y abriendo más tarde en él una brecha con un barreno minero para hacer volar morteros de argamasa, piedras de molino, guijarros, arena y conchas de moluscos, de su fábrica.

Sea como fuere, en último término la equidistancia es verosímil, y todo el espacio cubierto de la casa guarda una armoniosa relación que ningún observador anónimo sería capaz de poner en tela de juicio sin necesidad siquiera de arañar una sola de sus paredes, en cuanto no hay duda, sin ser necesario para ello levantar un plano topométrico de todo el conjunto arquitectónico, que el canónigo beneficiado don Bartolomé Calderón, a quien Alberto Gentile, padre, lo comprara, parece como si la hubiera precisamente mandado edificar alrededor del comedor, donde acabó instalando, junto a la mesa, la sillería de ácana y un par de aparadores de roble, tres anaqueles llenos de libros piadosos y paganos, un brasero de cobre donde en primavera, otoño e invierno quemaba espliego, incienso y mirra, una jaula con un loro nacido en Las Afortunadas, dos mecedoras llegadas de Las Antillas, un pequeño acuarium, un barrilito de amontillado, un filtro berlinés para agua, una piel de tigre y un gran sillón de cuero repujado con un cojín de Berbería lleno de plumas de gansos, dejando al resto de las estancias y habitaciones —exceptuando el oratorio privado y las dos alcobas, la suya y la del ama— absolutamente desnudas de chirimbolos y de muebles para poder pasear por ellas peripatético —en la medida en que lo permitían los males de su gota— los días de lluvia, recitando versículos bíblicos y poemas de Ovidio.

Treinta y dos habitaciones incluyendo los cobertizos del taller y el sobrado, el cuarto de las domésticas, el oratorio, en cuyo cielorraso, alrededor de una pequeña cúpula, se descomponen y descascarillan los colores al temple de una *Huida a Egipto* que alfombra de diminutas virutas, de microscópicos caracolitos de caliche rosas y verdes, nacarados caliches de lirios marchitos, las charoladas tapas del piano de media cola —donde algunas tardes arrancan los arpegios de una sonata, de un preludio o un nocturno los dedos largos y trémulos de Beatriz o de Esther— las molduras de las estanterías donde se perfilan las carpetas de partituras, los rojos lomos de los *Episo-*

dios Nacionales, la *Historia de España* de Lafuente y Valera, una biografía encuadernada en tafilete azul de Anita Garibaldi, junto a novelas de Pardo Bazán, Pereda y Palacio Valdés, Dickens, el Padre Coloma y Julio Verne; la sillería de caña de India y la muselina que enfunda el tresillo y acaba por darle una apariencia fantasmagórica en las noches de luna, cuando en verano se encuentran abiertas las claraboyas y la lechosa claridad transforma al antiguo oratorio (que no ha pasado a ser sala de música, que ni es biblioteca ni es tampoco salón de estar, pero que disfruta del raro privilegio —junto al recibidor— de encontrarse vedado a la incómoda doméstica familiaridad de los parientes pobres, los amigos de los hijos varones —exceptuando los del Artista— y los gatos, que no pasan del corredor —encristalada terraza invernal— y son tolerados sólo y exclusivamente en él) en un decorado de Ibsen, pese a su aire mediterráneo y pseudo colonial, al enjalbegado de sus paredes y al deslumbrante parpadear de los azulejos de sus zócalos.

Treinta y dos habitaciones incluyendo la carbonera, la cochera y la cuadra, los lavaderos y las dos estancias selladas del segundo piso que se levanta sobre un ángulo del jardín y que forma un mundo aparte (voluntariamente clausuradas en una obstinada cuarentena que dura casi veinte años iniciada el mismo día que al joven magistrado de la Audiencia Territorial —uno de los dos primos de la madre, el otro habría de ser juzgado por un Consejo Sumarísimo y ejecutado un amanecer— exhalara en una de ellas —cedida por unos meses, no se sabe en razón de qué tipo de generosidad, sin duda expiatoria—, el último suspiro un mediodía de marzo, rodeado de novelas francesas y enfundado en una bata de seda roja mientras se calentaba las manos en el brasero y piaban las primeras golondrinas y tableteaban su pico amaranto las primeras cigüeñas, y las campanas de la parroquia daban el último toque de la misa de doce, tras once meses de lenta agonía hética) y que han de permanecer aún cerradas casi una docena más de años, hasta que los hijos de Javier las descubran en sus exploraciones tocados de salacots, uniformados de húsares de la Princesa, armados de rifles y de sables, incansables en sus afanes descubridores, dispuestos a no dejar de hollar con las herraduras de sus caballos de peluche ni un solo palmo de una casa que por entonces empezaba ya a desmoronarse, que jamás volvería a ser lo que fuera, que no llegaría al cabo de los años a significar para ellos más que un recuerdo, una sombra fantasmal, un álbum de postales desvaídas, y, en última instancia, un jardín con una alberca, un trinar de pájaros y un zureo de palomas al atardecer, una escalera presidida por el lienzo de un arcángel, un balcón con el asta de la bandera de un consulado que jamás fuera enarbolada, un piano desafinado y el inconfundible olor de las selladas habitaciones que, cuando penetraran en ellas por primera vez, aún conservaban un aroma de inútiles fármacos, libros apolillados y excrementos de vencejos y de lechuzas.

Un total de treinta y dos estancias que de una u otra forma se encuentran en activo y tienen asignado un determinado papel, una función cualquiera de utilidad aunque resulte subsidiaria sin dejar jamás de formar parte de un todo armónico, sin señales aún de fragmentación en su conjunto, morada, mansión, refugio, albergue, rectoral de permanente lar siempre encendido, pero de puntualísimo refectorio —doce sillas, ocho cubiertos, ocho servilleteros, ocho copas talladas y una ausencia, un bisbiseo de dorado teléfono de trompetilla, un mantel almidonado y una sobremesa en la que no tienen cabida todas las alegrías pero tampoco casi ninguna de las tristezas— de dos menos cuarto de la tarde y nueve y media de la noche; las del piso bajo oficina y pupitres contables, tendedero para los días de lluvia los martes de colada, leñera, exposición permanente de los ángeles de alas palominas, las columnas, los capiteles y las pudorosas doncellas —al aire no obstante el lirio de mármol de un pecho y fieramente apuntado el otro bajo los pliegues de las túnicas— llegadas desde las manufacturas exportadoras de Génova o sacados de punto en los mismos polvorientos bancos del taller— y las del principal, cuarto de invitados, repaso y plancha, o simplemente amueblados con unas sillas, unos apolillados reposteros, unos grabados de cañas desconchadas, unas viejas litografías, o llenas, como el desván, con los primeros lienzos que manchara el Artista, los primeros tímidos dibujos a la carboncilla, las primeras sanguinas y las primeras acuarelas, amontonados junto a viejos sombreros, viejos vestidos de cola guarnecidos de lentejuelas, reventadas botas de montar y juguetes de una infancia remota de despedazadas muñecas calvas y herrumbrosos triciclos despintados.

No obstante, para el observador anónimo estos detalles no resultarían suficientemente elocuentes, y sólo gracias a ellos no lograría jamás una visión totalizadora del conjunto si, por olvido, distracción o negligencia, dejara de enfocar el catalejo a los dormitorios de las hembras —solteros, barrocos, casi irreales, sumergidos en una penumbra de estores y visillos, colchas bordadas y celestes terciopelos—, a la única alcoba matrimonial de alta cama negra de hierro fileteada con calcomanías de tulipanes morados y gladiolos rosas— encalada y escueta, cuyos únicos adornos son los de un mariposero de plata y una Dolorosa acuchillada por siete puñales de estaño; el zaguán, con su cancel de forja y el resol de sus azulejos; al recibidor —con el tresillo de fustán, los galones de pasamanerías, las sillas isabelinas, el reloj de péndulo, las cornucopias, el velador incrustado de nácar, la araña de Murano y la consola con el pavo real y las flores de talco; a la cochera donde junto a la charolada berlina se perfilan la silueta empolvada de un viejo *Chevrolet*, con los faros de latón reverdecidos, y una flamante motocicleta *Torrot*; a la flora del jardín —avellanos, celindas, tilos, rododendros, naranjos, jazmines— ganada en los últimos años por una fúnebre avanzadilla de bronces y de mármoles, y entre la que se recortan de noche las cruces y las tumbas, las lápidas y los pedestales, las estatuas yacentes, los paramentos y las cadenas, esperando el instante de su definitivo emplazamiento en el camposanto ciudadano para ser colocados por los marmolistas del taller —cerrando fosas, nichos, túmulos, panteones— entre calles de cipreses y arriates de dalias, crisantemos y rosas más perfumadas y vivas de color que las del jardín, mucho más bellas y fragantes siempre.

A paso de esquivo doncel, a zancaditas de corneja a veces, a trancas y barrancas de cola de pavo real siempre, el Artista dobla la esquina del *Petit Café* y alcanza la calle del Crótalo —brillantes los ojos, petulante la sonrisa absorta en recuerdos porteños aún, desdeñosos los labios, desafiadora y arrogante la mirada— bajo la luz agria y cenital del arco voltaico que ilumina la entrada de la callecita medieval y serpenteante, con los toldos de lona recién descorridos, privilegiada en razón de su ubicación, sobre la que la ciudad derrama su garbo y sus afanes a caballo entre puntas de erales, sueños de dehesa, predios olivareros, garbanceras hazas, aristocráticos gestos, nostalgias coloniales de penúltimo puerto con cédula Read para el comercio ultramarino, gitanos chalaneos, chulescos modales y gallardos desplantes toreros, y donde centellean los rótulos de los bazares, las lunas biseladas de las ventanas de los círculos y los galones de las libreas de sus lacayos, los mimbres pintados de blanco de las sillas y de las butacas de los salones de sus casinos junto a los veladores de dominó y las mesas de billar, las carteleras de los teatros de variedades y de los cafés cantantes, y las macetas de albahaca que exornan los mostradores de cinc de las horchaterías donde se apoyan —postineros— codos de dril o de alpaca, de satén o de hilo y —majestuosos— enjoyados dedos, nacarados brazos y flotantes mangas de muselina y organdí.

Como casi todas las tardes del solsticio de verano, puntualmente a la misma hora —dos menos en invierno, una sola en otoño y media en primavera— señalada en la esfera esmaltada del reloj que preside el chaflán de los almacenes *El Siglo* y en la de su propio Longines de oro (con el que tío Felipe le condecorara al cumplir veinte años y que desde entonces conserva virgen de gravámenes y vergonzantes hipotecas juveniles, jamás en fin, pignorado —para compensar sin duda las innumerables veces que por la ventanilla del tasador del *Monte* pasan en cambio los gemelos y los imperdibles de corbata de sus hermanos, sus gabardinas y sus abrigos— leontina, llavecita y aureolada libra esterlina —cara y cruz de San Jorge y Victoria emperatriz— asomando tímidamente entre la batista del pañuelo, el cordoncillo trenzado del ojal y el húmedo cáliz del nardo, carnal ya casi, estremecido de crepúsculo) el Artista, tras echar una mirada displicente —no exenta sin embargo de un cierto aletear epiceno de rizadas pestañas— a las bombillas de colores recién encendidas que festonean las letras de las marquesinas del *Kursaal* y del *Novedades*, aligera por fin el paso que adquiere el ambiguo contorneo de los seises bailando ante la Eucaristía, frente al retablo del altar mayor de la catedral metropolitana en uno de cuyos cruceros, sobre los restos mortales del genovés almirante, tendrá ya el ilustre pintor, casi cuarenta años más tarde, el honor de colgar —para legar a los siglos venideros— uno de sus óleos más ambiciosos que no se caracterizarían precisamente sin embargo ni por la sobriedad cromática de los maestros de la pinacoteca provincial ni, por supuesto, por la especial transparencia de su atmósfera, en cuanto los violetas y los malvas, que de alguna manera singularizan la totalidad de su obra, alcanzarían en él matices inéditos dentro del recinto de la catedral, fuera del pendón de los Comuneros y de los morados velos que ocultan sus altares en Cuaresma. Ni siquiera cardenalicios los barrocos chafarrinones, más bien del artero color de una torpe caligrafía infantil sobre los imprecisos renglones de un cuaderno escolar.

La distancia que en línea recta falta ahora para que el Artista pueda alcanzar su objetivo es ya tan corta que decide convertirse en petirrojo antes de detenerse unos brevísimos instantes —en el momento de destocarse de su panamá flexible, que sostiene luego entre los dedos de su mano izquierda— y subir el único peldaño (para permanecer inmóvil sobre él) de un zaguán anónimo y quedar apostado —dentro de su penumbra— frente al bazar de abanicos, paraguas y bisutería de la que están justamente a punto de salir —como cada anochecer— los flamígeros destellos de unos ojos no exactamente felinos pese a su fosforescencia ni definitivamente crueles a pesar de su arrogancia, su brillo y su movilidad, no precisamente ardientes no obstante su esplendor, más bien sorprendidos y esquivos frente a su compromiso con el Artista, y no tanto sórdidos como alucinados y seguros —en el fondo de sus pupilas— de sí mismos y de su singular papel (junto a la borrasca de sus cabellos, el óvalo de su cara agarena, su talle y la perfecta armonía de sus piernas —más transcendentales ellos sin embargo—) para continuar quemando como hasta ahora, etapa tras etapa, con la esperanza de alcanzar algún día la recompensa de su obstinación, pese a lo archisabido de que su trabajo como dependienta que terminara eligiendo y al que llegara paradójicamente desde el de modelo de alta costura (de mediana costura, incluso contando algún modelito importado de París, diseñado en serie en las Galerías Lafayette) no le reporta —exceptuando el precio de unos pares de medias, unos ligueros pompadour, unos juegos de lencería fina, unos jabones de tocador y unos frascos de colonia de baño— sino la cobertura social de su *status* de discreta mantenida —que no ha cumplido siquiera aún los dorados veinte años— del Artista que, sin significar en manera alguna por ahora su definitivo objetivo amoroso, representa en última instancia su más idóneo trampolín desde el que lanzarse —si preciso fuera— a aguas más profundas para promocionar sus encantos de venus casi niña, consciente de su belleza nacida de los ilícitos amores de un apuesto teniente de navío y una —más hechicera que apasionada— bailarina de la Gades milenaria, flor ribereña y no definitivamente marchita aún cuando la conociera el gallardo superviviente de Cavite, galán celta en plena madurez —ya matrimoniado en Las Rías— ascendido y destinado a la Isla de San Fernando por Real decreto del recién coronado monarca.

Apostado e inmóvil ante la semipenumbra lechosa del zócalo de azulejos y la amarillenta bombilla trémula, pero impaciente ya sobre el peldaño del anónimo zaguán, como todas las tardes que decide esperarla renunciando a la tertulia del Ateneo o del Círculo para tomar juntos una zarzaparrilla, una horchata de almendras o un helado en *Los Tiroleses* y acompañarla más tarde en un taxi a su piso (casa de vecindad ya en extramuros, pero no exactamente arrabal: corredor, cocina, saloncito, excusado, *chambre* nupcial con cama *moderne style* de roja colcha, muñeca de ojos de gato y dieciochesca peluca sobre la almohada; mesa-camilla, gramola, Corazón de Jesús, leonarda cena de mayólica sobre el aparador y llavín duplicado, que comparte con su madre, consejera, confidente, la más devota admiradora de su belleza, amén de habilísima administradora de la escasa nómina del amor, obligada a quitar de aquí y agregar de allá para hacer frente a renta de inquilinato, recibo de luz y agua, manutención, y unos gastos generales que abarcan hasta un ramito de jazmines para el moño en verano y unos guantes de gamuza en invierno, y un nuevo galapaguito cuando fenece el que pasea la casa —con nombre propio ya— o se precipita bajo el rodapiés del balcón y cae a la calle, y el alpiste para el canario belga —que alivia con los trinos de la mañanita su soledad— y un cirio rizado a Santa Rita, y una misa a los Fieles Difuntos, y un par de veladas semanales frente a la bola de cristal irisado o a la baraja de la echadora de cartas) para sentarse juntos en el sofá forrado de otomán rosa o en la mecedora de rejilla y oír, juntos también, tras la cena, en la flamante gramola, unas placas de Gardel *(Vieja pared del arrabal / tu sombra fue mi compañera / De mi niñez, sin esplendor / la amiga fue, tú, madreselva / ... Y así aprendí que hay que fingir / para vivir de-cen-te-men-te / Que amor y fe mentira son / y del dolor se ríe la gente)* o unos cuplés de Raquel Meller, echar una partida de parchís y beber despacio, lentamente, un vaso de agua fresca con *panal* antes de una —única y breve— sesión de amor (corrida la persiana de la ventana de la alcoba, abiertos en estío los postigos de cristal para que penetren en el dormitorio los callejeros murmullos de las noches de verano: el canto monorrítmico de los grillos, el silbido del expreso que toma la última curva antes de arribar al andén de la cercana estación, la sirena de un buque que sale o entra en el puerto fluvial; la bocina de un automóvil que anuncia su presencia a los niños que, en mitad de la calzada, juegan al toro; el repique del campanil de un simón de punto, las femeninas voces infantiles de una canción de rueda, el violín o el acordeón de un ciego que da una serenata a la luna; el clamor del cinematógrafo al aire libre del barrio; los golpes secos —en la taberna próxima— de las fichas de dominó sobre el mármol de los veladores, y el silencio mismo que trae enganchado a veces entre sus nervaduras —pese a la absoluta sensación de su presencia— risas lejanas, rumores de ternuras o de riñas domésticas, piar de pájaros, discurrir de duendes, ulular de búhos, murmullos de hojas y ecos de estertores moribundos) para abandonar la alcoba hora y media más tarde, salir a la calle, volver a subir a otro taxi o, en propicias ocasiones, a la jardinera de un tranvía con flamante cortinilla de sarga y cobrador al estribo, regresar al centro de la ciudad y beber una granizada de limón en el ambigú del Círculo o un vaso de leche manchado de café en la terraza del Ateneo, antes de regresar a la casa paterna para abrir sigilosamente el portón, cruzar bajo el dintel de la cancela entreabierta, subir los peldaños de la escalera olímpicamente y alcanzar sus dominios; encender ya en ellos una tulipa de cristal nevado, darse una ducha templada, limpiar cuidadosamente sus dientes, vestirse el pijama de seda japonesa, untar de crema nutritiva sus pómulos y sus sienes, y entrar finalmente de puntillas en el lecho —con mosquitero de tiritaña y baldaquino de damasco escarlata— y quedarse plácidamente dormido, con el balcón abierto a la fragancia nocturna del jardín sobre una piel de caballo, curtida especialmente (gaucho remedio infalible contra el calor con la que lo obsequiara una admiradora de Choele-Choel durante su exitosa exposición rioplatense) bajo la sábana hasta que el sol arranque reflejos amarantas a las baldosas de su alcoba y sobrevuelen el protector dosel forrado de gasa, libélulas azules y mariposas doradas, y los mazos, los formones y los cinceles bastanteen, corten y bruñan los cantos de los tableros de mármol de Carrara y los duros perfiles de las piedras de Macael o de Coín, en el piso bajo, a lo largo de las naves del taller de cantería de su padre, Alberto Gentile y Eco que, con sus pantalones arrugados, su blusa de crudillo, sus lentes de montura dorada, su blanco bigote manchado de nicotina, sus botas de corchetes, sus crenchas canas y su indolente aire de barítono, se encontrará desde hace ya casi dos horas sentado ante la mesa de su escritorio supervisando presupuestos, comprobando facturas y redactando barrocas cartas comerciales a sus proveedores, corresponsales y clientes mientras la nube de la catarata de su ojo izquierdo boceta sobre el fondo de su retina desvaída de añiles mediterráneos, brumosos contornos de estatuas yacentes y modisteriles pliegues grecorromanos en las clámides y en las túnicas que velan pudorosamente limonados senos de doncellas y exuberantes pechos de plañideras matronas que presidirán cavernarias criptas y funerarios pedestales neoclásicos.

Por fin, los esquivos, los flamígeros, los hechiceros ojos tuaregs de Asunción hacen su triunfal aparición en el dintel, entre las dos lunas aún iluminadas del escaparate del bazar, allí donde las crucetas en aspas del cierre metálico se curvan suavemente para rendirse como dóciles doncellas a la acerada violación del candado *Yale*, justamente a su altura. A derecha e izquierda del tornado de sus luces felinas, los países de los abanicos —donde cabalban corzas y lebreles o se marchitan flores imposibles— sus varillas y sus clavillos, la japonesa irisación de los collares falsos, las bruñidas filigranas de las cajitas de rapé, los dijes y los abalorios cordobeses y el triste relumbre de los puñales, las plegaderas y los gemelos toledanos, pierden un tono de su cromatismo y de su fulgor verbenero después de que, durante unos instantes, parecieran definitivamente eclipsados.

El medallón bordado de un capote de paseo para el garbo de los pies de la diosa que ha alcanzado la calle. Ha sido suficiente, no obstante, la tremolada galanadura del panamá flexible y un gesto casi cortesano que no ha intentado sin embargo barrer el suelo con los filos de sus alas borselinas sino que se ha alzado simplemente arriba de los hombros para volver a ocupar más tarde exactamente su lugar sobre la noble cabeza del Artista.

No hay bracero ni atisbos de sonrisas entre ambos contendientes ya emparejados que se limitan a caminar juntos indecisos y silenciosos —ni unidos ni distantes— guardando escrupulosamente la discreta distancia dictada por la Ley para casos análogos, a buen paso, pendientes ambos de una posible sugerencia del otro que propusiera desviar la tradicional ruta y cambiar quizás el mostrador de cinc de la horchatería por el tímido resplandor de una mesita con pantalla flecona y mantel color salmón del saloncito de té, donde ya frente a frente no hablarán tampoco particularmente de nada. No puede haber bracero. Del brazo y por la rúa sólo las bien casadas, las novias informales, las furcias y las tanguistas. No guardan, por tanto, las formas en razón de su especial estado tan propicio a la murmuración. Se limitan tan solo a respetar las normas establecidas, aceptadas por todos los habitantes desde la calle del Crótalo a los arrabales de la *Muy Noble y Muy Leal Ciudad*, siempre fiel al

Rey Sapiente que blasonara con una jeroglífica madeja de lino un campo de su escudo.

Pese a su indecisión de sorber una horchata fría o saborear un helado de vainilla, beber una copa de málaga o de *sherry*, la calle del Almirante, paralela a la del Crótalo y favorecida hermana menor por estar abierta al tráfico, a esta imprecisa hora, continúa fascinándola cada atardecer. Por otro lado es casi inevitable cruzarla para alcanzar una parada de taxis y sentirse mientras tanto inmersa en el ambiente de la otra media cara de la ciudad que se envanece de su cosmopolitismo aunque éste se limite al falso *spleen* de los rocios del Rotary Club, a las corbatas de seda con los colores de sus antiguos regimientos coloniales de los ingenieros jefes de la *Armstrong* o de la *Río Tinto, Co. Ltd.* sentados en el *hall* del hotel Inglaterra, al resplandor de los entorchados de los marinos de la *Home Fleet*, algunas de cuyas unidades menores hacen periódicas escalas en el puerto fluvial; a los claros ojos de las institutrices con tacones bajos y sueters de lana que vuelven cada atardecer de comprar el *Times* en la librería anglofrancesa y leen los titulares en plena calle mientras exprimen con los dientes el jugo de un pomelo o de una naranja; al destello de las carrocerías de los *Rolls Royces* y los *Hispanos* aparcados ante el Real Automóvil Club, y al séquito de un príncipe indio o un visir árabe, ilustres turistas y distinguidos visitantes de los monumentos almohades que, con sus turbantes y sus caftanes, toman café sentados en los veladores de las terrazas. Pero la verdadera causa de su fascinación no radica específicamente en la discutible atmósfera exótica de la calle sino en la tentación provocada por algunos de los relampagueantes escaparates que le abren el fulgor de sus lunas, frente a las que obliga al Artista a detenerse sin excusas para contemplar absorta no sólo renards plateados, manguitos de zorro siberiano y blusas de *cachemire*, no sólo faldas de *chiffon* y pecherines de piqué, bolsillos de mallas de plata y zapatos de charol, pamelas de paja italiana y mitones de encajes, sino muñecas, diávolos, peonzas musicales, saltadores, juegos de la oca y oseznos de peluche como los que años más tarde regalará el Artista al hijo primogénito de su hermano Javier, al que junto a Esther apadrinará al nacer y dará en la pila bautismal su propio nombre, cuarto de una dinastía de varones descendientes en línea directa del primer Alberto Gentile desembarcado setenta y cinco años atrás de la bodega de una fragata en el muelle de San Telmo del puerto fluvial —con una sonrisa de escepticismo, pese a sus veintidós años, una rara habilidad manual con las herramientas de escultor, unos ojos burlones y una innata predisposición hacia el cultivo de las Bellas Artes— dispuesto a conquistar una ciudad (los panteones de mármol de Carrara del camposanto de una ciudad, los púlpitos de alabastro de sus iglesias, los pórticos de piedra dorada de sus palacetes y las románticas verandas y balaustradas de sus villas de recreo) tan vinculada a los hijos del Mar Ligúrico, a los que secularmente abriera las puertas de su comercio desde hace más de cuatro siglos cuando arribaran a ella por primera vez con sus pergaminos cartográficos y sus mapas de azules mares —sin gigantescos dragones ni mitológicas urbes sumergidas, sin submarinas simas capaces de albergar la corona y el tridente de Neptuno— ribereños de verdes continentes cruzados de ciclópeas cordilleras, blandos pastizales, exóticos árboles, multicolores aves y transparentes fontanas, donde al parecer solo era necesario alargar las manos para llenar las faltriqueras de perlas y piedras preciosas y acercar los labios a un manantial para beber el agua de la eterna juventud.

Cuando el Artista vuelve a destocarse de su panamá flexible para entrar, tras su amada, en el salón de los espejos de la horchatería, el *carillón* del Ayuntamiento desgrana, a los compases de una seguidilla, las campanadas de las nueve, mientras de los alféizares y las cornisas platerescas de la plaza mayor escapa una bandada de palomas que vuelan a refugiarse en la fronda de las palmeras y entre las patas de bronce del caballo del Rey Sapiente que devolviera las almenadas murallas de la ciudad a la Cristiandad una mañana de noviembre, tras incendiar sus bibliotecas, asolar sus baños públicos y defoliar sus huertos de moreras.

»...Coexisten los celestes, Delia, se sobrellevan. No están sin embargo, no se encuentran, en el cielo de junio —a doce mil pies, donde una borrasca de verano amenaza la vertical de Gante— agrio, desmelenado, blanquecino, licuado en transparencias que se empeñan en hacer la corte al cristal de la carlinga y a los de las ventanillas, a lo largo de todo el fuselaje, y llora desconsoladamente sobre ellos lágrimas de añoranza de una *Lily Marlen*, adúltera y procaz, tímida antecesora de una descocada *Lolita* que prefiriera no obstante la sangre de los jóvenes leones con camisas pardas y germanos brazaletes —que hicieran olímpicamente el amor a la luz de las fogatas frente a una wagneriana bambalina de abetos renanos o de viñedos de Breisag— al esperma de los sutiles profesores universitarios, pacifistas y marcusianos. Los celestes no están, no se encuentran, *fuera* sino *dentro*: en la moqueta del pasillo, en la tapicería marchita de los sillones, en los paneles del recubrimiento interior, en las faldas y en los blusones de las azafatas, en el inmarcial uniforme de los tripulantes y en la túnica de seda, bajo los lotos dormidos y los dragones rampantes de la señora Thi-Bihn, cadavérica y solemne, con un temblor de jade en las pupilas y una cansada sonrisa en el perfil violáceo del espacio físico que debieran ocupar sus labios.

»Se mantiene la prohibición de fumar, lo que no parece representar sin embargo un serio obstáculo para que habiéndose autorizado a desabrocharse ya los cinturones, sin ser previamente consultados, se sirva al pasaje de primera —incluyendo a Madame Thi-Bhin, y es de suponer que a los de segunda— un consomé, una hamburguesa con zanahorias, coles y patatas, una botella de cerveza, pan de centeno, queso, mantequilla, jamón de Virginia, mermelada de frambuesas, té— malparadas tazas de baquelita, equilibristas de las bandejas también celestes de polietileno— y un vasito de *Kirsch,* mientras los altavoces abren un nuevo programa musical —justamente a los veintiséis minutos de haberse despegado de *Le Bourget*— con el vals en re bemol Op. 64-n-1, para continuarlo con la *Fantasía Impromptu* Op. *66,* y ser cerrado con *Es lebe das Brot,* ya en tierras de Westfalia.

»Vuelo *demi-charter.* No se trata por tanto de una *croisière de plaisance,* pero tampoco de una misión de bombardeo. Ni las hélices, ni el timón ni los alerones del aparato corresponden a un *Boeing* o a un *Comet a forfait* ni, por supuesto, a un *Halifax-Lancaster* o un *Liberator,* Delia, sino exactamente a los de un viejo *Ilynshin 18* de la L. O. T. (lo que resulta evidente gracias a las siglas de su nomenclatura, su diseño y la distinta altura sobre el plano de sustentación de sus cuatro motores —dos a dos—) que realiza vuelos regulares París-Varsovia, y que en esta ocasión —y excepcionalmente— hará una escala técnica en el aeropuerto de Berlín-Este con el único y exclusivo objeto de desembarcar a la señora Thi-Bhin, a su séquito y a este singular viajero provisto de un Visado de Cortesía que, tras el almuerzo, reclina el respaldo de su asiento —luego de haber hecho entrega con una mueca pueril, tras la que se adivina un falso desaliento, de su bandeja a una azafata— y entorna los ojos para intentar quedar inmerso en una incierta duermevela, más próxima a la remembranza que a la ensoñación, y desde ella imaginarse en aquellos cielos a bordo si no precisamente de un legendario *Lancaster* sí al menos de un monoplaza de combate, como si no hubieran transcurrido veintiocho años y continuara aún soñando despierto (sentado en una mecedora de rejilla en mitad del patio, al atardecer, junto a las macetas de aspidistras y los arriates de hortensias y de geráneos, oyendo discurrir el agua en el surtidor de las ranitas vidriadas, mientras cruzan el enrejado de las guías pavonadas del toldo, recién descorrido, los mirlos, las golondrinas y los vencejos, antes de recluirse en sus nidos colgantes de los templetes y de las cornisas o abiertos en las oquedades del tronco fibroso de la palmera) ser el heroico piloto de un *Spitfire* o de un *Gloster Meteor* de intercepción, paladín de la Libertad en los aires dolientes de una lejana y maltrecha Europa.

»Un singular viajero, qué duda cabe, Delia, llegado bajo una lluvia torrencial al aeropuerto de *Le Bourget* con treinta y cinco minutos de retraso (pese a haber adelantado en dieciséis horas la facturación de su equipaje en *Invalides* y en veintitrés días el envío —*Cost, insurance and freight*— a la D. D. R. de sus credenciales artísticas concretadas en una docena de cajones llenos de óleos, aguatintas, sanguinas y grabados) y que, ya en él, cruzó el acerado bajo el chaparrón, estuvo a punto de resbalar al pisar la alfombrilla de la puerta automática, solicitó y obtuvo la tarjeta de vuelo, alcanzó por fin la zona internacional, guardó cola para el estampillado de su pasaporte y resistió más tarde impasible —armado con su mejor sonrisa— las preguntas formuladas por el gendarme de color apostado a unos pasos de la ventanilla de la *Sureté National* —simple trámite de rutina no implicado con la menor personal suspicacia— sobre la remota posibilidad de que mi billetera contuviese un número superior de N. F. a los autorizados legalmente al salir de Francia, lo que me movió —tras pensar *qui ne dit mot consent* y helárseme la sonrisa en los labios— a abrirla desabridamente de par en par para hacer constar no sólo mi inocencia y mi repulsa al procedimiento sino que, puesto a elegir entre dólares y francos, en razón de su firmeza, había hasta ahora apostado y seguiría apostando por los insustituibles dólares (pese a que, como bien diría Jacques Ruelf, un año más tarde, los dólares son convertibles en tanto no se pida su conversión) y que, por tanto, eran dólares y sólo exclusivamente dólares los billetes que en ella guardaba, exceptuando cinco francos que saqué despectivamente del bolsillo del pantalón y que correspondían a la vuelta del importe del taxi desde la fontana de Saint Michel. Finalmente, esgrimí mi pasaporte recién sellado para demostrar asimismo que, en última instancia, el hecho de ser un extranjero sin residenciar me eximía de requisitos sólo exigibles legalmente a ciudadanos de *jure* o de *facto* de la gloriosa V República. Era ahora el gendarme el que sonreía con una cierta tristeza ancestral reflejada en el gualda caliente de sus ojos, bajo la visera del kepis, mientras diez mil gacelas de Somalia y setecientos elefantes corrían a galope por su garganta: *Voilà qui est bien*, dijo no obstante, y me autorizó a seguir mi camino hacia la Nada.

»Fue entonces, en aquel preciso momento,

cuando oí mi nombre por el altavoz, y el segundo aviso que instantes antes había sido ya formulado por vez primera en lengua francesa *(This is our last call)* conminando a presentarme urgentemente en la salida de la puerta ocho para subir al *bus* que había de conducirme hasta la escalerilla del *Ilynshin* aparcado fuera de los estacionamientos habituales de la terminal aérea, muy próximo ya a la cabecera de pista. Por fortuna, una centésima de segundo, el autobús no había partido todavía y el auxiliar de vuelo que esperaba impaciente mi llegada colgado del estribo me recibió amigablemente creyéndome sin duda súbdito británico, con un inexplicable si no *The last but not the least,* después de recoger mi tarjeta de vuelo y hacer una señal al conductor para que cerrara las portezuelas y pusiera el vehículo en marcha.

»Llovía dulce, mansa, civilizadamente. Una luz de plata suavizaba el gris sucio y grasiento del asfalto de las pistas, y los tréboles, la grama y la *pelouse* se estremecían bajo las suaves ráfagas del viento que soplaba del Norte e hinchaba las mangas de lona de las veletas haciendo girar las medias esferas huecas de los anemómetros de la estación meteorológica. Al fondo, recortado sobre el telón de cinc de los tejados de las casitas de la *banlieu,* el viejo *Ilynshin* calentaba sus motores. No obstante, tardaría aún casi media hora en despegar. La señora Thi Bhin y su séquito no sólo no se encontraba todavía a bordo sino que ni siquiera había llegado al aeropuerto, desde Verrières le Buisson a la avenida Kleber, pero en los altavoces del *hall* ninguna voz acuciante pronunciaba seguramente su nombre. *No smoking* en el cristal iluminado de la mampara de la cabina de la tripulación, sobre la puerta forrada del inevitable skay celeste, y, mientras, las hélices zumbando cansinas, y, más tarde, una mazurca que sincopaba al *ralenti* de los motores.

Y, por fin, unos tímidos aplausos que rubricaban la solemne entrada de un *aodai* oriental y de unos pantalones de un celeste nuevo, definitivo y distinto, que se incorporaba al pasaje de primera rompiendo la monotonía de los caducos celestes interiores, y el blando chirrido de los portalones al cerrarse, e inmediatamente después, el jadear de las sirenas de la escolta motorizada que había acompañado al coche de *madame* hasta la cabecera de pista y regresaba a sus acuartelamientos. Luego, el silbido de los neumáticos al deslizarse sobre el asfalto húmedo y, ya en el aire, el inevitable saludo de bienvenida de la tripulación a la recién llegada viajera y al resto del pasaje. A continuación, en los altavoces de a bordo, una antigua y evocadora balada coral de los marineros del Vístula.

»Un monoplaza cualquiera de combate, Delia, un *Spitfire* o un *Hurricane*, pero imaginando precisamente la hazaña a partir del supuesto de encontrarme todavía en el patio (como si no hubiera transcurrido ni una sola semana de las mil doscientas cuarenta y ocho que me separaban de aquellos años de mi niñez —a caballo entre tías solícitas, ensueños guerreros y pecados veniales, místicos arrobos e incomprendidas tristezas ya casi púberes de imposibles amores soñados) muy cerca del surtidor de las ranitas vidriadas, las macetas de aspidistra y albahaca, los frisos de azulejos y los capiteles de mármol, a la luz última del atardecer, bajo la vibración sonora de las guías metálicas del toldo de lona recién descorrido, a esa imprecisa hora crepuscular de los últimos días de verano, tras la merienda, cuando ya no era posible seguir en el jardín interior —entre celindas, nísperos, limoneros y los barrocos mausoleos provisionalmente ensamblados antes de su definitivo traslado al camposanto, junto a los cipreses y los macizos de boj y de alhucema— porque las ramas altas de los árboles y la fronda de la palmera no dejan entrar apenas la luz, y los fantasmas de los nombres de las inscripciones funerarias amenazan la tranquilidad de los juegos solitarios desde el pretil de la alberca, soplando las velas de papel de los barquitos de corcho —contemplando a los gnomos— imaginarios bergantines con nombres de muchachas y galeones corsarios de bandera holandesa que cruzaran las borrascosas aguas de lejanos mares tropicales, o proyectando modernas estrategias para antiguas batallas mediterráneas. De manera que me encuentro realizando inconscientemente una especie de *boomerang* en el tiempo y en el espacio, en cuanto me es imprescindible el regreso al patio para poder aprehender correctamente desde él las imágenes de mi vuelo rasante sobre una formación de bombarderos contraria, y el esfuerzo me obliga a una absoluta concentración mental imposible desde el fondo onírico de mi duermevela, por lo que regreso voluntariamente a la vigilia, limitándome a entornar los ojos mientras lucho con la modorra de la pesada digestión, ayudado por la insistente frecuencia de los baches. Estoy incluso a punto de encender un cigarrillo, el primero en casi dos horas, pero en el recuadro de cristal cotinúa aún iluminada la prohibición. Tampoco entonces, en mitad del patio, era posible ponerme tranquilamente a fumar —lo que solo me permitía en contadas ocasiones en la soledad del jardín— ni siquiera a hurtadillas, un cigarrillo de hojas secas de madreselva envuelto en papel manila, porque junto a mí, muy cerca de mí (que sin embargo no me encontraba exactamente allí porque sobrevolaba estos mismos cielos y perforaba con mi *Spitfire* estas mismas nubes) abuela y tías abanicaban una despreocupada apariencia de languidez meridional sentadas en las mecedoras de rejilla, leyendo magazines ilustrados, tricotando *sueters* de lana o comentando —en voz baja—

las más de las tardes, las desavenencias conyugales o los desatinos de hermanos e hijos: el último propósito de enmienda de mi padre, las calaveradas de Augusto y los derroches y prodigalidades de la beldad con la que, tras la contienda Civil y por razones que no escapaban a nadie en la Ciudad Fluvial (la moralización de las costumbres decretadas estaba particularmente dirigida a los verdaderos adictos con aspiraciones a ocupar cargos de responsabilidad aún a escala exclusivamente artística) había el Artista contraído solemne matrimonio en la capilla Real de la catedral metropolitana una mañana de setiembre. Pero ya el aéreo combate —a todas luces desigual— ha resultado no obstante victorioso, y cuatro nuevas muescas se suman a las ya trazadas con un puñal de monte sobre el fuselaje de mi propio aparato.

»Por fin comienza repentinamente el descenso. El viejo y sólido *Ilynshin* disminuye su velocidad de crucero templando el ritmo de sus motores. Una azafata cruza el pasillo en dirección a la cabina de los tripulantes con un libro en la mano. No logro descifrar a su paso el título del escueto volumen de bolsillo (que, por otra parte, hubiera sido incapaz de traducir) pero alcanzo a leer el del nombre del autor e intento terca e inútilmente asociarlo a *Cenizas*, la única novela polaca que, en versión francesa, he leído en mi vida, por lo que el rebelde Slawomir Mrozek queda huérfano, marginado de la paternidad de uno de sus libros más originales mientras los altavoces anuncian por fin el aterrizaje, advirtiendo a los pasajeros con billete hasta Varsovia —prácticamente la totalidad de las plazas— que bajo ningún concepto abandonen el avión en cuanto la escala será de una duración inferior a los quince minutos. Se atraviesan ya las últimas capas de nubes, y, bajo ellas, en el jugoso césped de las encrucijadas de pista del aeropuerto de Berlín, el Príncipe de Bismark y sus coraceros juegan un partido de polo a caballo contra Guillermo Hohenzollern y los caballeros del Santo Grial, lo que no parece obstaculizar el que, ya el avión en tierra, medio centenar de estudiantes vietnamitas arrojen brazadas de rosas rojas a los pies de *madame* Thi-Bhin que, sonriente, tras descender por la escalerilla de proa y detenerse unos instantes frente a las cámaras de televisión para estrechar ante el objetivo las manos del representante diplomático de Hanoi y del minisro germano de Relaciones Exteriores, desaparece, precediéndoles, en el interior del rutilante *Mercedes* que rodeado de una escolta motorizada y seguido por los automóviles del séquito, se pierde —dejando a la izquierda el edificio de ladrillos rojos de la terminal aérea— en un serpenteante sendero orillado de acacias, antes de llegar a sentir sobre el estampado de los lotos y los dragones de su túnica de seda las primeras tibias gotas de una lluvia que, inesperadamente, cubre el horizonte y envuelve la campiña en una plateada y tupida red. *Cuando el gallo canta en el estercolero, el tiempo puede cambiar..., o no cambiar,* como asegura un antiguo proverbio prusiano. Y todo parece en efecto confirmarlo, porque cuando dos horas más tarde (tras los lentos y morosos trámites aduaneros y después de haber recorrido en un destartalado *Skoda* los treinta kilómetros que separan el aeropuerto del centro de la ciudad, ya en mi provisional alojamiento del Interhotel Berolina) descorro las cortinas de la ventana de mi cuarto, un sol alto, pleno y maduro, roba sus más centelleantes reflejos a las lunas del Internacional Cinema y a las cromadas cornisas del *restaurant Moskau.* Eran las cinco y diecisiete minutos de la tarde, y por Karll-Marx-Alle —hacia la boca del *fussgängertunnel* de Alexanderplatz— discurría una multitud endomingada que iniciaba ya —desde tan temprana hora— la festiva jornada de la noche del sábado. Decidí, pues, tras una ducha tibia, echarme en la cama, cubrirme con la suave tibieza de los seculares edredones germánicos e intentar dormir un par de horas —inútil empeño— que añadirles al amanecer a los del sueño nocturno que, sin duda, también robaría yo a mi madrugada.

»Después de muchos meses, volvía de nuevo a pensar en ti, Delia, pero sin asociar tu imagen como ahora (apoyado de nuevo en la barra, tras el anuncio de que el *Lockheed* tomará tierra con casi dos horas de retraso) a los dulces veranos de tu pubertad y mi adolescencia y a los invictos meses de nuestros desafueros en el huerto de naranjos o en la penumbra del desván, sino más tarde aún, cuando reciente todavía la cuarentena de tu primer hijo —hija— tuvimos nuestra primera cita clandestina y postnupcial, concertada aquella noche que te encontré de vuelta de tu reunión semanal de la Catequesis, en un mugriento *meublé* sin baño de las afueras. Me juraste que era tu primera infidelidad después de casi tres años de matrimonio. Abandonamos sin embargo desilusionados —porque estoy seguro de que tú también— la primera alcoba de nuestros pecados adultos, el primer verdadero lecho de rosas de nuestro amor, al contacto con nuestras primeras sábanas —sucias sin duda de otros pecados y otras peregrinaciones recientes, menos memorables, pero seguramente más apasionadas— y no volvimos a encontrarnos ya nunca en la intimidad. Los dos sabíamos que era estúpido e innecesario. No obstante, al día siguiente envié a tu casa un ramo de margaritas silvestres al que rogué añadieran un ramillete de azahar. Nadie tendría que sospechar nada ni poner de ninguna manera en entredicho ni tu fidelidad ni mi gentileza. Se trataba, al fin y al cabo, de la acostumbrada ofrenda floral a las madres que como tú acababan de parir un hijo, y precisamente me habías dicho que por aquellos días recibía docenas de ramos de rosas. He de creer que no te los enviaran —aún— los amantes ocasionales que todavía no tenías, Delia, los mismos que luego, pocos años más tarde, desfilarían por tu propia alcoba, realizarían oblaciones en tu propio bidé, peinarían los desórdenes de sus pasiones con tus propios peines, refrescarían sus sienes con tus lavandas, se volverían a poner los zapatos con los calzadores de tu propio marido; beberían el cáliz de tu insatisfacción y tu soledad en tus mismos labios y terminarían por no obsequiarte al día siguiente con ningún ramo de margaritas como yo, al que por cierto debiera haber adjuntado un hermoso dibujo a la sanguina, el de tu cuerpo desnudo, púber aún, intacto, casi estremecido de verano, que me sabía tan bien de memoria, no obstante haberlo contemplado por entonces —al realizarlo— una sola vez, y que terminaría por vender a un excelente precio, años más tarde, en Roma, a un turista norteamericano que no sospechó que me compraba en realidad una simple copia *fotográfica,* que el original seguía y continuaría estando entre mis cristalinos y mis retinas, y que me bastaría para revelarlo cuantas veces quisiera, concentrarme unos instantes en el cuarto oscuro de mis recuerdos para poner a la venta otros ejemplares de tu cuerpo de niña cualquiera de los días que me apremiaran las más perentorias de mis necesidades económicas. No obstante conocer por entonces días de penuria vivía también días de gloria en la Piazza del Popolo y en los soportales de Santa Cecilia; honestos días de gloria, Delia. Todavía, por aquellas memorables fechas, ni había dejado de tener aún el ánimo de un muchacho, ni había vendido mi alma por poco más de treinta monedas de cobre...

JUEVES, VEINTIOCHO DE FEBRERO DE MIL NOVECIENTOS VEINTISÉIS. Para cualquier tirador de primera (un sahariano, por ejemplo, con su chilaba y su turbante, sus polainas de vendas y sus alpargatas de suela de cáñamo, o para un legionario, curtido por la disciplina, el aguardiente y el desierto, llegados a la Ciudad Fluvial diez años más tarde formando parte de las fuerzas coloniales de choque) se trataría seguramente de un soberbio blanco móvil que se desplaza en espiral ante los puntos de mira de sus *mausers* o de sus ametralladoras *Hotchkiss,* abriéndose camino sobre los charcos espejeantes del asfalto y ganando lentamente altura en el Camino Real agazapado entre vaguadas calcáreas, olivos, trigales, amapolas y viñedos; pero la panorámica campesina no puede ser aún afortunadamente observada desde una óptica castrense al tratarse en realidad de una motocicleta de color negro ala de mosca, de un par de caballos de potencia fiscal (posiblemente marca *Torrot,* aunque sea difícil precisarlo ya en la distancia de un lejano recuerdo infantil y menos todavía en una «foto», seis por nueve, tomada sin pericia un crepúsculo de noviembre) con filitos dorados —como los de una máquina de coser *Singer*— encuadrando y siluetando su depósito de gasolina y sus guardabarros, la tronera de los cambios de marcha y el faro de una sola fase, conducida con verdadera maestría y desenfado en las curvas por un Javier impaciente, enfundado en una grasienta *trinchera* beige con botones de cuero, que se dirige en un atardecer de soles altos y templada brisa —que hace tremolar los ramones de los olivos en flor, la grama todavía fragante de los ribazos y las hojas de un verde nuevo de las viñas— hacia su periódico objetivo bisemanal, un lugar agazapado entre los alcores rojos que dista casi treinta kilómetros de la Ciudad Fluvial, pero cuya incomunicación con ella —exceptuando dos convoyes ferroviarios: un tren correo nocturno y un mensajero diurno— es absoluta en cuanto el *Ford* de viajeros no inauguraría la línea regular hasta tres años más tarde, encontrándose él ya desposado con Estrella, y ella por los días de la bendición del primer ómnibus, realizada solemnemente en el atrio de la iglesia, viviendo con él en la ciudad, e incluso parido el primero de sus hijos, nacido la tarde de un día de Reyes, y la visita de ambos a Valdelaencina fueron espaciándose y haciéndose cada vez menos frecuentes en los próximos diez años, y para esas fechas, por otra parte, la *Torrot* había sido ya arrumbada en la cochera junto a la vieja berlina y el enmohecido *Chevrolet*, hasta ser desenterrado del polvo y del olvido por la requisitoria realizada por el Estado Mayor de todos los vehículos de tracción y sustituido por un automóvil descapotable que, como el *Chevrolet*, sería asimismo requisado y cuyas características técnicas no se encuentran testimoniadas ni en una instantánea seis por nueve ni siquiera en los recuerdos de Esther, Virtudes o Beatriz, las únicas supervivientes —exceptuando a Alberto, el Artista— de aquellos años que podrían dar noticia ni no de su cilindrada al menos de la forma del tapón de su radiador, aunque no de su marca, pese a haber sido por ellas en tantas ocasiones utilizado —conducido por un mecánico eventual— durante las temporadas veraniegas para llegar hasta las playas del delta, venciendo los escrúpulos del viejo Alberto Gentile de que sus hijas solteras y sus nietos, acompañados sólo por una criada y la problemática fidelidad de un chófer no vinculado a la servidumbre, abandonara durante un par de meses la umbría frescura de una casa especialmente diseñada y construida para el estío: toldos de lona en el patio, gruesos muros de argamasa, cantarines surtidores, corrientes de aire, portal de zaguán permanentemente encajado, y propicio silencio para la siesta en mecedoras de rejillas balanceantes entre macetas de albahaca, hortensias y jacintos.

Olivos, viñedos, trigales, amapolas y algún que otro pino mediterráneo nacido por generación espontánea en la sima de una vaguada de arenisca o al borde de un terraplén calcáreo; una huerta con el vendado caballo de una noria arabizando el paisaje; una azada abriendo una regola de agua, un carro agrícola, una yunta de bueyes, un caserón abandonado, y, más tarde —ya alcanzada la altiplanicie de los rojos alcores del Axaraf, sefarditas jardines primorosamente cultivados durante siglos para la inminente llegada de un mesías, genial estratega de formidables batallas contra los gentiles; dulces y apacibles campos del Edén donde por primera vez fuera utilizada en el Continente la pólvora para defender una fortaleza de las huestes del biznieto de Doña Urraca)— sólo el verdear de los olivos antes de divisar las puntas de los cipreses de un minúsculo cementerio (donde veintidós años más tarde sería enterrada Estrella en un ruinoso panteón) y el campanario de la torre de la iglesia en la que se desposará antes de seis meses. Luego, la recta final del camino convertido en calzada orillada de acacias, y en la esquina de un cierro, ya en la calle Real, bajo las últimas luces de una tarde que no acaba de morir del todo, Estrella —pálida, rubia, dulce, irreflexiva— apostada tras los blancos visillos almidonados de la reja tejiendo pacientemente unas iniciales entrelazadas, a falta apenas ya de una docena de puntadas —que nunca serían definitivamente bordadas para desdicha de ambos— sobre el embozo de una sábana de holanda que había pertenecido a su abuela y acabaría llegando un día a las manos de la mujer del mayor de sus hijos que la utilizaría una sola vez en su vida, la noche de su primer parto una madrugada de noviembre y que, en su transcurso, acabaría manchada de sangre y salpicada de placenta, precisamente en el lugar exacto, en el hueco dejado por las dos letras incompletas: el rabo de una *jota* y la curva final de una *E*, para siempre y ya desde entonces inacabadas.

Unos blancos visillos almidonados y unos estores descoloridos y una reja descascarillada protegiendo y dulcificando el dintel y la jamba que dan luz a una alcoba de vigas pintadas de añil y sostienen el cable de una tulipa de cristal escarchado pendiendo en la vertical del centro del colchón de lana merina de una cama de a cuerpo presidida por un cromo de la Providencia —Júpiter Tonante— y el cordón de la medalla de las Adoradoras de la Eucaristía. Y una silla de enea y un arca de madera de eucalipto; una silla de enea para acercarse dos tardes a la semana al vuelo de los cristales y un arca de madera de eucalipto donde se confunde un ajuar soltero y un ajuar de novia: un anteayer risueño, un presente esperanzado y un pasado mañana insólito. Pero la celosía queda sólo para las llegadas y las despedidas, para el recibimiento y el adiós —morosa la puesta en marcha, petardeante de nuevo el tubo de escape, y cuando, dentro de unos minutos, la motocicleta queda aparcada —para evitar la nunca satisfecha curiosidad de los niños, la envidia de los mozos y el asombro de los adultos— dentro del zaguán, él cruzará la cancela y tomará posesión una vez más de una casa donde le esperan, complaciente y resignado, un futuro suegro (que ha pasado de los sesenta, aunque de su resignación no sea precisamente su futuro yerno el culpable como lo es en cambio de su complacencia por el simple hecho de su llegada —aureolada de señoritismo y de cuidadanía— para como otras muchas tardes sentirse emocionalmente vinculado a él, protegido gracias a él de un futuro incierto y convertirle una vez más en el confidente de sus viejas heridas sin cicatrizar —de las que no fueran capaces de ser cirujanos sus hijos, ni enfermeras sus hijas, ni hechicera dotada de mágicos poderes para el conjuro de su derrota y de su infelicidad su propia esposa— cuando ambos, solos, antes de la cena y la definitiva despedida, terco y frío el pedal de la palanca de arranque, antes de que los haces del faro de su motocicleta abran una linterna china de saltamontes y luciérnagas en la calle Real, tras las dos primeras inevitables horas del reencuentro amoroso, sentados —yerno e hija— bajo el dintel de la sala bajera, frente al tapial de la corraliza —donde en primavera y verano florece la trinitaria y en otoño e invierno se aterciopela la verdina— inmersos en un mutismo de miradas, de breves besos y ligeras caricias, de incumplidas promesas masculinas de fidelidad, de achares y de lágrimas) ansioso de salir con él a la calle para tomar un vaso de vino en el salón del casino y regresar juntos a la casa —la sopa humeante ya sobre la mesa— sintiéndose obligado cada noche a formularle cariñosos reproches sobre su inconclusa carrera de Leyes (no pasó del Romano y aceptó matricularse en el segundo curso sólo con el propósito de disponer del precio del satinado papel del Estado para pagar una deuda de honor —de juego—) siempre útil y provechosa aun sin la intención de abrir bufete, pese a reconocer que le sobran —cara al negocio paterno del que acabará sin duda por hacerse definitivamente cargo— el prestigio de su apellido, una viva imaginación que sustituye ventajosamente el oficio de maestro cantero (cuyo aprendizaje no ha terminado tampoco, limitando sus conocimientos a saber —obligado por su padre que jamás creyó llegara a terminar ni siquiera el bachillerato— bastantear un tablero de mármol, pulimentar al óxido una solería y sacar de puntos con la misma perfección, eso sí, que lo dibuja, un arcángel palomino), sus estudios en la Escuela de Artes y Oficios (en clases nocturnas de impuntual asistencia que le ofrecieran un magnífico pretexto para, durante sus incumplidos horarios, frecuentar desde los quince años —sin inspirar mayores sospechas— bailes de domésticas, frontones, prostíbulos y primeras funciones del cabaret *Novedades*) y su indiscutible destreza manual, no obstante más utilizada en el correcto funcionamiento de los motores de explosión que en la perfecta caída de la clámide de una imagen expiatoria o en los obligados ceñidos pliegues de una estatua yacente, pese a que a los diez años (quizá en el momento crucial se volatilizara para siempre su vocación escultórica por considerarse que bastaba un artista en la familia) partiendo del modelo de una desvaída litografía turinense realizara una exacta reproducción en tres dimensiones del monumento Carpaneto del camposanto de Génova capaz de impresionar incluso a su propio padre, definitivamente enajenado ya no obstante por el talento pictórico, la sensibilidad y el donaire del primogénito para tomarlo en consideración y acceder a sus deseos de prepararse para ingresar, como su hermano Alberto, en la Escuela Superior de Bellas Artes, y una futura suegra, cinco años más joven que su marido, eternamente malhumorada ante su presencia, como si intuyera —con veintitantos años de antelación— las vicisitudes de un desdichado mañana, que se limita a cuidar la lumbre, pulir los cobres, rezurcir las enaguas, osear las gallinas en la corraliza, tejer medias de hilo, expurgar alubias, regar macetas, tomar a cualquier hora infusiones de tila, mantener una actitud de desprecio con su propio marido y de reserva mental con su hija, y recorrer la casa como una sombra fantasmal, con un negro pañuelo a la cabeza, absolutamente convencida de que la salvación de la maltrecha economía familiar no llegaría precisamente por el camino de los Gentile y con el casamiento de Estrella sino gracias a la desenvoltura —uterina— de su hija Gloria, afincada ya como el resto de sus hermanos —exceptuando a Sagrario, con casa propia en el lugar, tras sus esponsales con el hijo del matarife— en la Ciudad Fluvial, y los ojos color ámbar de una novia adolescente incapaz de sospechar la veracidad de las desoladoras premoniciones maternas sobre su futuro.

Pero él cruza aún las aguas (aguas mansas que bajan de los regatos, que se escurren lentamente por los regatos para esponjar los tréboles en los lechos de las cunetas; agua azul murmurando un ensueño de nieves imposibles; aguas rojas —no del todo coléricas— que alcanzan los alcores y llegan a ellos desde los aledaños de la serranía para exprimir pomelos en los canales de las acequias y convertir en espejos el remedo de asfalto) él galopa aún a lomo de su corcel de caucho, celuloide, gutapercha y acero, como un centauro, a medias anfibio, infatigable devorador de kilómetros, para besar unos labios trémulos que murmurarán quedamente amorosas quejas por su —dada la hora que es— inexplicable tardanza en cuanto el reloj del comedor —una reliquia salvada de la hecatombe familiar— ha dado ya las seis, y, como siempre, su péndulo ha hecho vibrar una vez más las borlas del bastón de alcalde de su padre que ahora ya ni preside la corporación municipal, ni trafica en grano ni en ganado, ni contrata rabadanes ni, como antaño, pergeña proyectos de encaladas almazaras, molinos aceiteros y verdiales manufacturas aceituneras sino que se limita a soportar pacientemente los reproches de su mujer, a jugar un par de veces por semana una partida de naipes en el casino (cuyo ambigú un día también él mismo regentara) a cerrar un modesto trato de yuntas de mulas, de hazas olivareras o calmas —y cortas— labrantías y a malvivir del corretaje y de la menguada renta de una pequeña viña, mientras piensa en su hijo Florencio, muerto siendo un muchacho en la vía férrea, por tierras de la antigua Astigi, o en sus otros hijos e hijas ya casados, residentes en la Ciudad Fluvial, que siguieran las huellas de Gloria, pionera de la desbandada, y en la inminencia de la afortunada boda de su benjamina con un Gentile. Él, que fuera alcalde por el partido liberal, que llegara a poseer hasta mil aranzadas de olivos de verdeo; él que había asistido como invitado del Conde-Duque a una montería, donde tirara el propio rey jabalíes y venados por Sierra Morena; él que no llegó a tener charré porque no quiso, pero que tuvo en cambio jardineras emmadroñadas y carretas boyeras y yeguas enjaezadas y escopetas y escopetas incrustadas de madera de naranjo y nácar; él que presidió el Ayuntamiento, que firmó bandos en su despacho de cortinas de brocado y araña de cristal y bronce; él que de casi nada —de nada, de maestroescuela— llegó a ser casi todo, o todo, en su mundo por el simple hecho de tirar también de pluma y tintero, manejar el Sistema Métrico y cambiar a tiempo el estrado y la pizarra por el medidor de granos (castellana medida rasa para el rodillo ladrón diestramente esgrimido), y saber calcular a ojo de buen cubero no ya un quintal, sino hasta cincuenta toneladas métricas, sin que faltara un solo grano, en la bodega de un carguero llegado de ultramar los años de sequía, insurrecciones campesinas y guerras coloniales; él, que usara pantalón de talle y botas taconeras y faja de seda y camisa rizada y castoreño, y supiera calzarse los zahones y las espuelas, y galopar la Marisma tras las reses que también sopesara en canal, aunque corrieran lejos, en la punta misma de la vacada, y fueran erales las elegidas; él, que supo apostar fuerte sobre el fieltro verde cuando fuera menester y lo exigieran las relaciones y la gallardía, o incluso el mismo gusto por el tapete; él, que conoció de los adúlteros amoríos, generoso siempre con todas las mujeres de los rabadanes que se le entregaran, se limita ahora a esperar resignadamente la muerte, la otra, no ésta que ya ha aceptado; contento al fin y al cabo de su postrera suerte porque la más pequeña de sus hijas se desposará con un Gentile, lo que significa de alguna manera el regreso a aquellos tiempos —ya para quince años en el recuerdo y en la distancia— a los que él ya no sólo no supo sacar partido de heredad, partido para su futuro que ya ahora es presente, sino ni siquiera el beneficio de una carrera de Leyes o un doctorado en Medicina, o, al menos, una educación superior para los hijos y las hijas mayores que llegaran al mundo en la prosperidad y en la abundancia y que por los años de ella deambularan todos en una infancia y una primera adolescencia; los varones sin otro rey ni otro roque que el látigo, los zahones, las espuelas y la silla vaquera, o el bastidor y el *mundillo* almohadillado de los encajes de bolillos; las hembras, sin otro cultivo que el de las cuatro reglas, sin otros conocimientos —ellos— que el de los establos, las estancias caballares, los marismeños trotes largos acompañando al padre, la querencia de los catavinos y la baraja y los habanos de *Vuelta Abajo*; sin otras insatisfacciones que la de ver derrotado alguna tarde en el redondo y soleado albero a *José* frente a *Juan,* al enhiesto mimbre frente al monstruo contrahecho, por culpa de una media verónica no redondeada en su justa medida de destreza y arrojo; y, sin otras virtudes —ellas— que las mantelerías embarcinadas y las fruncidas enaguas y el punto de cruz para los pañitos repiseros y las arcas talladas y las bordadas colchas y las abullonadas ondas de las galerías de aquella otra casa —de medios puntos y encristaladas monteras— que tuvieran que abandonar cuando el desahucio y sobre la que se cebaran los leguleyos; y la misa y el rosario y la catequesis, y la *fiesta de la Espiga* y la presidencia de las *Adoradoras,* y el fru-fru por la calle Real, junto a las boticarias, y el debido respeto a la hermana del arcipreste, y el nombramiento de camareras perpetuas de la Virgen patrona para vestirla de raso y de zarcillos y de collares y de pendentíes y de anillos y de pulseras en la tarde de la procesión de agosto, y el ser elegidas todos los años para lavar los pies a los doce pobres las Pascuas de Resurrección, y un *sí* y un *no* y un *entendido doña Engrasia,* o doña Natividad o doña Consolación, y un *le agradecemos su visita, doña Sacramento,* y un *nosotras recibimos todas las tardes, doña Cristina.* Faltó el piano y el solfeo más que por la ausencia en el lugar de una profesora de música por falta de curiosidad, la de ellas, en conocer un *do-re-mi-fa-sol* que las hubiera robado horas a sus mundanos desvaríos; faltaron también, naturalmente, las medias de seda y los primeros abrigos con cuellecitos de *renard* y los zapatos blancos y las raquetas de tenis —que añoraran inútilmente desde las páginas de *La Ilustración Española y Americana*— y los viajes a París —o siquiera a la Corte— y los veranos en Biarritz y los cruceros de placer y el colegio de las monjas irlandesas —que tuvieron que soñar entre tazas de chocolate, picatostes y copitas de *Anís del Mono*—. Faltaron efectivamente tantas cosas que cuando se dieron cuenta que pudieron haberlas tenido todas y no pasaron de los triduos, las novenas y los sueños, aceptaron sin rechistar la definitiva bancarrota con más ánimos que su propio padre y se dispusieron resignadamente a servir en la ciudad, a bordar ajuares de novias y a plisar faldas y almidonar crinolinas burguesas, sin aparente justificación, en cuanto le hubiera bastado un par de horas escasas de camino —desde que saliera antes de mediodía de la Ciudad Fluvial— para, a partir de la altiplanicie de los rojos alcores, cruzar las tierras del Axaraf, uno de los diez climas que el geógrafo árabe El Edrial dividiera la Andalucía, alcanzar el Paseo de las Acacias y el centro mismo de la calle Real de no haber remoloneado al quiebro de las galgueras en un nuevo y frustrado intento de levantar un ganador desde la tribuna del canódromo que sustituye desde hace un par de meses en su corazón las pelotaris falditas tableadas, los gritos del graderío, el rebote seco y silbante de la pelota contra la raqueta y la cancha, los *dobles* de los *colorados* y los *negros,* la densa atmósfera del humo de los vegueros, el olor fresco y dulzón del serrín de la limpieza y la angustiada mirada sobre la liebre mecánica de los habituales, comprometidos en una inacabable diaria lucha de equilibrios casi bursátiles antes de apostar incluso los penúltimos níqueles y la última bolsillera calderilla reservada para el probable desafortunado regreso al centro urbano en la plataforma de un tranvía sin una mala media punta de cigarrillo que llevarse durante el viaje a los labios.

Un taconero golpe de refilo, tras el calambrazo del embrague para una *segunda* larga que desahoga el furor del tubo de escape y un ronroneo rítmico, suave y cálido como el tableteo de los picos de las cigüeñas recién llegadas que regresan a sus nidos en las espadañas a esta incierta hora del anochecer, coincidiendo con la vuelta aldeana de los pelantrines desde el verderar de los olivares. Los cromados radios roban un postrero rayo de sol que se escapa tras los miradores y las azoteas y, luego, opacos, envueltos en penumbras, discurren en un todo unitario que relevan los neumáticos del asfalto y los induce a trotar, ya sobre la calzada de guijarros y cantos rodados de la calle Real, recién iluminada por las luces trémulas de los zaguanes y de las ventanas bajeras incendiadas de carbúricos reflejos y chinescas sombras de aceiteros candiles sonámbulos y melancólicos.

Su complexión —espaldas de gladiador, cintura de discóbolo— achatan aún más su altura de un metro setenta, incapaz de estilizar las mangas ranglan de su trinchera *Buberrus*. Atleta desde niño —como con sangre de titiritero ítalo que ya a los trece supiera manejar un tablero de mármol de treinta pulgadas con la misma fuerza, facilidad y destreza, que un oficial de treinta— le basta un primer y único impulso para subir —y hacer rodar ya dentro— su máquina francesa por el doble escalón y el rejal de los baldosines de la casa —puerta azulejeada por el meretablillo de Ánimas que se levanta sobre el medio punto de la despintada cancela tras la que acechan los claros ojos, dulces y alucinados.

Incluso ésta, su misma fortaleza y el perímetro de su tórax de auténtico luchador (que habría de servirle sin embargo de bien poco para albergar con clínica fortuna las cámaras de aire de su pneumotorax, inútil remedio para la enfermedad que contraería veinte años más tarde y que había de llevarle a una fosa, no ya a un ruinoso panteón como a su mujer, sino a una simple fosa terrena) confirma no estar hecho, no hallarse *fabricado* exactamente de idéntica masa carnal que sus hermanos. Ni él ni Augusto lo están, pese a la contumaz fidelidad materna; aunque en realidad tampoco Augusto tenga con él nada en común excepto un cierto desgarro, una complacencia por el amontillado en particular y los *sherrys* en general, una indiferencia religiosa y una constitución física semejante, una inconsciente tendencia al tricolor y una —ya absolutamente consciente— a la piel suave de las domésticas adolescentes y las meretrices de las mancebías de fuste. Nada les une sin embargo, aunque nada les separa radicalmente tampoco tomando como referencia las virtudes cívicas y morales del Artista: sobriedad, desapasionamiento, ausencia de proporciones atléticas, mesura, arrogancia, *spleen*, belleza casi femenina, y devoción y entusiasmo por el rojo y el gualda, en cuanto el comunero morado, el incierto violeta, lo reserva sólo y exclusivamente para singularizar aromáticamente su obra pictórica.

Pero es, por supuesto, de otra raza que Augusto, y sus inclinaciones corresponden a una naturaleza mucho más elemental, como si hubiera quedado anclado en la niñez de la que no ha sido capaz de liberarse aún y de la que no le será posible escapar nunca, y quizá de esa niñez partan los fantasmas que han de perseguirle a lo largo de toda su vida segada al filo de los cuarenta, una madrugada de febrero, cara al Guadarrama, dentro de una ya inútil tienda de oxígeno, tras haber hecho balance de su vida y recibido los Auxilios Espirituales y la bendición apostólica de Su Santidad, gracias a la intercesión y perseverancia de su hermana Virtudes elegida por el destino para recoger el último de sus alientos antes de penetrar en los inexorables dominios de la Nada.

Sus pupilas mantienen todavía un penúltimo fulgor de apuestas perdidas y de galgos famélicos y una levísima ráfaga demencial de jugador sin suerte cuando se cruzan con las de Estrella —donde un temblor de noche ha sustituido al de alas de gaviotas, náufragas de su espera. Y un gato maúlla en el alero asimétrico, sobre el canalón de cinc, que cierra desde la penumbra del zaguán la perspectiva interior del patio donde se desperezan las aspidistras— cuando sus dedos, por fin, se enlazan en el arabesco del herraje despintado de la celosía, antes de que salte el pestillo que hará chirriar los goznes desvencijados de la cancela que habrá de abrirle el camino a dos horas de tedio y recriminaciones a cambio de unos escasos minutos de apresuradas —y no del todo definitivamente consentidas— caricias amorosas.

»...El *tren* de caucho y acero, Delia, abierto y esperanzado al aterrizaje de emergencia, estuvo a punto de rozar el vértice de la copa de la palmera, las guías pavonadas de la vela del patio, la cúpula del viejo oratorio y el orientabrisas de cinc de la chimenea. Un rugir de motores, un destello metálico, un desasosiego y, en el jardín, el grito estremecido de los pájaros; fantasmagórica visión en nada semejante —con la panza aceitada sobre el árido camuflaje para el desierto y la escarapela tricolor de la R. A. F. bajo los alerones de cola— por rauda, imprevista y absurda a la del zepelín, majestuoso, plateado y solemne en el cielo de una primavera, en las postrimerías de un caluroso junio contemplado —tras una espera de dos horas— por toda la familia reunida en la azotea, y una llegada previamente anunciada, como lo fuera por ejemplo la del príncipe de Gales o la del autogiro La Cierva, que, de alguna manera, simbolizaba, y el tiempo habría de confirmar las razones premonitorias de la intuición, la hazaña de un nuevo Pimpinela. Luego, esquivando minaretes, burlando campanarios, escapando de las amenazadoras espadañas, las veletas y los pararrayos, el *Lancaster* cruzó en diagonal el cielo del caserío ciudadano buscando —acosado por los disparos antiaéreos de la D. C. A.— la tabla de salvación de una problemática, e inexistente en la dimensión apropiada, pista de cemento del aeródromo militar.

Los periódicos de la mañana publicarían la fotografía del cuatrimotor (perteneciente a una escuadrilla de bombarderos con base en Gibraltar que, cruzando el Estrecho y siguiendo los esteros del delta y más tarde el curso maestro del río, buscara desesperadamente un lugar de aterrizaje, tras haber logrado eludir en Orán, de donde regresaba de efectuar una misión de bombardeo y reconocimiento, la persecución de los *Messerschmitt* de Rommel) y la odisea de la tripulación, internada tras haber logrado por fin su toma de tierra, y, preceptiva, según las leyes de neutralidad, posterior confiscación del aparato.

Pero en los arreboles de aquella tarde que huía, Delia, cuyos últimos reflejos escapaban en el Poniente tras los olivos y las viñas de los alcores del Axaraf —de estos mismos alcores, olivos, y estos mismos viñedos— la pasada, a ras de las azoteas y tejados del cuatrimotor y los disparos del fuego graneado de los antiaéreos, resultaron motivo suficiente de preocupación y de historia —en una casa blasonada aún por las siglas limitadas de una firma industrial regentada ya entonces exclusivamente por mujeres que asistían impávidas y conscientes a su completa y definitiva quiebra y descomposición tras la muerte del abuelo y el fallido intento de mi padre de llevar solo y con buen pulso las difíciles riendas del negocio— como para prohibirme terminantemente asistir como todos los días al curso nocturno de la Escuela de Bellas Artes. Determinación evidentemente precipitada, Delia, si se piensa que les hubiera bastado conectar la radio local para obtener alguna primera noticia sobre el suceso que alejaría cualquier sospecha de alarma sobre las posibilidades de haber entrado en una nueva contienda, pero justa en la medida de su incapacidad para no admitir otra verdad que la divulgada sobre papel impreso y con tinta aún fresca del matutino católico refrendado por el inevitable NIHIL OBSTAT de su eminencia reverendísima desde el sitial de damasco del palacio arzobispal (¡O. K.!: P. C. S. S. A. de S.).

»Descomposición y total derrumbamiento que no impedía sin embargo continuar manteniendo un cierto tono de prestigio social materializado al proyectarse sobre la inalterable forma de continuar vistiendo a sus sobrinos, y muy especialmente al primogénito, que al cumplir los dos años fuera recogido —como salvado— de las aguas del Nilo de la maternidad de Estrella, mi madre, y puesto desde entonces al cuidado de la femenina grey del clan para ser alimentado de histéricas ternuras intentando inútilmente encauzarme por la misma virtuosa senda que eligiera el Artista ¡como si fuera acaso de su misma raza!: altos calcetines de lana en invierno e inmaculados tobilleros en verano, zapatos a la medida, camisas de seda, jerseys sin mezcla de algodón —aun en los peores años de restricciones— tricotados a mano, corbatas de cuadros escoceses, ternos de franela, abrigos de espigas, amanerados gestos de aladas pero ya mucho más discretas manos genovesas, y andares jesuíticos como los de mi tío. Molde exacto de un Alberto, en fin, el endurecimiento y cocido de cuyo barro no llegaría jamás sin embargo afortunadamente a consolidarse, lo cual yo ya presentía, Delia, incluso mucho antes de ser llevado por el abuelo —años atrás— a la proyección de dos filmes: *Soldado Profesional* y *El Pequeño Príncipe*, que me abrieran, no obstante su ingenuo aseptismo, a los seis años, un mundo de rebeldías y pecados mortales, de fulgores de gloria y de gratuitas desobediencias.

»Así y de manera que, flamantemente equipado para el estío, con mi carpeta de dibujo llena de papel *Ingres* y mi *plumier* atiborrado de carboncillos y de lápices, gomas, chinchetas y difuminos, no acepté la decretada desautorización de salir como todas las tardes para asistir a las clases de dibujo y modelado y tomarle otro día más el pulso a los esplendores de unas calles que todavía se me negaban a lo largo del curso académico, contándoseme los minutos de tardanza a mi regreso del colegio de la *Compañía*, del que lograra por fin volver solo aquel año a partir del segundo curso de bachillerato. Aquel día además, al esplendor de la calle en sí se unía mi curiosidad por el insólito suceso que congregara corrillos de desocupados, que se podían atisbar desde el cierro, en los aledaños de la plaza del duque de Montpensier y grupos de sirvientas y lacayos del barrio que charlaran animadamente sobre él en ambas aceras, llegando a lo largo de ellas los rumores de los interrogantes y el pánico hasta las, en par en par, abiertas celosías habitualmente clausuradas de la casa de Laura donde ella misma asomara su silueta, descocada y gentil, al balcón sin rodapiés de su alcoba, situada estratégicamente entre su chófer y su doncella, y vestida tan solo con una especie de clámide transparente que, según Natalia, lo mismo podía tratarse de un camisón de dormir, un salto de cama, o una *négligé* de mancebía.

Obligado a desvestirme mientras se me volvía a advertir que no pondría los pies en la calle bajo ningún pretexto, aseguré con toda seriedad que admitía mi encierro si no era obligado a cambiarme de ropa, y, que hasta la hora de la cena, permanecería leyendo a Salgari (para lo cual me vi obligado a jurar que ni tensaría los radios de la bicicleta, ni cavaría nuevas sepulturas para los polluelos que asesinaban en el gallinero las ratas ni botaría nuevos bergantines en la alberca) sentado en una mecedora del patio, esperanzado que, de un momento a otro, llegara como todas las noches el Artista para dar el ineludible diario beso sobre la frente de su madre y aclarara quizá también el enigma del aerostático suceso; o mis padres y mis propios hermanos con la intención de dar todos juntos esta vez un infrecuente —para mí— paseo nocturno en un coche de punto o en un simón de alquiler (habían terminado ya los alegres días marítimos de vacaciones en el delta como terminaran también las escalas al piano y los valses, las chocolateras y las polkas de mis tías sobre las marfileñas teclas del *Pleyel*) para acabar sentados en un quiosco de refrescos del parque de la Infanta, al lado del Gran Casino, o en el ambigú —rodeado de macetas de albahaca, chaquetas de hilo blanco, abanicos, tules de gasa, echarpes de flores y pequeñas y vociferantes vendedoras de ramilletes de jazmines y nardos— de un cinematógrafo al aire libre.

El tac-tac de puertas mal encajadas, de las mecedoras de rejilla, el agua escurriéndose en el surtidor de las ranitas vidriadas, las salamanquesas crucificadas en el lienzo del muro rubricado por el copete bermejo de la bungavilla y un ensueño lastrado por la melancolía. Había prometido renunciar aquella tarde al mundo de las batallas navales, las pequeñas tumbas y la mecánica, los tres juntos mucho menos importante sin embargo que el de los gnomos al que también dijera *no*, a pesar de ser precisamente el único que ni me emporcaba de barro ni me salpicaba de agua ni me manchaba de grasa, al limitarme como me limitaba a contemplarlos caminar por los senderos y salir o entrar del tronco de la celinda o de la palmera, oculto, silencioso e inmóvil, conteniendo la respiración, tras los macizos de margaritas, los parterres de rosas o los pedestales y las cruces, las lápidas y los tapamentos de mármol de Carrara.

»Fue poco antes de cumplir los cinco años cuando decubriera su presencia, Delia, y aparecieran ante mis ojos asombrados los minúsculos habitantes del jardín, incansables trabajadores del *bosque*, arrastrando, como hormigas, avellanas, almendras o dátiles en primavera hasta la entrada de sus dominios, cortando astillas de leña con sus pequeñas hachas de plata en otoño e invierno y acarreando desde la alberca odres de cuero —como dedales— llenos de agua en las sedientas tardes estivales. Pero mucho antes de que mis ojos confirmaran inequívocamente su existencia, conocí su número exacto e incluso sus nombres gracias a la facundia imaginativa de tía Beatriz que me hablaba de ellos noche tras noche —sin aureolarlos no obstante jamás de misterio— como de algo completamente familiar a la casa y vinculado secularmente a ella, y de una corporeidad tan precisa por ejemplo como la de las golondrinas que anidaban en los aleros, los gatos que poblaban las noches de los tejados, los canteros y marmolistas que trabajaban en el taller, los monumentos funerarios repartidos por la floresta y las dóciles y solícitas criadas del servicio doméstico, mientras me arropaba cuidadosamente durante esos precisos y geométricamente equidistantes minutos, cuarta dimensión al margen por un lado de la fantasía y por otro de la realidad, entre la vigilia y el sueño, la lucidez y el caos.

»Los familiares personajes de Salgari dejaron pronto de ser aquella tarde apasionantes: los terribles corsarios de Tortugas no eran ya capaces de conducirme de la mano hasta las cofas de sus galeones ni los fieros piratas malayos de cortar mi aliento con los filos de sus cimitarras. Me encontraba exclusivamente pendiente del suave silbido que, junto a tres secos golpes sobre el pulsador eléctrico, anunciarían en el cancel la aparición de mi tío Alberto y de las enredadoras e inconfundibles voces de mis hermanos que, desde el zaguán, antes del también característico timbrazo de mi padre, proclamarían, si es que éstas llegaban a producirse, alborotadores, su llegada a la casa para poder seguir con verdadero entusiasmo el hilo de las aventuras del Estrecho de Yucatán y del Golfo de Bengala. Sólo contaba para mí, pues (como ahora a treinta años vista) la desolada espera, mientras me sentía inmerso en una agridulce nostalgia, la misma que habría de perseguirme con distintas gradaciones a lo largo de mi vida, y que se concretaba en un conciso período de tiempo como arrancado de la memoria por el rugido de los motores de aquel desorientado *Lancaster* y el estampido de los obuses antiaéreos. Meses, semanas, o quizás días aislados o tan sólo horas que, en la distancia y el recuerdo, resultaban años, Delia, como pudieran haber resultado igualmente siglos y que formaban un todo unitario y compacto enmarcados por unos matemáticos paréntesis, difícil ecuación para la gravedad de unos sucesos que ya entonces, sabía eran en gran parte los únicos culpables de los profundos cambios operados en mi vida familiar: *roses* y *quepis*, juntos todavía, invictos uniformes, sables centelleantes y rutilantes bayonetas presentando sus armas un veintitrés de enero a la efigie del Rey uniformado de maestrante; banderas tricolores y presos libertados esgrimiendo las herrumbrosas llaves de las celdas y de los rastrillos a los compases corales del Himno victorioso —alucinante cabalgata vislumbrada apenas tras los visillos del cierro en los esplendores del azahar una mañana de primavera— armones artilleros y caballos heridos de muerte galopando enloquecidos arrastrando jinetes agonizantes una madrugada de agosto: rojo fajín de general olvidado —o abandonado— en un banco de piedra, bajo un jazmín celeste del Parque de la Infanta + empolvadas urnas de cristal en forma de ataúdes llenas de blancas tocas de monjas de clausura + repeluznos frente a un ensangrentado bisté de ternera, que bien pudiera ser, como se amenazara, de Teniente de Guardias de Asalto + las ametralladoras, los morteros, y los uniformes coloniales sustituyendo a los sables, las cornetas, las oxidadas piezas artilleras y los entorchados, e invocando los derechos de una nueva Ley para, desde el *azul* y el *negro* exigir un registro en nombre de la Justicia que llegara —para purificar con el plomo de sus *mausers* las liberaciones masónicas de mi tío Augusto— hasta el arabesco de forja del cancel una tarde de julio, y que ni mi abuelo fuera capaz de evitar pese a su prestigio, ni mi tío Alberto impedir (por encontrarse a seis mil millas marinas de la Ciudad Fluvial, exponiendo los violáceos chafarrinones de sus óleos a la impenitente mediocridad de los hijos de los Peregrinos del *May Flower*, empeñados en dar un toque de color y luminosidad a las verandas y a los *hall* de sus *cottages* de Nueva Inglaterra); como no lo lograran tampoco en un principio las solícitas palabras, las razones de inocencia fraterna y las ingenuas súplicas de mi padre, a pesar de su juvenil amistad de casino, tapete, frontón y prostíbulos, con el responsable de la Escuadra justiciera que, no obstante, setenta y dos horas más tarde, minutos antes de la prevista ejecución lo devolviera a la casa de la que lo había personalmente sacado tras hacerle jurar que bajo ningún concepto la abandonaría, responsabilizándose de su vida si se comprometía a cumplir su promesa, sin presumir que al cabo de poco más de dos años se vería obligado a salir involuntariamente de ella —los pies por delante— por culpa de una ampolla de *Salvarsán* correctamente recetada frente a las seis cruces de un análisis de sangre, pero sin un electrocardiograma complementario que diera asimismo fe del correcto ritmo de su corazón, trastocado desde la lectura de su sentencia de muerte.

»Las primeras sombras, Delia, escamoteaban la rosada simetría de los postreros reflejos solares que cabalgaban en los voladizos de los tejados tras haber escapado de los lienzos de cal de la cuadrícula del patio, y en los mediospuntos de las tejavanas se desperezaban las lechuzas a las que despertara el suave tremolar de las empolvadas alas de los murciélagos. Sin embargo, era aún demasiado pronto, Delia, para cortar voluntariamente el fino cordón de seda que condicionaba aquel día mis esperanzas de salir al cancel, porque ni los corredores del cenador habían empezado a dar inequívocas señales: pasos furtivos, tintinear de vasos y cubiertos, chocar de platos y de fuentes que anunciaban que la mesa estaba servida para la cena ya dispuesta; ni de la calle llegaban aún los inconfundibles murmullos del discurrir nocturno de las aceras que prologaban las femeninas voces infantiles de los pregones florales que anunciaban con toda certeza a los habitantes de la casa la verdadera llegada de la noche: «¡los jazmines, y qué bien huelen!».

»Faltaban ocho años aún para que te descubriera aquella tarde vagando insomne y melancólica, Delia, las manos a la espalda, mordisqueando un tallo de avena loca por el sendero de gravilla —que aún sigo resistiéndome a cruzar—. Sintiéndote mujer te consideraban una niña, y a ninguno de los fornidos, atléticos y musculosos muchachos que esperaban su turno para jugar en la cancha apoyados —imitando indolentes los gestos de Bogart y la sonrisa de Gable— en la barra del bar, se les ocurrió pensar que el rescoldo de picones velados pero encendidos de tus ojos podían ser avivados solamente con media docena de halagüeñas palabras para la elasticidad de tu talle y otra media para hacerte comprender que la montura de tus gafas hacía más procaz aún tu mirada sabihonda, oculta entre los jirones de burla de tu falsa modestia al sentarte, cubriendo siempre tus rodillas, en una esquinita del salón, con la mirada perdida en los olivos o, peripatética, bajo el grupo de palmeras, esperando el milagro de que alguien —cualquiera— supiera descubrir bajo la máscara de manzana de tus mejillas la otra cara de la moneda de tu pubertad: la de tus deseos a punta de cuchillo y de látigos, constricciones y narcisismo casi a punto de Lesbos...

VIERNES, DIECISIETE DE AGOSTO DE MIL NOVECIENTOS TREINTA Y SIETE. Se estira las medias —perpendiculares ambas costuras al centro justo de los correspondientes zapatos charolados y convergentes desde las corvas a las ligas— y ya en el corredorcito, antes de abrir la puerta y decir hasta luego a su madre —matrona aún cabeceante de siesta en la hamaca del balcón, tras la persiana pintada de verde que todavía no arrullan los primeros verderones de la tarde que nace— coge el bolso y el abanico después de colocarse diestramente el velo y prenderlo con alfileres y maestría al rodete de cabellos castaños recogidos —la raya en medio— en mitad de la nuca; velo de granadino tul, negro y floreado, que ni llega a mantilla ni se queda en blonda, pero que cumple no obstante con creces el papel que le ha sido asignado, coadyudando a la entereza necesaria para, pese a las circunstancias y siempre segura de sí misma, cruzar sola unas calles —siete exactamente incluyendo las plazas sin contar la mayor, con la estatua ecuestre del Rey Sapiente, ni la de los Duques de Montpensier con la espadaña de su clausurada capilla evangélica— y alcanzar el dintel de un portal todavía encajado que prologa los azulejos del zaguán en penumbra y la matizada claridad del patio donde susurra el agua de los surtidores vidriados y se desperezan el boj y los arrayanes, junto a las aspidistras y las hortensias, la albahaca y los geráneos.

Visita de tapadillo, como de infidelidad y adulterio si estuviera casada —con otro— siendo como es soltera, como de corchete hembra que buscara al macho inmovilizado (prisionero bajo palabra) en la otra orilla de una costura al bies, para dejarse violar por él voluntariamente. No hay caso, no lo habrá ya nunca, no se le presentará jamás la oportunidad, y menos precisamente a partir de ahora cuando es inútil y materialmente imposible ofrendar lo negado antes —por escrúpulos y en nombre de una moral cívica— en los momentos en que ambos eran verdaderamente libres y corrían juntos y solos de la mano por los ribazos del Guadaira o por los desmontes de las afueras, y juntos giraban los domingos excursiones a las cercanas playas o a las romanas ruinas quizá para recitar enfáticamente juntos: *¡Fabio, si tú lloras / pon atenta la vista / en luengas calles destruidas / mira mármoles y arcos destrozados...!* y juntos preparaban la tesis para la licenciatura en Pedagogía y el programa de oposiciones a una cátedra de Instituto de Enseñanza Media, mientras, en la mesa camilla del comedor, la madre dormitaba su irredenta viudez, y la alcoba con la cama enfundada en una colcha de ramos blancos y celestes, se abría y se perfilaba tentadora a la izquierda del saloncito de estar presidido por el marco que orla al título de doctor en Medicina del padre, difunto ya con Berenguer, krausista ilustre que no alcanzara los esplendores del busto de Mariana ni al ensueño tricolor de Mairena.

Repique de tacones en el caracol de la escalera de mármol blanco, pasamano de roble y bola de cristal irisado, y la portera, *con su escoba de flores,* asomando medio cuerpo a la ventanita de su cubil, cajón de madera encristalado que defiende su intimidad con cortinillas de descoloridos otomanes. —Hasta luego, señorita. Y ella, adiós, Matilde. —¿Cómo dejó hoy a su señora madre? —Como siempre, Matilde, con sus achaques. Así que ¿sale usted por fin esta tarde? —Salgo. —Hora es que se distraiga y olvide penas y amarguras. —¿Supo algo nuevo del novio? ¿Tuvo acaso noticias? —Ninguna, Matilde. —¡Tan galán él, tan caballero, de tan buena familia, y a lo peor pudriéndose ya en una fosa! —¡La vida, Matilde! —¡La vida, señorita! Vaya con Dios, y, a propósito, esta mañana vinieron a pedirme informes de usted y de su señora madre. ¡Y qué mal crédito les iba yo a dar!, fíjese, les dije la verdad, ¿qué esperaban acaso que les dijese? que lo mismo su señora madre que usted son personas de orden y temerosas de Dios, que hace para cinco años que viven en el tercero izquierda, que no han dado en esos años lugar a murmuraciones, que... —Gracias, Matilde, muchas gracias. Si volvieran... —Se lo comunico, señorita, téngalo por seguro; una está aquí para defender el buen nombre de los inquilinos.

De nuevo los tacones en la mesetilla del zaguán. Después un ramalazo de claridad austral que empequeñece las pupilas de ojos entre grises y verdes, entre azules y pardos, saurios ojos, casi reptiles, que no son protegidos por unas lentes de cristales ahumados, sino por las varillas del abanico recién abierto frente al resol, ya en mitad de la calle, cuando cruza decidida a la otra acera.

Siete calles incluyendo las plazas, sin contar ni la del Rey ni la de los duques de Montpensier y la del Arzobispo-Infante, defendiéndose del sol con el país y las varillas del abanico que Augusto le regalara catorce meses atrás, levantina y pastoral versión de un Louvre de escotes y de rosas y un Versalles de florestas y de columpios. Siete calles —inmersas en la calina, ganadas aún por la calina de las cinco de la tarde chirriante de destartalados tranvías, trotada de calesas y de simones, rubricada en intervalos de camuflados camiones militares recién desembarcados en el puerto— y siete nombres que nada le hacen recordar, ni le ayudan —no sólo en razón de su nueva rotulación (aceptada exclusivamente por los repartidores de telegramas, y los carteros) a evocar una infancia casi campesina, de ciudad de menos de veinte mil almas, y lo suficientemente distante geográficamente de la urbe fluvial en la que se avecindaran —clase pasiva y aún riguroso luto— a los seis meses de la muerte del esposo-padre, francmasón también, aureolado de cívicas virtudes teologales, impenitente monógamo, orteguiano lector, ciudadano de *jure* del universo de las Ciencias, ibéricamente alumbrado por el navarro doctor de galaico nombre jacobeo al que reverenciara y rindiera un culto de extasiadas y respetuosas miradas mientras recetaba fórmulas magistrales, desde el sitial de la Beneficencia Municipal de su consulta (que el sabio presidiera entre un feto en frasco de fenol y un pergamino caligrafiado por el juramento ritual de Hipócrates) abierta al cierro de cristales de una polvorienta placita lugareña blasonada de escudos de Armas —hazañas ultramarinas y trasmontanos cuarteles de encinas y alcornocales—, piedras casi catedralicias y enjalbegados minaretes.

Timbrazos previamente concertados de dos llamadas cortas y una larga. La siesta, no del todo apurada, adormila los reconciliados cuñados ánimos; pero se espera su llegada en la casa con buena voluntad y se admite su presencia semanal de seis a nueve, casi feliz final de escarmiento de una *mala cabeza* que no terminará ya en las tapias con los sesos pegados a las cales difuntas de los sepulcros altos mientras las vengadoras balas se incrustan en los recios troncos de los cipreses sino que fantasea imposibles victorias tricolores y cuenta los días que faltan para un nuevo reencuentro amoroso. Se extreman no obstante las precauciones y se disimula, como siempre, una visita de cumplido con el pretexto de solicitar posibles noticias, que no han de llegar, naturalmente, nunca.

Mala cabeza. No la cabeza a pájaros como Javier ni a pantera o a tigre como Alberto. Desde el taller de cantería (donde empieza a languidecer ya el ritmo de los cinceles y de los martillos, de las piedras pómez, los abrasivos y los asperones) y donde para distraer su ocio juega a marmolista pulimentando al óxido una escribanía que tallara toscamente él mismo para ofrecer el día de su cumpleaños a su amada, presiente el timbrazo antes de haber sonado y adivina la tímida silueta de Margarita recortándose tras el cancel, en la penumbra del zaguán ante el portalón de entrada recién abierto y la rojiza pincelada de sol que hiciera rebrillar durante unos segundos el relieve —hojas de vides y zancudos flamencos— de los azulejos cartujanos.

No suelta sin embargo la lámina de estaño muñequeada en nitratos y saldacedera sobre la veteada superficie que comienza a espejear, pero disminuye su entusiasmo frente a ella hasta que, entre ronronear de berbiquies y chirridos de lima —por el eco vacío de tac-tac de las mecedoras que le llega del patio— y el de un murmullo de femeniles voces entrecortadas, confirman su esperanzada premonición y abandona el juego de su trabajo *amateur* para subir de dos en dos los peldaños de la escalera del jardín interior y, ya en su cuarto cambiar su ropa de faena por una camisa de rayas, unos pantalones de hilo y unos zapatos veraniegos —tras rasurar rápidamente su barba y aplanar sus cabellos con fijador— para terminar bajando despacio —un cigarrillo encendido en la comisura de los labios— la escalera que preside el Arcángel y casi alcanzar los umbrales del patio donde las mecedoras han iniciado de nuevo su secular cadencia y madre, hermanas, prima y novia encadenan diálogos banales y comentan las travesuras de su sobrino que alborota los corredores del cenador galopando sobre imaginarios caballos de crines de fuego en una encarnizada batalla medieval cuyo desenlace es aún imprevisible.

Una *mala* —diferente— *cabeza* en efecto, como diferente es también él. Ni de la raza de Alberto ni de la de Javier, e incluso físicamente dispar al no estar dotado ni de la femenina apostura del Artista ni de la atlética complexión del artesano, y ni siquiera equidistante entre ambos sino llana y sencillamente distinto en cuerpo y alma, en naturaleza, en gustos, en aficiones y en ideología a sus hermanos, monárquico activo el uno (y a los treinta concejal del primer Ayuntamiento del Marqués de Estella) y pasivo simpatizante (sin mayores detrimentos ni posteriores consecuencias) el otro del 14 de abril.

Acaba de cumplir treinta y un años y hace, precisamente por estos días caniculares, uno que estuviera a punto de ser ejecutado una madrugada. Treinta y un años cabales en la medida de su incapacidad de sentar por fin definitivamente la cabeza y admitir los hechos consumados —irreversibles ya para cualquier espectador imparcial ateniéndose a la marcha objetiva de la contienda— y aceptar su público perdón y quizá su posterior rehabilitación como profesor auxiliar del Instituto de Enseñanza Media, e incluso, de alguna manera, su integración a un nuevo orden que se desinteresa intencionadamente de su paradero y que, aunque pretenda ignorarlo, naturalmente conoce —como conoce las entradas y salidas de Margarita sabiendo que mantiene mucho mejor así a raya su conducta de prisionero en casa y no ya precisamente gracias al cumplimiento de una palabra y a la promesa hecha a alguien que ya ni es nada ni tampoco nada representa— a partir de la consolidación de unos principios sino a la intervención de su hermano Alberto, su verdadero fiador, que al regresar, vía Gibraltar, de su última exposición pictórica en Boston —aún inseguro el triunfo de la Causa— hiciera voluntaria donación, de la que pronto se resarciría con creces, de veinticinco mil dólares que pasaran providencialmente la aduana inglesa escondidos en el fondo de su valija.

Inesperadamente, una punzada en la ingle, un desgarro interior, un incierto desasosiego, un escalofrío, un crujir de huesos, una flagelación de articulaciones y, casi sin transición, la evidencia —un resplandor de lucidez durante una centésima de segundo, antes de llegar a poner los pies sobre las losetas de olambrilla del patio— de que sus oscuros presentimientos, ya de meses, toman por fin forma y corporeidad y se hacen patentes para dar de nuevo fe del mal que le mina los glóbulos, del mal del que curara sólo a medias, del viejo *mal francés* de las pálidas espiroquetas soterradas y aún intactas en su sangre y que, como adormecidas quizás a causa de su tragedia no consumada, al cabo de un año vuelven por sus fueros para hacerse presentes, anunciándose de golpe y porrazo y redoblando con los nudillos de la ira contenida sobre su espíritu para sacudirlo ahora sin piedad y despertarlo de su olvido.

Es suficiente para romper el ensalmo de la ansiada visita. Basta y sobra para que se sienta aterrado y responsable y tome conciencia de lo que el rebrote de la enfermedad significa para su futuro que, aunque intuya naturalmente incierto, no deja por ello de estar asimismo lleno de esperanzas proyectadas ya, por supuesto, en otra dirección donde prevalecerá, por y sobre todo, la idea del orden secular de sus mayores que, como su sífilis, vuelve inevitablemente también por sus fueros; dirección que acabaría concretándose días más tarde en un reingreso —firmado y rubricado ante un dominico— a las filas de Iglesia Romana, tras haber abjurado de su filiación masónica.

Todo resulta de pronto demasiado intemporal para adivinarse que en sólo esas décimas de segundo —y a partir de ellos— sus pasos han perdido elasticidad, y que como inmerso en una cuarta dimensión del espacio y del tiempo —que es sólo y exclusivamente suya y a él solo pertenece— tardara todo un siglo en alcanzar la fuente de las ranitas vidriadas y el recibidor veraniego del patio —un sofá, una alfombra de palmizas, cuatro mecedoras y un velador de mimbre— que se recorta, como en un escenario, bajo el toldo que no será descorrido hasta un par de horas más tarde.

No exactamente reflexivo ni colérico (en cuanto su determinación de afrontar los hechos y ponerse rápidamente en manos de un especialista —por muchas dificultades y quizá peligrosidad que en su caso esto encierre— está ya tomada) sino resignado e impotente ante el exorcismo de un mago que con su maleficio lo hubiera repentinamente embrujado. Y es ése, como hálito de nirvana que emana de sus ojos, cuando llega por fin a hallarse frente a Margarita, que se levanta de una mecedora para ofrecerle sólo cortésmente la mano —al que a ella le hace pensar que algo muy semejante a la muerte, muy próximo a la muerte, quizá la muerte misma (que llegará inexorablemente, pero cuatro meses más tarde)— lo está de nuevo rondando, y que él lo sabe y confía en que ella pueda hacer algo para salvarlo esta vez no de siete balas de mauser sino de una guadaña agazapada que se acerca lentamente por oscuros caminos que a ella le son imposibles adivinar y descifrar ahora, y que incluso una vez trillados no llegara a descifrar tampoco nunca en cuanto su papeleta de defunción especificara *ataque cardíaco* —en lo que no mentiría— pero no de las causas subsidiarias que motivaran este ataque: una ampolla alemana de *Neo,* inyectada personalmente por el aristocrático médico de cabecera del Artista que aceptara, no sin vacilaciones, hacerse cargo de la curación de tan misterioso —prisionero o escondido— enfermo y que declinara toda responsabilidad de haberlo asesinado sin necesidad de pólvora y de sangre cuando Javier lo culpara —mientras lo abofeteaba— de haber ejecutado, por fin, una sentencia hasta entonces incumplida.

Antes de que las sombras de la noche caigan definitivamente sobre la cuadrícula del patio; antes de que en el jardín interior comiencen las panarras y las lechuzas a abandonar sigilosamente sus nidos en la palmera y en los alerones de los tejados, el país velero de su abanico languidece y las varillas silencian su tris-tras sobre su regazo. Ha llegado el momento de partir, el inevitable instante del regreso, y, presintiéndolo, se levanta de la mecedora y sonríe mientras se disculpa por la hora que —comprobada en su relojito de pulsera— es, y piensa que tampoco hoy habrá lugar para una íntima despedida —como no la hubiera para íntimo recibimiento— y ya en pie ruega con firmeza que nadie se mueva —ni siquiera él, que intenta acompañarla al cono de sombra que protege el cancel—, y besa a su infutura suegra y a sus infuturas cuñadas para tenderle a Augusto de nuevo solamente la mano y ser veinte segundos más tarde el reflejo de una silueta que discurre —calle arriba— bajo la luz agria y cenital de las farolas de gas recién encendidas.

»...Luis Mazantini Eguía, *Mazantini,* hijo de un apuesto emigrante italiano y de una socarrona *neska* guipuzcoana —de profesión ferroviario antes de trenzarse la coleta— nació en Elgoibar el diez de octubre —Libra— de 1856 y recibió la alternativa de *Frascuelo* en la Real Plaza de la Maestranza de Caballería de Sevilla, el trece —¡toca madera, Delia, toca fierros, toca piedras lunares, meteoritos, reolinas de papel manila; toca encajes: las puntillas de tus enaguas, toca náufragas tablas y cuerdas de un gimnasio!— de abril de 1884. Lidiador de grandes recursos, y en posesión de los arcanos secretos del estoque sobre la cruz y de los códigos de señales de las tremoladas banderas de los guardaagujas sobre el acero negro de las locomotoras —*don Tancredo* del hambre— a los cincuenta años sería elegido concejal de Madrid y cinco más tarde gobernador civil de Guadalajara. *Mazantini* murió de un ataque cardíaco en la primavera del veintiséis. No caben, pues, peregrinaciones a su tumba, Delia, no cupieron en su día ni tan siquiera las lágrimas. Firmó bandos, decretos, prisiones preventivas, asistió —de chistera, chaquet, botines y leontina de oro— a desfiles castrenses y conmemoraciones onomásticas los 23 de enero, pero sus restos no reposan sin embargo en un barroco mausoleo suspendido en el aire de una mañana límpida y alzado entre cipreses por una abigarrada comitiva de deudos, violeteras, garrochistas, pícaros y gitanos, como el de Gallito. Su tumba de *hombre de bien*, Delia, no está a la altura ni de las peregrinaciones ni de los laureles. Las muertes gloriosas no han de llegar necesariamente por el camino de las astas, pero tampoco alcanzan a los septagenarios que han presidido corporaciones municipales y desarticulado intentos de huelgas campesinas en La Alcarria. ¿Cómo llamará la muerte a las puertas de *Chavelo*? ¿Y a las nuestras, Delia? ¿Nos cogerá desprevenidos? Olvidémosla y bebamos juntos. Bebamos todo lo que no fuéramos capaces de beber entonces. Brindemos por aquel lejano y nunca olvidado amor nuestro.

»En el transcurso de dos largas horas —de estas mismas dos horas— (desde que dejan de temblar las manos —mercurial inquietud del noble azogue destilado en Escocia— hasta que la realidad y la irrealidad se escapan confundidas; colmada en romana copa báquica, cáliz de las felicidades y las amarguras, las ilusiones y las desesperanzas, escamoteado voluntariamente el disfraz, olvidados en el mármol de una consola los impertinentes, y los gemelos de teatro enfocados hacia un huerto de camelias, un veneciano Puente de los Suspiros, un parterre de rosas en un jardín galés, una celosía cordobesa, un parque de azahares entre olivos y viñas y pájaros canoros; instantes antes de la llegada de la taquicardia y de las arcadas moribundas, los arrepentimientos, los terrores metafísicos, el delirium de la impotencia y de la furia con panarras y buitres, cuervos y lechuzas, olfateando aceites cerebrales, antes te digo, Delia, de quedar anclado en la nebulosa de la hada con minúscula) todo es posible, o casi todo; dos horas largas: sesión de cinemascope en tecnicolor, concierto para piano y orquesta de Rachmaninoff, *match amateur* entre adolescentes contemplado desde las gradas de un estadio universitario. Un par de horas ingrávidas, almibaradas y lúcidas, con la escalofriante clarividencia rayana en la certeza de ser quien hubiera deseado *ser* realmente o acaso el que verdaderamente soy pese a mi desprecio por mí mismo. ¿No es a la vez terrible y maravilloso, Delia? *Et ob eam causam tacuisse quamdiu potuerit.* Necesité una ducha tibia y sentir en el cuerpo el liviano paso del edredón germánico para pensar en ti gracias a su olor, su granate totalidad irisada y su textura, ¿o qué otra asociación me obligó repentinamente a memorizar en Berlín tu imagen? Pero el caso es que apareciste frente a mí, que tu ya irrefutable corporeidad se recortaba sin lugar a dudas bajo el marco de la puerta del baño y que parecías como implorar, con tu equívoca sonrisa de siempre, mi permiso para vulnerar los límites que la cortina de plástico de la ducha y el fulgor de las paredes alicatadas te imponían entre opalinos resplandores de neón. Lo único realmente insólito eran tu uniforme de *satín* negro, la cofia rizada y el acento. Por suerte, tu francés resultaba extraordinariamente fluido y cadencioso, pero ni siquiera el nuevo timbre de tu voz y tus, nuevas para mí, gálicas frases fueron capaces de devolverme a la realidad y sacarme de la ensoñación hasta el punto que una y otra llegaron a quedar definitivamente hermanadas. ¿Cómo supiste desde el principio que no comprendería ni una sola palabra de alemán? Me preguntaste directamente *Aimez-vous cette chambre, monsieur*? Y me limité a contestar, a ti o a tu fantasma, *Approchez, j'ai quelque chose à vous dire.* Daba por descontado que terminarías por cruzar la *barrera* y que te acercarías a mí. Y, en efecto, así lo hiciste, y ocurrió luego lo que tenía que ocurrir, que presentí inevitablemente desde el instante mismo de tu insólita aparición.

»Justamente a los cinco días (la misma tarde que inauguré mi exposición) fuiste despedida, expulsada por el *tribunal de honor* del hotel, acusada de corruptela. ¿Sabes lo que esa acusación significa en la Prusia? Prusia, la patatera, la lesbiana de Europa, se avergüenza no de que una de sus valkirias —aunque se trate de una simple camarera— haga el amor con un *huésped ilustre*, en posesión de un visado de cortesía, sino de la simple sospecha de que ese ilustre —artista por añadidura— huésped haya obtenido los favores eróticos de una de sus hijas a cambio de un parisino juego de lencería, un frasco de perfume o su equivalente en divisas, capaz de proporcionar el mismo juego e idéntico frasco en una tienda para extranjeros afincados o de paso, turistas, e indígenas cuyos familiares de Osnobruck, de Nuremberg, de Augsburgo, de Munich o de Colonia le hayan felicitado las navidades, la entrada de la primavera, el onomástico o el cumpleaños, con un giro obligatoriamente convertible sólo en un ochenta por ciento. Distinto hubiera sido, por supuesto, si en vez de resultar una simple camarera hubieses estado en posesión del carnet de cortesana tolerada y frecuentado al atardecer el bar para practicar honradamente tu oficio. Se trata de un matiz, pero los matices son tan importantes como las apariencias en cualquier punto de la rosa de los vientos de un país —hembra renegada— inventor del *mauser* de repetición y de las aspirinas, remedios ambos infalibles para los dolores de cabeza y que sintetizan toda una filosofía nacional sobre la vida y la muerte como me explicaste al despedirte de mí antes de regresar con tus padres a Leipzig aceptando con una triste sonrisa el obsequio *verboten* en que antes ni siquiera habías pensado: un frasco de *Channell* al que uní un ramo de rosas. Condenada pese a tu inocencia, recibe ahora, pues, tardíamente, el cuerpo del delito, te dije. Guardaste con un gesto malabar el frasquito en el bolso, te acercaste el ramo de rosas a la nariz para aspirar su fragancia, y, mientras los pétalos se confundían con tus labios, ya en el estribo, tu tren partiendo hacia el Sur, hundiéndose en las tinieblas de la noche.

»Los cinco días —gloriosos— que pasé a tu lado me compensaron del mal recuerdo que me dejaras en nuestro último encuentro. Volvías a ser —sólo con seis años más en vez de los ocho de aquel entonces y de los diecinueve de ahora— la alegre, sufrida y contrita amante del huerto de azahar: pasión desordenada, arrepentimiento, lágrimas de unos ojos que de color de almendra se habían transformado súbitamente en azules, impaciencia, permanente insatisfacción y absoluta entrega en lugares no por más discretos menos inverosímiles y que encontrabas menos arriesgados —para poner en entredicho tu fama— que mi propio cuarto.

»Mi exposición resultó finalmente un éxito —en la sórdida medida de la Prusia— pero no estabas ya para gustarlo tú también a mi lado: un panel para reproducir en cerámica en *La Casa de la Estadística,* un Vía Crucis para la iglesia de la villa de Elsterberg, dos lienzos para el museo de Arte contemporáneo y una serie de grabados para la Agencia de Prensa A. D. N. Los apuntes sobre temas taurinos, si bien llamaron poderosamente la atención de un público atónito y asombrado, demostraron hasta qué punto —a nivel oficial— no sería oportuna la sustitución inmediata de los trastos de la hora de la Verdad por un indeterminado número de espitas de gas letal ocultas entre los pliegues de la roja franela. Con respecto a mi invitación de pintar un retrato ecuestre a W. U., en cuatro sesiones que no durarían arriba de un par de horas, y por el que no pensaba cobrar un céntimo, fue amablemente rechazada por los Servicios de Inteligencia. Pensé que una caracterización tan caballeresca del Presidente del Consejo de Estado hubiera resultado un grave insulto al soberano pueblo, pero al parecer la negativa obedecía simple y llanamente al hecho de su gratuidad a todas luces sospechosa en razón de mi incomprensible desinterés económico, que podía encubrir otras más aviesas intenciones.

»La próxima vez que te materialices, Delia, me dije entonces, te ruego lo hagas en París, a principio de primavera, un viernes santo por ejemplo, y que aparezcas disfrazada de *grisette,* ya entre dos luces, al caer la tarde. *¡C'est una rareté que vous voir!* ¡Dichosos los ojos! te respondería yo también.

»Salvador Sánchez Povedano —*Frascuelo*—, 1842-1896, era corto de busto y de genio, casi tanto como largo de vista y de extremidades inferiores, lo que le hubiera permitido —de proponérselo— conseguir un puesto de alabardero en Palacio, dadas sus —por otra parte— condiciones de discreción y templanza, rigidez congénita —muy en consonancia con los gustos de *Isabelita*— y formidable musculatura. Un tanto zambo de la pierna derecha, velazqueño, enjuto de carne, morena la color —como la del apuesto valenciano— y, sin lugar a dudas, del agrado del Beato y de la Sor en razón de su nunca desmentida piedad, nació en Churriana, Granada, y murió en Torrelodones, Madrid, de una pulmonía doble —cierzo de marzo en las laderas de la Cordillera— a los cincuenta y seis años, quebrada por el ventisquero escurialense su férrea voluntad que le hiciera pasar sin transición —exceptuando dos temporadas de cuchufletas y mojigangas y una de capeas— de aprendiz de papelista-decorador (cielorrasos miniados de Argüelles, capiteles de purpurina y yeso de Embajadores, entrepaños de San Bernardo, zócalos de Lavapiés, salomónicas columnas para las pérgolas de los palacetes de La Castellana, bajo cuyos templetes bailara disfrazado el colomaniano *Boy*) a lidiador de fuste. Fuerza, brío, afición, amor propio, valor y vergüenza, *Frascuelo* tomó la alternativa en el otoño del 67 de manos de *Cúchares* que le cedió la muerde del toro *Señorito*, retinto, de la ganadería de don Manuel Bañuelos, y sufrió casi tantas cornadas como estuvo a punto de darle la misma hambre. Del estilo arquitectónico de su mausoleo, puedo decirte bien poco, Delia. Unos eruditos sitúan el lugar de su sepultura en la Sacramental de San Justo, otros en la de San Isidro, y los más en un barojiano desaparecido camposanto desde el que sus restos fueron llevados al *Este (Comitantibus omnibus bonis maxima frequentia vulgi)* al finalizar la década de los veinte, precisamente por los mismos años que tu padre corriera el *Grand Prix* de Montecarlo y tu madre gustara las caricias de su primer amante.

»Bochorno. Ni frío ni calor. La pajarada no gallea ya en el naranjal. Un *charter* de hélice ha sido autorizado a aterrizar y recibe la señal de pista libre de la torre de control. La plata de sus alerones, espejo cazador sobre el acero cúprico del olivar, quiebra un ramalazo de sol que viene a morir en el frunce de las descorridas persianas que en pleno mes de agosto sumergirán en amable penumbra el *hall* desde las once de la mañana hasta las ocho y media de la tarde. Igual que al patio de las ranitas vidriadas...

MIÉRCOLES, CATORCE DE JUNIO DE MIL NOVECIENTOS TREINTA Y TRES. Los fulgores de acero de los rieles (que la devuelven de Roma y de Lourdes, incluyendo un breve *tour* turístico por el Norte de Italia) sobre los que está a punto de arribar a la Ciudad Fluvial, se pierden, cortados al bisel, bajo la luz agria de los arcos voltaicos, en los imprecisos límites de los andenes, exactamente allí donde la marquesina de ondulado cinc remata —bajo sus perinolas de almenas falsamente mozárabes— las tirantas y los contrafuertes que apivotan las ojivales columnas de sustentación para dejar ver de nuevo —fuera del humo de *coke* y vapores de agua —un destello que augura una luna tardía— la Osa Mayor, las lejanas estrellas siderales, las trémulas y amarillentas luces de los muelles de mercancía, las doradas letras de los vagones de W. L. C. que dormitan en las vías muertas, el verdor frondal de las copas de las moreras, los aún clausurados discos de señales, la encristalada torreta del guardaagujas múltiple con sus recias palancas invisibles, y la noche pura y azul que se pierde río arriba hacia el monasterio de Jerónimos y los sotos de eucaliptos que orillan las suertes de tierra de la Confederación Hidrográfica. Revuelo en la expectante multitud impaciente que abarrota los andenes. El jefe de la estación más próxima acaba de telefonear informando haber dado vía libre al tren rápido descendente, y un destemplado timbre elástico —recién inaugurado— anuncia la inminente llegada —diez minutos aún para la aparición de la curva de las luces del frontis de la locomotora— del convoy peregrino que llega cargado de bendiciones apostólicas, de cabos de velas y cirios que sirvieran de luminarias en las visitas a las catacumbas, de medallas conmemorativas, de bendecidos rosarios, de reliquias de vírgenes y de mártires, de *lignum crucis* y de algún que otro raro y valiosísimo *agnus dei*.

Regresa sola porque sola ha preferido peregrinar a Roma —sin pasar por Santiago, pero sí por Lourdes— durante la celebración del Año Jubilar, lo que significa, desvalida —al menos en opinión de su padre— al haber realizado el viaje sin la compañía de ninguna de sus dos hermanas, aunque, no por supuesto indefensa de la irredentez soltera de sus cuarenta y un años, que no saben de otros besos —va ya para veintidós— que los de Horacio, su novio por dos meses, pariente en tercer grado y primogénito del cónsul de Nicaragua en la Ciudad Fluvial, ni de otros amores verdaderos que los de la complacencia en su propia virtud acantonada en las trincheras de su soberbia, su orgullo y su incapacidad congénita para sentirse dominada o simplemente protegida por ningún hombre. Como marchó regresa —quizá un poco más ojerosa— formando parte de la expedición organizada por el palacio arzobispal, protegida por tanto de fútiles tentaciones e inútiles acechanzas galas —todo un largo día de tren por el suroeste de la corrompida Francia— que ni siquiera la inocencia y virginidad de Bernadette fuera capaz de modificar— e invariablemente rodeada de damas de Acción Católica, de San Vicente de Paul, trinitarias, dominicas, arciprestes, párrocos, canónigos, maestrantes y hermanos de la Orden Tercera de San Francisco, presididos por el Reverendísimo e Ilustrísimo Cardenal Arzobispo de la Archidiócesis.

El ojo de cíclope de la flamante locomotora germana —Hamburg 1930— abre de nuevo, tras la señal de la banderola ferroviaria, un dorado camino de grillos y luciérnagas en la plata oxidada de los olivares y en los ribazos salpicados de lírica y amapolas de los blancos barbechos donde han empezado a levantarse las eras del verano, y los vagones del tren romero, a media marcha, enfilan por fin la última recta hacia las agujas y la impaciencia de la estación terminal, mientras ella se estremece bajo un repentino calofrío después del inesperado rubor que la obligara a asomarse cautelosamente a la ventanilla tras la que se perfila la panorámica ciudadana que el convoy comienza suave y fálidamente a penetrar: tapias del cementerio, lejanos arrabales, el casi desconocido, mágico e inhóspito mundo de las afueras, las rondas arboladas de acacias, las primeras luces urbanas —bombillas trémulas y azulados fulgores de las farolas de gas recién encendidas—, los campanilleantes simones de punto y los charolados *landós* de los paseos al aire libre de las noches de estío, las sillas de enea y los acariciantes abanicos bajo los poyos de los zaguanes en penumbra, las canciones de comba y de rueda de las niñas, las pavas en las casapuertas donde se adivinan las sombras marchosas de los galanes y las enaguas almidonadas de las mocitas y los balcones y ventanas abiertos a sabiendas de la pérdida de las intimidades, siempre y en cualquier época del año de alguna manera compartida con los paseantes solitarios, los pasajeros de todos los trenes y los fogoneros y maquinistas de casi todas las locomotoras de maniobra permanente en las vías de mercancía frente a la cromática bambalina del caserío ciudadano.

Tras oírlo y emocionarse con el largo silbido postrero de la entrada en agujas, sabe hallarse ya prácticamente en su propia casa, pero es el perfume de la *dama de noche*, de los jazmines y de la albahaca —que trasmina por y sobre el del humo de la hulla y el del vapor de las calderas— el que pone realmente punto final a su peregrinaje, incluso antes de que centenares de pañuelos tremolen en los andenes y de que una enfervorecida multitud da, coral y unánimemente, la bienvenida al convoy con las inequívocas estrofas del Himno Eucarístico *(Cantemos al Señor. Dios está aquí, venid adoradores y adoremos a Cristo Redentor. Gloria a Cristo, Jesús, Rey de la Tierra...)* cuyos desgarrados acentos, que llevan implícitos soterrados fervores de *Marcha Real* y referéndum bicolor y monárquico se desdoblan en ecos victoriosos en la techumbre de la marquesina y en las herrumbrosas pantallas protectoras de los W. C., haciendo saltar las lágrimas de los recién llegados ojos, inquietando las pupilas de las parejas de Guardias de Asalto enviadas por el Gobernador Civil en previsión de posibles tumultos y escandalizando los oídos de factores, mozos de estación y fogoneros.

Ya definitivamente en tierra, después de recortar su silueta unos instantes en el estribo, tras la inevitable escena histérica de besos y de abrazos, el también inevitable «Estás mucho más delgada, delgadísima» que como un dardo emponzoñado le arroja su prima Natalia, y las preguntas de Beatriz y de Alberto interesándose por el Vaticano y el Trono: «¿Besaste los pies del Santo Padre?» «¿Has hablado con Su Majestad?» «¿Cómo está de ánimos?» Es ahora ella la que interroga después de responder con una media sonrisa que promete una singular y larga charla de sobremesa: «¿Y papá?» «¿Y mamá?» «¿Y Virtudes, ha escrito?» «¿Y Javier y Augusto han vuelto a hacer alguna de las suyas?», mientras se deja llevar casi en volanda arrastrada por la marea humana que avanza hacia la salida, precedida por un mozo que empuja una carriola cargada de cofres, cajas, maletas y sombrereras, llenas de reliquias romanas y sedas francesas, frascos de perfume y agua de Lourdes, juguetes suizos y sombrillas italianas, e indulgencias plenarias y figurines parisinos comprados en Tarbes, esperanzas marchitas y recién nacidas ilusiones.

Regalos en suma para todos, incluyendo amigas, parientes no demasiado lejanos, domésticas y operarios de su casa. Para todos, pero en la medida de los afectos y méritos de cada cual: La Bendición Apostólica *(Beatísimo Padre: Alberto Gentile y familia, humildemente postrados a los pies de Vuestra Santidad, suplican la Bendición Apostólica e Indulgencia Plenaria* in articulo mortis, *aun en el caso que, no pudiendo confesar ni comulgar, previo un acto de contrición, pronuncien con la boca o con el corazón el nombre Santísimo de Jesús)* con el autógrafo de Pío XI para que presida la alcoba de sus padres, y un rosario de pulidos huesos de cereza ensartados en alambrillos de plata (con los que morirán, con los que serán enterrados, con los que la madre sustituirá —para rezar con él ya de por vida, sentada en la mecedora de rejilla del corredor esterado, con los ventanales abiertos al patio de las ranitas vidriadas— el de cuentas de azabache que le regalara su esposo al nacer el primero de sus hijos, que muriera antes del año, coincidiendo con la natividad de Alberto, y que él en cambio jamás utilizara conformándose con llevarlo a la tumba enroscado en los dedos crispados de su agonía, dentro del féretro, forrado de cinc para contener la hemorragia de su quirúrgica intervención de próstata a vida o muerte a los setenta y seis años recién cumplidos, una mañana de setiembre); el *agnus-dei* (una de las más poéticas generosidades de la Iglesia Romana, concretada en una lámina de cera con el exergo *Ecce Agnus Dei,* el Cordero Divino y el nombre del Papa estampados que, como sus predecesores desde Pedro, los bendice cada siete años, y protege del rayo, del granizo, del viento, de las tempestades, de los incendios, de las acechanzas del enemigo y de la astucia del demonio. *Sic*) dentro de una bolsita de cuero perfumado, para su hermana Virtudes; una, amorosamente falsificada, estatuilla etrusca comprada como auténtica a un anticuario de Via di Porta Angelica, para su hermano Alberto; una sombrilla multicolor, un abanico, un *foulard* de seda y una cruz de Malta de oro y nácar para Beatriz; unos gemelos y una pitillera con las armas de Pío XI para Javier y Augusto respectivamente —sutilísima e inútil fórmula de proselitismo—; una reliquia de Francisco de Asís y agua de Lourdes para su prima Natalia; un rosario de modestas cuentas de algarroba, pero profusamente indulgenciado, para su cuñada Estrella; medallitas de oro de Domingo Savio para sus sobrinos pequeños, y juguetes —de una dialéctica musoliniana— para el primogénito, acompañado de la Gruta Santa con Bernadette de rodillas, dentro de una esfera de cristal, nevada al agitarse, y un rosario de nácar (visto y no visto, comprado exprofeso para el día de su primera comunión y la de sus hermanos) y una caja de soldados de plomo de la Guardia Suiza uniformados de celeste y acuchillados en los jubones y en las calzas con los colores patrios, como símbolo del camino ya trazado para que sobre él —sus rieles— discurra apaciblemente su vida; escapularios para las domésticas y medallas conmemorativas (de aluminio o calamina) del Año Jubilar para las amigas, los allegados de la casa e incluso los obreros del taller, en otra absurda intentona de proseletismo no por audaz, al enfrentarse con la cólera de su propio padre el día de la entrega de los romanos recuerdos, menos importuna e inútil.

Dinero barato, de diez a uno y de veinte a tres en razón de la pertinaz fortaleza de la peseta; dinero que multiplicara sus posibilidades de compra y espoleara su inconsciente y congénita avaricia genovesa por un lado y sefardita por otro, la misma que ha sido hasta ahora —y continuará siendo— su más fiel e infatigable compañera desde la infancia, gracias a la cual y no obstante resultar cómica para el baremo de una sociedad aristocraticista, falsamente generosa y mendazmente pródiga en la que se halla incrustada, le será posible partiendo casi de la nada, de unas acciones preferentes, volver a poner a flote el dado por definitivo naufragio familiar tras la hecatombe que llegará inexorablemente por sus naturales fueros tras la muerte del padre —dos años más tarde que la de Augusto—, el casamiento del Artista y la larga enfermedad de Javier y los suyos; todo una hipoteca a otra hipoteca, una declaración de quiebra a una clausura judicial, un sudario a otro sudario, una agonía hética a otra agonía hética.

Sólo unos *petits-sous* bañados de chocolate como extraordinario (tras la invariable cena de siempre —pasta, pescado, fruta del tiempo, queso y una infusión de manzanilla o de tila, a tenor de los nervios y los ánimos— y casi a la misma hora de siempre también, la media de las nueve con el segundo plato en el reloj de pared, el mismo que con sus lúgubres campanadas amedrentara durante las madrugadas en el jardín a las lechuzas, y en su cuna, en la alcoba de Natalia, al pequeño Alberto desvelado) para celebrar su regreso. La araña del comedor no incendia la gema de todos sus cristales, y en las copas talladas —el vino está proscrito— es imposible que se tornasole el agua, acidulada por gotas de limón o gaseada por *listerine*. Sobremesa en efecto singular, aunque no precisamente larga y reiterativa —como estaba prevista y había ella prometido— por culpa de su cansancio, sus ganas de volver a soñar, después de un mes de ausencia, en su propia cama —tras la inmersión (¡Oh hoteles galos y albergos ítalos!), tibia el agua y con sales inglesas, en la bañera instalada junto al calentador de gas apenas hace un año y que sustituye desde entonces la vieja tina de cinc y la noria de barreños rebosantes llegados desde el fogón de la también hace sólo meses desaparecida colada de cenizas— y despertar el día siguiente, bien entrada la mañana, con los rumores del taller: brocas, cinceles, cortafríos, y el chirrido de los ventiladores de la fragua que licúan el plomo que ha de derramarse sobre las letras esculpidas y —cortadas a bisel— en las pulimentadas lápidas y tapamentos sepulcrales— y los familiares murmullos del jardín, desde el piar estremecido de celos de los pájaros a la cadencia del agua escapándose de la alberca y corriendo por los canalones de riego hasta los arreates de margaritas y los parterres de rosas y jacintos.

No obstante, su monólogo, interrumpido sólo de tarde en tarde por una sugerencia o una pregunta de su padre o Beatriz, un ruego de puntualizaciones de Alberto, una irónica sonrisa o un sarcástico comentario a media voz de Augusto, y algunas ingenuas exclamaciones de asombro de su madre o Natalia, fluye gráfico, expresivo y barroco, suavizando las erres de los toponímicos como una italiana del Norte, rememorando escenas piadosas, describiendo ciudades, monumentos, ruinas y paisajes, y haciendo revivir de nuevo, teatralmente, como si el comedor fuera un auténtico escenario, audiencias y ceremonias litúrgicas; pero centrando particularmente sus comentarios en la interrelación Iglesia-Trono, y casi dando a entender que no habla sólo con la intención de informar a los suyos sino con la de poner también en orden sus propias ideas sobre un régimen que hiciera posible el Tratado de Letrán, el exilio romano de don Alfonso (que en la audiencia concedida a un reducido número de sus fieles —y entre los que tuvo el honor de encontrarse— ha asegurado *sotto-voce* que la francmasonería y sólo la francmasonería, y no el pueblo, ni siquiera los partidos políticos, fueron los auténticos culpables de la caída de la monarquía) y la inminencia de un nuevo orden europeo, evitando en todo momento cualquier tema que pueda poner al descubierto su insobornable intimidad.

Una tarde piamontesa (mañana —hoy ya— jueves hará —hace— exactamente una semana) en el camposanto de Génova estuvo a punto de quedar prendida en las redes de una aventura galante mientras recorría sola, elástico el paso, segura de sí misma, cubierto el rostro con una falsa máscara de altivez anglosajona (sola porque nadie se interesó por la visita, ni quiso acompañarla, pretextando un cansancio que era simple excusa de los sureños repeluznos frente a la muerte. «No son los mismos —se permitió decirle un conciudadano durante la cena, ya de vuelta al hotel de Piazza Colombo— los cadáveres de hoy, de ayer o de hace quince días que los intemporales de las catacumbas romanas con dos mil años a sus espaldas. Aquellos no eran más que piedras, éstos son verdaderos muertos con su ropa, sus vísceras, su pelo y sus zapatos lustrados aún por el betún») la *Galeria Centrale Inferiore a Nord-Este.* Había tomado un taxi en Via Venti Settembre y llegado al camposanto di Staglieno no ya —lo que indudablemente contaba— porque su padre le había recomendado que no dejara de contemplar en Génova una puesta de sol desde el rompeolas ni de visitar el cementerio, sino por una irresistible atracción sentida al pasar junto a sus muros desde la ventanilla del expreso que la llevara a Roma en su paso por la ciudad y la secreta curiosidad de leer su propio apellido esculpido en la tumba de algunos de sus ascendientes, sin reflexionar que el cementerio, situado a los pies de la colina de San Bartolomeo databa de 1844, diez años más tarde de que su abuelo, el primer Alberto Gentile para la cronología ibérica —que no dejara atrás ni deudos, ni recuerdos, ni añoranzas, se embarcara en una desvencijada goleta cargada con mármoles de Carrara con destino a la Ciudad Fluvial en busca de una nueva vida.

Había llegado a Staglieno casi a punto de cerrar ya sus puertas, caída la tarde, muriéndose ya el sol frente a la desembocadura misma del Torrente Bisagno, con la intención, dado el tiempo justo y su programada salida en las primeras horas del día siguiente, de llevarse una idea de conjunto y, a ser posible, al menos una anécdota que contar a su padre, pero mientras recorría la *Galería* del Noroeste se estremeció fascinada ante el Monumento Casella, de Benetti (un melodramático grupo escultórico como arrancado de una obra de D'Anunzzio) al recordarle el retrato (en relieve, dentro del marco ovalado, que una niña levantada en brazos por su madre cubierta de fúnebres velos acariciara, mientras su hermana contemplaba la escena arrodillada) al perfil y los ojos de su propio padre. Quince, treinta segundos, un minuto casi inmóvil frente a él, y como en éxtasis, hasta ser sacada de su abstracción —rompiendo el encanto— por una voz pastosa y centenaria que, al volverse, comprobó con sorpresa correspondía no a la de un guardián sino a la de un *signor* —bastón, monóculo, chaleco de piqué, alto, arrogante, poco más o menos de su misma edad— que se dirigía a ella sonriente para advertirle que había sonado la campana que anunciaba el término de la visita y se exponía a quedar encerrada en el cementerio, ofreciéndole además su propio automóvil para regresar al centro de la ciudad, caso de que no tuviera inconveniente en fiarse de un desconocido que no lo era ya en cuanto allí —y le hizo entrega— estaba su propia tarjeta para credenciarle.

¿Qué secreto bebedizo recibió —como un dardo— del apuesto *cavaliere*, qué gesto de distinción suyo —importante requisito— supiera inspirarle la confianza de aceptar su ofrecimiento? ¿Quizá la pequeña corona en relieve que ennoblecía la cabecera de la inmaculada tarjeta? De regreso al albergo (libre por fin de sus acechanzas, de las que consiguiera difícilmente escapar y que logró inventándose una imposible cita para la tarde del día siguiente) reconocería el magnetismo de sus ojos, de un azul violáceo, aunque no el halo erótico sobre la cabeza toscana —que no fuera en cambio capaz de percibir— de los hombres que gustan a cualquier mujer tengan la edad que tengan y que a todas por igual atraen. Y se llamó tonta y mil veces tonta por la imprudencia de haber subido al deslumbrante *Fiat* y llegado dentro de él hasta el rompeolas para contemplar lo que quedaba de la puesta de sol, y admitido ser invitada por él a una horchata en una terraza de la Piazza Nuova, entre acordes de violines, disimulados mendigos musolinianos, farolas parpadeantes recién encendidas y olor de pescado frito.

Hasta entonces nada grave ocurrió realmente, olímpico el gesto, impasible el ademán, con el bastón de puño de plata —como un puntero frente a los contornos de un mapa escolar— señalando primero el muelle transatlántico, los cañones de un crucero de línea, el *molo* Giano y el *molo* Vecchio, la Caleta delle Grazie y el Corso Aurelio, y, más tarde, ya en la terraza, agitando de nuevo el bastón sin señalar concretamente nada especial, exceptuando las punteras de sus propios zapatos, risueña y un tanto femenina la mirada (con el mismo fuego y la misma falaz intensidad como la que tres años más tarde descubriría —tras el cierro celado por una cortina de tarlatana de su casa— en docenas de legionarios de la División Gambara, acantonados en la Ciudad Fluvial y de paseo durante los atardeceres hasta la hora de retreta) mientras daba lentas chupadas a un cigarrillo *Tre Stelle* y le hablaba histriónicamente de su soledad de desconsolado viudo sin hijos (patética versión masculina y sin descendencia del monumento Casella que sabía tanto la había impresionado) de su estancia en la Re-(pianísima la erre)-pública Argentina, o le transcribía, casi como un cicerón la historia del camposanto: «*...prima Necropoli d'Italia e forse del mondo per le opere d'arte assolutamente ammirabili che contiene la superba riccheza dei suoi monumenti sepolcrali, la sua ampiezza e la felice disposizione dei verdeggiante boschetti ed aioule fiorite che danno l'ilusione di trovarsi in artistico giardino...*» pero con la llegada definitiva de la noche sus ojos fueron adquiriendo un extraño resplandor, y unos dedos húmedos aprisionaron unos instantes sus propias manos antes de sugerir una visita a su casa donde podían cenar tranquilamente solos... Mantuvo el aplomo y se disculpó pretextando un ineludible compromiso y dándole cita para el día siguiente. No se negó a que la acompañara al albergo. Y, ya en la puerta del hotel, pronunció el primero y último *ciao* de su vida y pasó directa y sofocadamente al comedor sin atreverse a confiar a nadie su aventura.

Y ya de nuevo en su alcoba, aprieta por fin la pera de porcelana de la luz eléctrica y el dormitorio, que comparte con su hermana Beatriz, queda inmerso en una plateada penumbra lunar que no es capaz de oscurecer ni la copa de la palmera ni el vuelo de los canalones de desagüe. De nuevo entre los suyos, en su habitación, en su lecho soltero y tantas noches insomne; de regreso a su vida de siempre a caballo entre cotidianos problemas domésticos —que contempla invariablemente desde una desmesurada óptica dramática— e íntimas satisfacciones por estar convencida de saber resolverlos. De regreso al lar que abandonara ya sólo para oír misa muy de mañana y del que se alejará sólo contadas veces por las tardes para asistir a un triduo, una novena o un quinario en la capilla de los Dominicos. La casa es su verdadero mundo, o al menos el único que para ella cuenta realmente y al que ha vuelto ansiosamente con la querencia de una yegua a su propia cuadra. Solamente en él se encuentra feliz, y sobre todo segura y equilibrada pese a su histerismo que pretende dominar con barbitúricos, infusiones de tila, duchas frías, largas confesiones y comuniones diarias. Le bastan y le sobran los problemas familiares que si no existieran inventaría, la continua tensión frente a sus hermanos Augusto y Javier, el cuido de sus macetas y sus tiestos de flores, su desvelo enfermizo por el pequeño Alberto al que prácticamente raptara a los dos años de los brazos de su cuñada Estrella, la administración del presupuesto familiar, que asimismo usurpara a su madre pretextando una organización más racional de la tesorería, pero con la secreta intención de impedir las debilidades de numerario de ella por Augusto y favorecer las suyas propias con Javier (que, pese a maldecir a cualquier hora, es el único ser capaz en el mundo de obtener de ella todos los meses unos cientos de pesetas que le servirían para redondear la menguada asignación que le tiene fijada su padre como gerente del taller no autorizado sin embargo a firmar facturas y, por descontado, mucho menos a cobrarlas al no haberle sido otorgado poderes de ninguna clase) y sus diarias —al atardecer, entre dos luces, llenando la casa de una cadencia melancólica que quedará grabada para siempre en el recuerdo y en la memoria del mayor de sus sobrinos— improvisaciones al piano que si preciso fueran —y lo serán— quedarían convertidas en disciplinadas clases a un alumnado femenino compuesto casi exclusivamente por refinadas hijas primero y más tarde sofisticadas nietas de sus aristocráticas compañeras de colegio con las que no ha perdido una amistad y unos furtivos contactos no por esporádicos menos eficaces socialmente gracias a las puntuales felicitaciones navideñas, los obsequios onomásticos, las tarjetas de pésame, la asistencia a funerales y las enhorabuenas y los parabienes a propósito de felices alumbramientos, primeras comuniones y puestas de largo.

Una plateada penumbra lunar. A la que se suma un incierto desasosiego que le impide quedarse inmediatamente dormida a pesar de su cansancio o quizá por culpa de él, y que le obliga a evocar los momentos aparentemente menos emotivos de su viaje para revivirlos desde una perspectiva casi onírica a la que ayudan su lasitud y el rumor del agua escurriéndose en los canalillos de riego del jardín cuya llave olvidara cerrar por la tarde Natalia y que, rebosando desde la alberca, comienza a cantar suavemente sobre el pretilillo de azulejos: La rebelión de las estatuas masculinas. Marco Aurelio, con su barba rizada, abandonando tras ella a caballo su pedestal del Campidoglio; los faunos de la Piazza Navona acorralándola en la ribera del Tíber; el Apolo de Bernini tomándola en brazos y levantándola a pulso transfigurada en Dafne; César Augusto coronándola de jazmines; el David, de Miguel Ángel, erecto, incitándola a entregársele, y el Perseo de Cellini violándola por fin en un lecho de rosas antes de alcanzar definitivamente el sueño cuando ya en la palmera, el naranjo, la calinda, los cipreses y los aleros —sobre el balcón— comienzan a zumbar los insectos y a revolotear sobre los panteones provisionalmente ensamblados en el jardín, a escapar de sus nidos las golondrinas, y a trinar los chamarices y los jilgueros anunciando la llegada del alba.

Violada siempre sólo en sueño o en una inconsciente duermevela sin su absoluta complacencia, por lo que mañana —que ya es hoy— al confesarse al atardecer no en la parroquia sino en la capilla de Santo Domingo de Guzmán, la absolución estará condicionada —una vez más— por el arrepentimiento de sus soberbias y sus orgullos no por el de los pecados carnales que no cometiera. Violaciones en sueño, besos en sueño, caricias y ternuras de hermosos adolescentes o adultos y fornidos varones sólo en sueño, nunca completamente lúcida, jamás en la vigilia; el hombre sólo para las tempestades oníricas, ni siquiera para la ensoñación, aunque frente al teclado del piano se sienta como transpuesta de amores y se le salten las lágrimas y termine por echarse a llorar pensando —dentro de una nebulosa de dudas y desconciertos— que para qué y a santo de qué vocación religiosa que no siente y de fidelidad a un príncipe azul que no existe hace holocausto de sus postreros años germinales, de los contados meses que le quedan para continuar sintiéndose regularmente mujer. Resta —eso sí— sólo la dignidad y la vergüenza, la benaventina propia estimación, pero no siempre eso le basta para justificar su sacrificio, por lo que a lo largo de los cinco últimos años se ha ido fabricando un ideario a la medida de sus frustraciones, la de protectora —y redentora— de su familia, lo cual independientemente de armonizar con la dinámica de su carácter hace posible la feliz conjunción de la piedad y la ternura con las insatisfacciones que comienzan a dejar de serlo en la medida en que ensancha sus dominaciones y acrecienta sus potestades sobre los suyos.

»...Parsimoniosos guramys azules y lentísimas carpas doradas con las ventrechas burbujeantes; inquietos y nerviosos pececillos tropicales a franjas bermejas y celestes, como escapados de un biombo japonés o un tapiz persa, y, sobre ellos —los submarinos de una Escuadra irreal durante mis combates navales— en la superficie empolvada del estanque, aliviadero de las crecidas de la alberca (agua sagrada de la industria, el riego y la colada) bajo la sombrilla de la copa nevada de la celinda —y hasta donde reptaban los burgados y las babosas entre la verdina para fincarse al sol en el raso de seda de los jazmines— el diario concurso de patinaje artístico de los atardeceres de verano entre las avispas amarillas y los rojos caballitos del diablo, y, como fondo, la lejana voz de tía Esther que, acercándose, rompía invariablemente el ensalmo de mi contemplación y el mágico halo de la estampa estival a contraluz del muro encalado donde se desperezaban las salamanquesas a la derecha del fragante copete de la buganvilla. El imperio de su voz, Delia, y, casi sin transición, el brillo del pulimentado mármol belga de la textura del crespón de sus vestidos que sustituían por las tardes los estampados de sus batas caseras y anunciaban al unísono de su cadencia en el rodapiés del balcón de su alcoba, que había llegado mi hora de abandonar el jardín y limitar en adelante las fronteras de mis dominios a la cuadrícula del patio donde ya había sido descorrida la vela, y aquel y otros crespones, a los que se sumaban las magnolias y las rosas y las orquídeas y la suerte de los gallardos toreros decimonónicos de los países de los abanicos vigilarían hasta el momento de la cena mis juegos —que ya no lo serían— mi lectura de la vida de Domingo Savio o mis clases de francés sentado ante el velador de hierro blanco y afiligranado —dirigido nasalmente por la inflexible batuta de *mademoiselle* Simone Coquessy-cocauvin, rubia normanda con piernas pata de caballo normando pese a su delgadez, el espíritu de la golosina como decía de ella Natalia, alucinados ojos desvaídos de cúpricos azules, zapatos de lona, peinecillos de carey, blusa cruda de encaje, guardaescote marinero (faltaba el pompón y el pecherín a rayas para facilitarme imaginar soñar con la Escuadra anclada en Marsella) hija de San Luis, perra sudorosa y soltera, pecosa galga sacerdotisa del método AHN: *Avez-vous apporté tout ce qui'il faut pour le thé? / Tout est sur la table / L'eau bout-elle?*; jardinera de la flor de Lis y fanática de la Doncella de Orleáns.

»Realizaba en suma con provecho, Delia, mi aprendizaje de melancolía, ese estado de ánimo que tan pocos conocen o que tan precozmente olvidan los que alcanzaran a doctorarse en él impidiéndoles ser ya totalmente conscientes de su dicha al no sentirse jamás en adelante desmayadamente desgraciados en los momentos de ser felices. Mágico instrumento musical para ponerme en cualquier circunstancia a prueba, Delia, del que nunca me desprenderé, que siempre me acompaña, y que esta mañana he traído naturalmente conmigo, oculto en un estuche de stradivarius, el más fiel barómetro de mis tristezas injustificadas.

»Música en los altavoces que salpican el *hall*. *Sixteen Tons* en la vieja voz trémula y tierna de Tennessee Ernie Ford. Enfila ya la cabecera de pista y toma luego impecablemente tierra un *charter* D. C.-7 escandinavo, a cuyo pasaje le será servido sin duda por la tarde, como plato fuerte antes de partir en *autopulman* hacia el litoral, los 6 toros, 6, del hierro de Eduardo Miura, que me veré también necesariamente obligado a soportar, aunque por diferentes, mucho menos pintorescas y más justificadas razones.

»Acaban por fin de inmovilizarse las hélices.

Las escalas llaman ya con sus nudillos en los curvos portalones metálicos. En fila, correctos y disciplinados, los profesorales ancianitos y las inefables abuelas de Caperucita del turismo de primavera discurren —sencillo y rápido trámite aduanero de rutina— sonrientes ante la pequeña jaula de cristal para sellar sus pasaportes que tremolan añiles imposibles y bálticas fragancias, por lo que en escasos minutos se sentarán al sol en la terraza o pasarán directamente al bar. He aquí un buen momento, Delia, para cruzar el Rubicón del senderito de olambrilla e instalarme de nuevo en la barra, rodeado ahora de vestidos de gasa, de falsos collares de perlas, de sombreros de paja italiana, de gorras de rafia, de pantalones de hilo y de camisas madrás sin sentir ni compasión por mí mismo ni la menor vergüenza al saberme defendido por los líricos y tolerantes hijos del reno y de la aurora boreal. Ellos sabrán comprender perfectamente mi soledad, y ayudarme, si es preciso, a salir ileso de la tercera caída en la calle de mi Calvario. Los ancianos nórdicos suelen comprenderme y reírse con mis ocurrencias, incluso aplaudírmelas. Recuerda nuestra última noche en Berlín donde te hicieras pasar por una modesta camarera, pero con un nombre y unos apellidos ilustres, por supuesto, llevando un verdadero árbol genealógico a tus espaldas porque, eso sí, tu caracterización requería una máscara que, de alguna manera recordara tu estilo en tu anterior reencarnación: tímida, sí, pero soberbia, humillada por la cofia y el delantal es cierto, mas altanera como una *junkers* que eras, y, cuando brindábamos, tu copa había de estar siempre por encima de la mía diez centímetros por lo menos aunque fuera en el mostrador del *Lindencorso* (*restaurant, tanzbar, café, nachtbar*) o del *Moskau*. Liselotte-Delia, un nombre demasiado largo para los orgasmos que corté a tiempo con una tijera de plata y dejé en Lis que tiene ecos de rapsodias y de lirios borbónicos. Pero hablábamos de los ancianos, siempre corteses. De estos ancianos que se encuentran ya a mi lado, que me rodean, que me sonríen, que me contemplan con indulgencia, tan parecidos a aquellos de la berlinesa Taberna de la Ópera que aplaudían entusiasmados la orquesta de zíngaros a la que obsequié furtivamente con un billete de diez dólares para que interpretara para ti —y para ellos— diez veces consecutivas, *Ojos Negros*. *Champagne*, Delia, agrio *champagne* de las vides mecidas por la brisa del Mar Negro, búcaros con flores, mantelitos color crema. Una vez y otra y otra más, *que dominan, que fascinan, que idolatran, que me matan*. Te negabas a bailar con un borracho, pero ellos en cambio aplaudían y volvían a aplaudir, e incluso una vieja dama se ofreció a bailar conmigo un vals. Agrio *champagne* para la orquesta zíngara, Delia (*Champagne pour l'orcheste, garçon*, como en aquel viejo filme en el que el protagonista domaba por las mañanas caballos y por las noches señoritas, y encendía los habanos con billetes de cien dólares). Una *junkers* no podía bailar con un borracho. *Noblesse* obliga. Podías, como hiciste, fornicar con un borracho y dejarte arrastrar —en la intimidad— a las veleidades de un borracho, pero en absoluto podías admitir bailar con él en público. Volví a salir a la pista —de circo— sólo para recibir los aplausos. Una noche de sábado en el Berlin-E es una noche de sábado incluso para una *junkers*, Delia, ¿no comprendes? En una noche de sábado está casi todo permitido, incluso invocar a los dioses germánicos, aunque llevemos a situaciones límites nuestras extravagancias, y todo el mundo, menos tú, tolera mis locuras. No podías, por ejemplo, admitir, no, que frente al Monumento a las Víctimas del Nazismo, con la guardia de honor —permanentemente día y noche— del Ejército Nacional

Popular de centinelas, un borracho ibérico hablara en voz demasiado alta, saltándose a la torera el número de decibelios permitido, y repartiera abrazos y sonrisas con un resignado y amargo rictus de melancolía en la comisura de los labios, sino que lo hiciera asimismo —lo cual lo hacía para ti muchísimo más imperdonable— en el sacrosanto solar de un nobilísimo café (cargado de historia alemana y antiguas tradiciones brandenburguesas —duelos a última sangre, estudiantes con el rostro chinado, jarras rebosantes de cerveza, rapé, humo de cachimbas de porcelana, monóculos, impecables fracs y sombreros de copa de mil reflejos, espuelas, sables, revólveres, charreteras, capotes, gorras y discursos de Adolf (Juan Bautista de la Cruz Gamada, profetas requieren los mesías) Stoeker —en el aire— y un dorado marco ovalado con un busto de Rosa Luxemburgo, el cual te importaba naturalmente bien poco) reconstruido en el ampuloso estilo del viejo palacio de los Príncipes de la Dieta. Fue nuestro único roce serio, nuestra única incompatibilidad, nuestro único enfado no previsto de antemano para posteriores ardorosas reconciliaciones, Liselotte-Delia, antes de partir hacia tu destierro en Leipzig.

»¿Ha dicho *armagnac*, señor? Lo siento. Tendré que servirle, si me lo permite, un *machaco* seco. No advertirá la diferencia. Hubiera preferido un *armagnac*, un aguardiente único cargado con toda la historia de la Gascuña, una *holanda* aristocrática y feudal como corresponde beber en otra comarca feudal y aristocrática como esta tierra que pisas, hermano, y en la que te van a enterrar ante un cura con roquete e hisopo de agua bendita en el mismo cementerio donde reposan los restos de mi madre. Sí *garçon*. Todo un símbolo de una larga guerra fratricida —también en este caso— *Armagnac* para brindar por ti y por mí, Delia, y por todos mis muertos. Sea. Si no puedes servirme *armagnac* llena una copa de Rute en buena hora hasta los bordes, o de cazalla, y corónala, como si se trata de una *grappa* con media docena —ni una más ni una menos, justamente— de granos de café. Noé y el pastor etíope —juntos ambos— no me harán vacilar. Seco y suave a la vez, Delia, tornasolado de granates irisaciones y negros abismos de tristeza: puñalada y vómito negro, roja sandía abierta al sol, carne y semilla al aire como la herida de una cornada mortal, y reservando el brillo verde de la piel para la Monumental matritense. Idéntico a la divisa de los legendarios Miuras, igual: el negro siempre, el esmeralda para la Corte y Villa, y el rojo para capitales de provincia incluyendo las ultramarinas de entonces, como aquella en la que no pudiera llegar a torear *Cúchares* entre sombrillas, paipais, canesús, metecintas celestes y emboscados insurrectos que gritaban todavía ante los capitanes generales ¡Viva la Reina Gobernadora! No es preciso, sin embargo, chascar la lengua y sentirme satisfecho, que tiempo habrá hoy, por lo visto para todo. Una ganadería de fuste en definitiva, Delia, con una antigüedad reconocida de ciento veintitrés años, si no falla mi memoria, lo cual suele suceder últimamente con bastante frecuencia, y una raza de abolengo lograda gracias a doscientas veinte vacas de la acreditada de don Antonio Gil Herrera y otras doscientas veinte, más ciento sesenta y ocho becerros, de la no menos famosa de don José Luis Alvareda procedentes de la de don Pedro Echeverrigaray oriundos de los celebérrimos *Gallardos* y a los que se unirían dieciocho sementales de excelente trapío de otra no menos ilustre Alvareda, quedando en 1850 aumentado el número de reses con cien novillas escogidas de doña Jerónima Núñez del Prado, viuda de don José Rafael Cabrera, que, tras su muerte, quintuplicara con otras quinientas diecinueve legadas en su testamentería, reuniendo por fin don Juan, el primer Miura ganadero, hasta dos mil doscientas cabezas de toros bravos, un lote de los cuales, y ya el hierro

en posesión de su hijo Antonio, fuera lidiado en Madrid, causando el primer cinqueño que se jugara aquella tarde, *Jocinero*, berrendo en negro y capirote, la muerte del espada José Dámaso Rodríguez, *Pepete*, nacido en Córdoba el 11 de diciembre —Sagitario— de 1824 y muerto en el tercio de quite treinta y ocho años más tarde de dos puntazos y una profunda cornada que le destrozara el pulmón y lo enviara a los toriles celestiales en poco más de diez minutos, no sin antes haber preguntado a los médicos que lo rodeaban en la enfermería: *¿Es argo?*, con lo que quiso decir probablemente, sin interrogantes y con exclamaciones ¡Es grande esto! o ¡Será esto grande!, lo que debe traducirse literalmente como ¡malhaya sea mi suerte!

Los toros de Miura, Delia, suelen ser negros, colorados ojos de perdiz, colorados salineros y cárdenos. ¿De qué color saldrá el lote que le corresponde torear esta tarde a *Chavelo*. ¿Cuáles serán sus nombres. A *Jocinero*, Delia, le siguió *Chocero*, que el 23 de mayo del 75 causara la muerte del novillero *Ilusio*; a *Chocero*, *Perdigón*, el asesino de *El Espartero*; a *Perdigón*, *Desertor*, que mató a Dominguín; a *Desertor*, *Agujeto* que, en Sanlúcar de Barrameda, despachó el 18 de agosto de 1907 a Faustino Posada. A *Agujeto*, *Gre-*

ñudo, y a *Greñudo*, *Islero*, que terminara con Manuel Rodríguez, corneándolo en el triángulo de Scarpa. Bindemos con cazalla, hermano, que mañana moriremos...

LUNES VEINTE DE JULIO DE MIL NOVECIENTOS TREINTA Y SEIS. Mañanita de Argüelles en internado femenino de vacaciones escolares. Rechinan los ejes de los carros de los *Sans Culotte* sobre los adoquines recién regados. Cláxones, pasos, bocinas, chirridos del *Schckett* que llegan desde Embajadores y toman la curva del barrio de Pozas para detenerse unos instantes frente al palacio de Liria y continuar luego, renqueantes, por Blasco Ibáñez hacia la cárcel Modelo y la Moncloa. Inconfundibles chirridos y dislocados troles silbantes que le traen recuerdos de adolescencia y le obligan a evocar involuntariamente el patio de las ranitas vidriadas y los repiques de la campana de otros tranvías más estremecidos de soles, los de su propia calle en la Ciudad Fluvial, con las jardineras entoldadas y las cortinillas flamantes que, cada media hora, discurren por la puerta de su casa, ahora ya con menos sabor de lejanía que durante sus nueve largos años ultramarinos, pero lejanos no obstante aún y de nuevo sublimados en otra distancia diferente no más propicia a escapadas mensuales con las que inútilmente sueña tras su regreso desde La Guaira hace apenas dos meses y su permanencia de una sola quincena al lado de los suyos, antes de ser reclamada en la antigua capital del reino (Hispanorrepublicanacapitalidad con el tricolor triunfante tremolando en los balcones de los ministerios y de las escuelas, de los bancos y de los hospitales, las peñas y los círculos de recreo: en Sagasta y en Recoletos, en Sol y en Cuatro Caminos, en Atocha y hasta en la misma Plaza de Oriente) para dar cuenta de sus gestiones, antes de terminar el curso académico de casi diez años de ausencia, ser felicitada por la directora a punto de partir de peregrinación a Covadonga y comunicársele oficialmente su bien merecido traslado a la casa central del Instituto Pedagógico, tan próximo en la toponimia ciudadana y tan alejado a la vez sin embargo de la *Residencia de Estudiantes*, ante la que se santigua siempre al pasar para conjurar los demonios del krausismo y exorcizar el fantasma de don Francisco Giner, que no es posible haya podido purgar aún sus pecados pese a la infinita misericordia de Dios.

Calor seco y mesetario al que, desde su vuelta, no se termina de habituar de nuevo aunque en los atardeceres —largos, vibrantes, claros y celestes, recortada la sierra al fondo en la ventana de su cuarto— llegue hasta el jardín del pensionado el aire de la Cordillera desde la Universitaria —callejón para las brisas del verano, los truenos otoñales y el olor de la tierra mojada, las lluvias de marzo y el cierzo de diciembre— y se sienta por fin aliviada a esas imprecisas horas en su sofoco que a lo largo del día fuera incapaz de calmar el fresco del venezolano abaniquito de rafia con clavillos de plata y varillaje de carey; porque le resulta verdaderamente angustioso no sudar lo suficiente ni siquiera en estos trágicos momentos, no sentir la relajante transpiración, que casi nunca llega a producirse y que, mezclada con la sangre, corriendo al unísono de la sangre por las arterias y las venas bajo su piel —en la que aún lleva incrustado el sol canela del mar de las Antillas—, mal puede expulsar de su cuerpo por un lado el pánico —pese a que de situaciones más difíciles que ésta o tan difíciles como ésta supiera salir airosa— y por otro de las toxinas de sus inconfesadas frustraciones a oros y espadas, sotas y bastos: entrega absoluta, dedicación total, sacrificio, virginales votos juramentados a los dieciséis años, y, a cambio de todo ello, no todo el poder aún, no el soñado poder completo de una dirección regional al menos, aunque todo eso ya, desde el diecisiete —tres días desde entonces y dos noches— haya perdido parte de su importancia.

Calorina de julio, calor pesado y seco. No se mueve una hoja. No se agita una brizna en el jardín de estío con su gruta de Lourdes y su hilillo de agua que vencieran a las masculinas estatuas de los faunos y arrumbaran en los desvanes los olímpicos muslos de las diosas paganas que hicieran las delicias del Barón de Fuensila, que levantó la casa cuya hija profesa donara en su legado. Inmóvil la veleta allá en la torrezuela de cinc y de pizarra —veneciana goleta con los remos inhiestos a los vientos del Norte y las velas hinchadas— y el alma como en vilo tras las contradictorias noticias de las últimas setenta y dos horas pasadas rezando en la capilla e intentado captar las ondas de la emisora de radio que le trajera el eco de una esperanza que casi daba ya por perdida. Nada. Excepto una voz —de los alzados— en el Sur que habla, sin mucho entusiasmo, de salvar la República, lo cual por otro lado la tranquiliza con respecto a su hermano Augusto. Sólo calor, más calor, casi treinta grados a la sombra y son apenas las once, mientras el cañón continúa rugiendo y siguen tableteando las ametralladoras y llegando el eco de los disparos de la fusilería desde Rosales y el chaflán de Ferraz, a media hora escasa a pie caminando a buen paso a partir de la verja afiligranada —vides, rosas, laureles— del *chalet* palacete transformado en residencia de la Orden que misiona y educa en los cuatro puntos cardinales, sin votos de pobreza ni innecesarios hábitos talares.

¿Qué hacer? Faltan datos concretos, noticias fidedignas para tomar una determinación. Nadie en la casa arriesga una opinión tampoco ni sugiere una actitud realista ante los hechos. ¿Quiénes son, por otra parte, esos coroneles africanos del Ejército Colonial? Posiblemente, masones, como todos. ¿Acaso el Rey, el único indicado, ha hecho un llamamiento desde Roma y firmado la proclama de su Restauración? Ahora más que nunca son precisas la sencillez de la paloma y la prudencia de la serpiente. Es necesario sentirse fuertes frente a la adversidad y estrechamente unidas en el caos, olvidando domésticas rencillas y superando las inevitables debilidades de los humanos egoísmos. Continúa tronando el cañón y, aunque a intervalos más largos y espaciados, prosiguen los obuses de los *wickers* cayendo en los barracones del Grupo de Alumbrado y en el gimnasio y en los patios de los regimientos de Infantería y de Zapadores, y las ráfagas de ametralladoras astillando sus cornisas, aleros y ventanas.

—¡Señorita Virtudes! —Dígame, Sonsoles. —Mi marido quiere hablarla. —¿Hablarme a mí? ¿Dónde está? —En el jardín, y viene acompañado. —Que pase. Sonsoles, la portera, con su otra escoba de flores, sonríe y, por penúltima vez le cede el paso al cruzar el dintel cuando ambas se dirigen de puntillas al *hall* presidido por los retratos al óleo de Alfonso y Victoria Eugenia, protectores de número y honor del Instituto.

Morrión, sable de mameluco, levita de granadero, galones de fustán, cartucheras de charol, calada la bayoneta, el marido caporal saluda con desgana tras esbozar un gesto de fastidio mientras contempla irreverente los óleos de *Luis* y *María Antonieta*; el resto del pelotón vivaquea en el jardín y hace pabellón con sus fusiles sin atreverse a acercar a la balaustrada de la *veranda*: —Entre. Déjenos solos, Sonsoles. Y sonsoles, por última vez, —¡Como usted mande, señorita! —Siéntese y deje la escopeta en un rincón. Me horrorizan las armas de fuego. ¿Usted dirá que le trae por aquí...

Los cañones (una evocación del *Bertha* en huecograbado sobre las páginas de *La Ilustración Española y Americana*) acaban de silenciar definitivamente los truenos de su tempestad en los muros del Cuartel de la Montaña. Suenan sólo algunos que otros disparos aislados que limpian los últimos reductos, aunque ya los defensores icen banderas de rendición y los asaltantes suban por las escaleras de las rampas guerreras cuyos ecos no alcanzan el fondo de la biblioteca (Summa Teológica, Espasa, Heterodoxos, obras completas de abulenses soledades) donde han entrado a conversar; un fondo de cortinas de damasco, fulgores de emplomadas vidrieras y encerado *parquet*, brillante todavía, y el anaquel de cedro centelleando casullas, irisado el cristal de las arañas.

...—Espero ansiosamente una explicación ya que no porta un mandamiento judicial que le autorice al registro, o al menos un documento acreditativo, innecesario también, por lo visto en estas circunstancias. —Innecesario, en efecto. No se trata, por ahora, de registrar nada sino de censar el personal de la casa incluyendo el servicio del que, por supuesto, tendrá que prescindir. Para la requisa del *auto* hemos traído papeles de Gobernación. —¡Qué trabajo! —Preferimos cumplir el trámite. Cumplimente usted misma marca y matrícula. El documento viene debidamente diligenciado con firmas y sello. Consérvelo. Nunca se sabe. Por otro lado necesitamos conocer el nombre de la persona que en ausencia de la directora se hará responsable de lo que pueda suceder en el edificio. Sonsoles piensa que es usted la más indicada. También lo cree Isidro, el chófer. —Hay en casa hermanas más antiguas que yo, y de superior jerarquía. —¡Y, seguramente, también menos enérgicas! —¿Estima que estoy moralmente obligada? —Es asunto zanjado. Tome papel y pluma y deme la lista completa. Disculpe que no dispongamos aún de un formulario impreso. —¿Se ha rendido el Cuartel? (la pregunta se le encabrita en mitad de la garganta, pero termina por salir, trémula y ciega de sus labios) —Hace media hora era ya cosa hecha. —Nosotras ni sabemos nada ni entendemos nada de política. Nuestros objetivos son las almas. —¡Retire entonces del zaguán los retratos de los reyes destronados!

Nombre, apellidos, filiación completa, y, finalmente, una firma con su letra de colegio de las Esclavas para la que, a pesar de la estilográfica, utiliza el balancín verde billar del papel secante antes de cerrar el buró y apagar la lamparita de mesa, colgante de lagrimones de cristal y flecos de crespón de seda: —¡Haga también la cuenta a mi mujer, se despide! —¡Faltaba más, ahora mismo!

¿Responsable de qué? Se ha quitado y se ha vuelto a echar otra vez un peso encima, el de la gigantesca mariposa que llevara agazapada a sus espaldas y que sólo ha cambiado de color, del gris plata de muerte al fucsia para quedar transformada, sin aún saberlo, en una auténtica *Pimpinela.* Porque lo que ella no imagina, mientras el *Oldsmobile* recién requisado cruza desde la cochera el sendero de olambrillas del jardín y atraviesa luego la barroca cancela para salir a la calle, es que gracias a esta responsabilidad, que gratuitamente se le ha impuesto, sufrirá una metamorfosis y quedará convertida durante año y medio en una planta herbácea vivaz de la familia de las rosáceas, con tallos erguidos, rojizos, esquinados, ramosos, de hojas compuestas de un número impar de hojuelas pecioladas, elípticas, dentadas en el margen y muy lisas; flores terminales en espigas, apretadas, sin corolas y con cáliz purpurino, que instalará en el desván una emisora clandestina, saboteará planes de defensa, organizará evasiones y, por último, tras trasladar a toda su grey al decanato de la Embajada de Chile de la Castellana, sacarla pacientemente en parejas de la ciudad sitiada hasta ser ella misma —la última— a la que llegara el turno de escapar también por la frontera francesa —y ser fiel al clisé que la inmortalizara en el recuerdo infantil de sus sobrinos— para llegar de nuevo circunvalando litorales hasta la Ciudad Fluvial, y sentarse un atardecer, junto a su madre, sus hermanas y su prima, a rezar el Oficio Parvo en la butaca de rejilla del patio de las ranitas vidriadas para oír el grito estremecido de las golondrinas y aspirar la fragancia de los jazmines. Las guerras —es natural— se ganan mucho más fácilmente cuando se tiene a Dios por aliado.

...»Esculpida al frontal, la espada, la muleta y la montera; medio relieve pulimentado ya por los vientos atlánticos y quizá las manos piadosas de años aún con recuerdos y memoria (la niñez, los duros años de pastor, los primeros cigarrillos, las ilusiones, los primeros amores contrariados) sobre una inscripción escueta que antepone la mocedad al nombre y al oficio: primero la juventud, luego la gracia del que fuera; más tarde —y ya en tercer lugar— la profesión precediendo los veintiséis años que se indican; finalmente el adiós de los padres y hermanos, no del todo aclarados en un texto confuso que parece hacer más referencia al precio del mausoleo —por ellos religiosamente pagados— que a la misma muerte. ¿Qué secreto de *Cábala*, Delia, junto a cientos de tumbas judaizantes, casi de cementerio israelita? *Le dedican este recuerdo.* ¿A quién? ¿Por qué no se dirigieron a *ÉL* directamente? ¿Son acaso conscientes de su Nada? Y, cercando el lugar, acotándolo, seis delgadas columnas enlazadas por frágiles cadenas de latón, en razón de su color y su textura fundidas en la Maestranza de Artillería con metal de granadas y de obuses. Y, rodeando el camposanto, eucaliptos, borregas, toros y caballos sin casta, la dehesa *El Chaparra,* prado común que recorta sus límites en la Marina próxima y ajena: tierras de La Condesa —nuera, contumaz pretendiente a Emperatriz de Francia. De verde oscuro —como los diez cipreses que lo velan— y oro amortajado; cuclillos, cuervos, milanos, patos y cigüeñas, cruzan su cielo sin una nube como para compensarle de no hallarse acompañado ni por una sola flor —ni suya ni de nadie— en el corral de muerte donde lo llevó su suerte.

»Vaquerillo de Moreno Santamaría

(sementales de
Gallardo, derecho de antigüedad, hierro y divisa —blanca y amarilla—) hijo de vaqueros, nieto de pelantrines, biznieto de gañanes de dehesa, alquería y labranza, Pascual Márquez y Díaz nació en Villamanrique de la Condesa, *de París* —una fragata inmóvil en lontananza desde los esteros del Caño de Guadiamar— el Día de Todos los Santos de 1915 y fue mortalmente corneado por *Farolero,* cárdeno, de Concha y Sierra —divisa celeste y rosa—

C

a los veintiséis años de su edad, un dieciocho de mayo, muriéndose con la pena —aseguran los que lo trataron —de no haber podido reunir al cabo de seis años enfundado en un traje de luces (distribuidos entre antes y después de la Contienda, que capoteó movilizado en retaguardia toreando festivales benéficos) los treinta mil duros que le bastaban y sobraban para convertirse en un *señor* —jardinera, alamares, nupcias con Asunción Carrasco en la Metropolitana Catedral, vara alta y estribos de plata y adquirir un cortijo en Aznalcázar y un pago de viña en Carrión de los Céspedes; conformándose con las cuarenta aranzadas del olivar *La Molineta,* pese a haber salido cuatro veces por la Puerta del Príncipe de la Real Maestranza, lo cual ni una sola vez ha logrado *Chavelo*— con dos mil fanegas de tierra calma y seiscientas de olivar de verdeo escrituradas ya a su nombre entre El Arahal y Carmona, doctorándose sólo hace año y medio y con una brevísima vida taurina a sus espaldas de una temporada de becerrista y otra de novillero, amén de su peregrinaje de hatillo, capote y muleta por los pastizales de las tres islas y los cerrados de Cáceres y Salamanca.

»La muerte de Márquez me conmovió profundamente, Delia. ¿Cómo olvidar la llegada de su féretro envuelto en la bandera bicolor a la Plaza de Armas, su paso por la Maestranza empenachada de crespones negros y la larga comitiva fúnebre serpenteando entre los rojos alcores del Axaraf la misma mañana que la carreta de las *tres provincias* salían hacia la Romería, enlutando ese año como último homenaje las grecas anaranjadas y añiles y los espejitos de los yugos de sus bueyes con cintas negras de seda —camino del cementerio de Villamanrique—. Y, no obstante, no asistí a su entierro, no crucé siquiera la cancela del patio ni atravesé el zaguán cuando las herraduras del Escuadrón de Caballería que abría la marcha del cortejo levantaron un falso reguero de pólvora —llamas de fuegos fatuos— en los rieles del tranvía, rechinando sobre ellos galopes imposibles (como los que nueve años atrás, una madrugada de agosto, estremecieran aquellos otros cascos de la caña castrense corridas por los caballos que arrastraban los armones de artillería del 5.º Regimiento Ligero vistiendo sus uniformes celeste de gala, luciendo su inútil arrogancia, el fulgor de sus condecoraciones, el relumbre de sus cascos y el flamear multicolor de sus apolilladas plumas desteñidas de gloria) mientras el eco de los murmullos de una multitud doliente —multiplicándose en los motores, en las poleas y en las abandonadas herramientas de un taller desierto, clausurado por orden judicial, sellado por una declaración de quiebra, y en cuyos bancos de trabajo no podría ser ya ni siquiera esculpido el mausoleo de aquel muerto que pudiera haber quedado convertido en el último de sus clientes— cruzaba la nave vacía e iba a morir en la superficie espejada por el sol del agua de la alberca sobre la que revoloteaban las primeras avispas de un mes de mayo climatológicamente tardío, pero vacacionado ya de jesuíticas proclamaciones de *Dignidades*, concursos de catecismos Ripalda, propósito de enmiendas de estivales impurezas, reflexiones sobre los peligros de las púberes eyaculaciones —debidas a la pluma del insigne pederasta Tihamer Toth— prematuras soledades y místicos ensueños de un verano —casi— al final del cual se abriría para mí una nueva vida, porque mientras sepultaban a Pascual, Delia, yo creía también estar enterrando los postreros días de una niñez cuyos auténticos estertores —que estimé verdaderos y resultaron a la larga igualmente falsos— tú misma llegarías a alcanzar al cabo de siete años. Consciente y maravillosa amnesia de entonces y de otros ayeres como el tuyo de los que no me podré liberar nunca, y gracias precisamente a los cuales soy capaz de resistir mi inseguro hoy y mi incierto mañana, las vacilaciones que me cercan y los fantasmas —amortajados con sudarios familiares— de una prematura vejez que me persigue a pesar de no haber salido aún definitivamente de una infancia en la que prosigo, y, partiendo exclusivamente de la cual, soy capaz de calibrar el mundo ...ALLEGRO CON BRÍO... un mundo al que por cierto, Delia, regresan al cabo de casi tres siglos con todas sus prerrogativas y fueros (como si estimaran aún en pocos los que gozan y continuarán gozando en esta nueva versión de la Alta Edad Media) los señores de a caballo para imprimir de nuevo un carácter aristocrático a la Fiesta, recuperar para su causa un faboluso mercado —durante casi tres siglos en manos de sus antiguos siervos— e impedir la proliferación de nuevos *Chavelos* que, desde la nada, puedan disfrutar del gran dinero, organizando solapada, pero inteligentemente, una verdadera contrarrevolución desde la cual arremeter con sus flamígeras espadas vengadoras, mientras hacen tremolar sus banderas y alzan ya sus estandartes seguros de sus victorias, contra la desvergüenza y falta de respeto de sus antiguos lacayos que desde su intrepidez (fruto de la humillación sufrida que no les permitía lucir siquiera en sus trajes, durante años, como a *Costillares,* ni un simple galón de plata) les obligaran a convertirse —opción no aceptada— en varilargueros, o a seguir siendo sólo señores del rejón (disfrazados a la federica en un arte —de circo— que salvara *Cañero* del olvido cambiando las botas prusianas por los zahones, la librea por la chaquetilla corta, y el bicornio y la peluca por el fieltro *d'alancha*) en las corridas regias, hasta su reciente toma de conciencia que les ha inspirado cerrar celosamente filas y agruparse para subvertir un orden que ya no están dispuestos a aceptar. *FIN* del ALLEGRO CON BRÍO.

»¿Hablábamos de orden?, Delia. Sin embargo, el otro, el establecido dentro del recinto del aeropuerto se encuentra sin lugar a dudas plenamente garantizado, o al menos en la medida (exceptuando los inevitables cambios formales en razón de la transferencia de poderes) en que lo estuvo siempre; lo que viene a significar que una serie de disposiciones sabiamente dictadas antaño limitan aún la libertad individual en beneficio de la colectividad y la convivencia pacífica (Sic). De manera que a los borrachos *vergibratia,* si bien no se les prohíbe seguir bebiendo —mientras tengan, naturalmente, con qué pagar su alcohol— se les impide en cambio convertirse en improvisados oradores y expositores de sus personales puntos de vista sobre los enemigos que acechan *La Fiesta* ante un par de centenares de extranjeros ávidos de color local.

»No obstante, Delia, espero salir absuelto —e indultado por mi extravagancia— del inesperado interrogatorio a que estoy a punto de ser sometido tras mi detención (como *congelada* mi imagen) e internamiento en la oficina de Aduana, después de mi intento —a medias fallido— de ofrecerte este monólogo en voz alta utilizando como estrado y tribuna pública una mesa de la cafetería-*restaurant* cubierta con un mantelito color azul turquesa. Mi situación, pues, Delia, resulta extraordinariamente cómica, lo que no invalida la nueva experiencia que estoy a punto de vivir...

LUNES, ONCE DE JUNIO DE MIL NOVECIENTOS VEINTICINCO. Inclina levemente la cabeza —cabellos a lo garçon, zarcillos de coral y traslúcidos ojos celestes de madona— y extiende el abanico —lotos, pagodas, bermejas pérgolas florecidas, una puente añil y un cerezo en nieve— sobre la curva del escote donde revolotea una mariposa de rubí engastada en platino, tras ajustar cuidadosamente sobre su espalda la seda amaranta de su filipino mantón liberado de chinos, sólo coloreado por la abierta cola de un pavo real cuya cabeza —el cuello estrangulado— asoma entre los pliegues que redimen el brazo derecho del escorzo, alargan la silueta enfundada en leonado crespón y caen verticales y solemnes hasta el límite preciso de las rodillas sugiriendo las corvas sin dejar adivinar no obstante los muslos donde las ligas —invisibles— sujetan las medias negras: sombras aterciopeladas que agonizan en las trabillas —con botoncitos de cristal— de los puntiagudos zapatos de charol rematados con tacones versalles.

El cromatismo del fondo que la enmarca —gobelino con jardín italiano y balustrada de rosas— ha sido hábilmente difuminado por el Artista desde la última de las sesiones de hora y media durante las que posa cada día para su hermano desde hace una quincena; de Parma que su nueva sonrisa, casi de Gioconda, más diáfana ya, se encuentra esclarecida gracias a los nuevos colores, menos luminosos pero más sugerentes y que confieren también más ingravidez al contorno de su retrato de cuerpo entero, al que Alberto está a punto de dar ya las últimas pinceladas para incluir, como inequívoca muestra de su talento fisonómico, *Retrato de mi hermana Beatriz,* en el catálogo de su próxima exposición bonaerense, y el cual terminará obteniendo un año más tarde una segunda medalla en el *Salón de Otoño.*

Permanece inmóvil, manteniendo la sonrisa, no por forzada menos misteriosa, y contemplando entre halagada y sorprendida la culminación del óleo que inmortalizará una adolescencia que han decidido —sin pensarlo ni mucho ni poco— ofrendar también al Señor, maravillada del halo de beatitud y alegría que trascienden, no por fotográfico menos ambiciosos, los ojos de su hermana Virtudes desde otro retrato: una postal seis por nueve enviada con una somera dedicatoria a sus padres desde Santa Fe de Bogotá, acompañando una carta en donde se adivina en el reverso de su dicha el precio del heroísmo que paga por ella gustosamente, y que quizá gracias a él hace aún más tentadora.

El Artista convoca a las musas perdida la mirada en el ventanal de su estudio (anexo a las columnas traídas desde la expoliada Itálica hasta el viejo palacio frontero al *ghetto* de la antigua Judería, corral de vecindad para las estancias bajas del patio y conjunto de falsas buhardillas alquiladas a solteras libertades y bohemias pretensiones: el Arte, el Amor y la almoneda de escenógrafos y anticuarios, separadas por tabiques de yeso y tensos biombos enjalbegados) y mezcla en la paleta el azul prusia y el carmín con los que irisar el brillo de las plumas reales y acentuar el tono que lo singulariza. Dos pasos atrás, una duda por fin resuelta y las brevísimas pinceladas postreras para poner punto final al retrato de su hermana a los diecisiete años, viva aún, temblorosa de azahares rechazados antes de florecer su primavera, colegiala casi, no condenada todavía ni por su título de la *Normal* ni por su diploma del Conservatorio, traviesa de diávolo y columpio, libre por unos meses, sin los votos —castidad y obediencia— de la disciplina a la que se verá sometida el resto de su vida; tolerante en la medida de sus años de las veleidades de Augusto, los desenfrenos de Javier, los histerismos de Esther, las añoranzas de Natalia y la severidad de sus padres para juzgar hijos, sobrina, parientes, servidores y operarios vinculados a un hogar, en apariencia risueño, y a una razón social en continuo auge que extiende sus tentáculos mercantiles por los palacetes, los bancos, las iglesias, los museos, los conventos, el recinto del cementerio, y alcanza incluso los graderíos, recién restaurados, de la Real Maestranza de Caballería de la Ciudad Fluvial gracias a la feliz conjunción de mejores precios, más alta calidad artística, el prestigio de un apellido ítalo y el perfecto manejo de las relaciones sociales.

Una señal de la alada y jesuítica mano genovesa —el vuelo raudo de una paloma junto a la lenta marcha orbital de un girasol— la invita a descomponer la figura y a bajar del *podium*. No es la misma señal de siempre —la de todos los días a las cinco y media en punto de la tarde— indicando que la sesión ha concluido; la mano, suavizada de nácares, romas las uñas, afilados los dedos, confirman a la vez en su aleteo —más pausado y contundente— la satisfacción, el orgullo y la vanidad, frente al retrato que acaba de dar por terminado, certificando de rechazo su complacencia y aprobación ante hecho tan trascendente con su firma —morosa y perfectamente delineada— en el ángulo inferior derecho de la tela, precedido por la última cifra del año de gracia de su ejecución.

Un salto desde el estrado casi de *ballet*, una grácil pirueta, y ahora ya las dos Beatrices juntas una al lado de la otra, la realidad y la ficción, la carne viva y el fantasma del lienzo fresco y jugoso aún de trementinas, aceites y barnices, sobre el caballete, confundidas unos instantes antes de desprenderse —una— del broche de esmeralda y del mantón de Manila, dar unos pasos más, cruzar el ala izquierda del estudio e ir a cambiarse de vestido, de medias y de zapatos tras el biombo lacado que defiende el pudor de las modelos profesionales y el impudor de las aficionadas.

Silencio. Apenas cruzan una docena de palabras —oculta primero ella por el transparente, y más tarde ya fuera mientras él limpia los pinceles— antes de llegar al beso fraterno de la despedida, abandonar por fin el estudio, salir a la galería, bajar la gran escalera —donde hace poco más de un siglo los espadachines rechinaran sus aceros y el fru-fru de las sedas de las faldas hiciera relampaguear el perfil de los escalones— presidida por una Minerva mutilada, atravesar el patio y salir a la calle para, ya en la calzada, aligerar el paso intentando llegar puntualmente a su clase en la *Normal*, mientras doblan las campanas de la iglesia de Santa Cruz una muerte en el barrio, a cuya ánima dedica un padrenuestro, un avemaría y una jaculatoria del Oficio de Difuntos antes de empezar a memorizar mientras camina —una conjugación cada diez números impares de su acera derecha o cada dos manzanas— los verbos franceses, cuyas irregularidades (pese a su interés por ellos y su concienzuda voluntad de saberlos no sólo por el hecho en sí de aprobar la asignatura sino para poder enorgullecerse de conocerlos a la perfección y aprovecharse de su utilidad, aunque no necesariamente de la *cultura* que representan) siguen resistiéndosele con el mismo ímpetu que los teoremas trigonométricos y los afluentes de los ríos africanos. El *orden* hasta ahora (y en el que perseverará a lo largo de otros setenta años) ha presidido todos y cada uno de sus actos; un orden y un someterse gustosamente a la disciplina impuesta por un tipo de vida a los que sólo son incapaces de adaptarse en la familia Augusto y Javier, como si no corriera por sus venas la misma sangre, no hubieran nacido en el mismo claustro materno u otro fuera su progenitor. Cuánta inquietud innecesaria, cuánta desazón e incertidumbre; mientras en cambio para ella todo está ya —desde edad tan temprana— meridianamente claro: el pecado a la izquierda —con sus secuelas de resquemores de conciencia y sus posteriores amarguras (independientemente de la condenación) y a la derecha el bien de cada día —tránsito no obstante de un abrir y cerrar los ojos— para encontrarlo plenamente y en grado superlativo en la dicha sin fin de la Eternidad alcanzada por el camino de la salvación, no tan arduo y difícil al fin y al cabo si se medita serenamente en el sentido común con que fueron escritas las prohibiciones y la generosidad —a manos llenas— con la que se imparte la Gracia.

Otros barrios, otras plazas, otras calles, otras iglesias, otras campanadas en otras torres, otros toques: triduos, novenas, quinarios, exposiciones del Santísimo, y, por fin, la *Normal*, yedrada la forja de los balcones —entre cales y almagras— que sostienen el asta de una bandera ausente. Sus pasos no vacilan al subir la escalinata de piedra —donde novillan clases adormilados ojos adolescentes demorando la entrada— en el instante mismo en que, desde el reloj del Ayuntamiento, *carillón* a horas y medias sobre la perspectiva de la plaza del Sapiente Rey, llega la sintonía de las seis de la tarde.

Ni sus pasos vacilan ahora ni vacilarán nunca. Recto y largo el camino; a cordel siempre el surco desde sus primeras siembras —con arado romano— en una aldea perdida del Andévalo— a las últimas —tractor y vertedera— en la dirección regional, ya al borde de su jubilación (así que pasen cincuenta y dos años) como inspectora del Magisterio, intentando impulsar en cualquier circunstancia las más eficaces técnicas pedagógicas en cuanto su aplicación no afecten (como la coeducación contra la que luchara inútilmente durante los cinco años en el transcurso de los cuales el busto de *Mariana* presidiera las aulas —ya de ciudadano grupo escolar— de sus lecciones, a las que siempre despojó del ropaje laico) el espíritu del Evangelio, rectamente interpretado y sin posibilidades de heterodoxia, por los teologales doctores, las homilías arzobispales, y las *Cartas* dirigidas a sus hijas en el Señor por la fundadora del Instituto Pedagógico en el que profesará también antes de un año, pero no ya para catequizar —como soñara— indios de la Altiplanicie y criollas con fe entibiada por largos años de incuria y abandono, desgajada por la Historia de la acrisolada piedad patria, sino hijas de campesinos agitados y nietas de gañanes coléricos pobladores de otras cordilleras no por más próximas menos abruptas y desamparadas.

A partir de su resuelta actitud —no por vehemente menos firme— las coordenadas cartesianas fijarán ya —para siempre— la posición exacta de su vocación, a partir de la cual discurrirá su destino de mujer trazado con tiralíneas de diamantes cargado con tintas de sangre redentora. Fijado el rumbo de su vida (sereno incluso frente a las tempestades familiares: el casamiento de Alberto, la muerte de su padre y Augusto, el derrumbamiento del negocio, la vergüenza y deshonor de la quiebra, la enfermedad de Javier, el forzoso abandono de la casa, donde había soñado de niña, y los avatares políticos) el ángulo de las magnitudes apenas fluctuará a lo largo de más de medio siglo, siendo suficiente el poder (conferido primero sobre sus alumnas en un aula, las educadoras de un grupo escolar más tarde, las directoras desde la Inspección Provincial después —en años decisivos— y, por último —en los ya desilusionados— desde la omnipotencia de la dirección regional) para subsistir —o al menos enmascarar— la llamada del amor, del sexo, de los hijos, resuelto en parte gracias a los de Javier, y de lo masculino en abstracto que disimulará en la devoción primero a su padre, luego a sus hermanos Augusto —hasta la muerte— y Alberto, jamás a Javier, y, por último, a su sobrino primogénito en una extraña mezcla de cariño, odio y admiración frente a su arrogancia sólo disculpada por la supervivencia del apellido al precio que fuere.

Attendre, Boire, Croire, Devoir, Ecrire, Envoyer, Faire... La estilográfica rasga el satinado del folio sellado del examen parcial que, como temía, ha acabado por exigírsele. *Indic. Prés., Passé simple, Condit. prés., Imperatif.* El tiempo vuela al principio sin que la terminación exigida asome a la punta del plumín, pero finalmente queda como inmovilizado sobre su nariz —en el lugar exacto donde el Artista fijara una sombra de duda— y la lanceta de oro se desliza suave y veloz caligrafiando la contestación correcta. ¡Qué *chance*! Al abandonar el aula, presidida por el rey púber en perfil de moneda —con cinco minutos de antelación sobre los treinta fijados— se siente plenamente satisfecha, y de regreso a su casa (donde en el patio dará cuenta a su madre, a sus hermanas y a su prima de la feliz terminación del retrato y de su buena suerte en el examen) entrará devotamente en la capilla de Montesión para arrodillarse frente al sagrario y dar a Jesús Sacramentado las gracias por los favores recibidos a lo largo del día.

...»Condescendencia, quince letras desde todas y cada una de las cuales, la acción y efecto de condescender —*acceder o acomodarse por pura bondad*— adquiere un significado preciso que desborda el de tolerancia —*disimulo de ilicitudes*— (mucho más restringido y cargado de antiguos ecos de hermosas e higiénicas mancebías como las que hicieran las delicias de mi adolescencia, que de existir —y ser exactamente igual que antes—, con sus macetas de albahaca en los patios enlosados de rojo, sus mecedoras, sus azulejos, sus canarios, sus salones con muebles *modern-style,* sus aljofainas llenas de agua caliente, sus bidés franceses de cobre bañados de porcelana, sus rojos edredones de damasco, sus cortinas de encajes, sus cuadros de náyades y ninfas, sus quejumbrosos aparatos de radio, sus palanganas miniadas de escenas pastoriles, su olor a colorete, sus camas de hierro con barrotes trenzados de calcomanías y sus jóvenes, desenfadadas y alegres pupilas —volverían a hacer las de mi prematura vejez) a la que prefieren no quedar asociados.

»Reconozco su tolerancia, les dije. Admita mejor nuestra condescendencia, me contestaron. No olvide que en un principio imaginamos que los efectos del alcohol estaban estrechamente asociados a los de la hierba y a la subversión profesionalizada, y, al encontrarnos sólo con los de él, o, al menos, eso nos parece, nos basta su arrepentimiento. Trato, pues, de favor, Delia. Mi arrepentimiento y mi solemne promesa de silenciar *la rebelión de los señores* ha sido suficiente para obtener la absolución de todas las culpas que se me imputaban. Pero, me pregunto ¿existe en el Derecho Internacional alguna cláusula que autorice el interrogatorio de un intoxicado alcohólico, entre marginados, al que se le niega la lucidez y que fuera detenido precisamente por comportarse como tal? Porque el caso es que, finalmente, fui invitado a firmar una declaración mecanografiada a un espacio, tres copias, en la que reconocí haber perturbado gravemente el orden —dando lugar a que mis palabras (por lo demás nada inocentes ya que el asunto es por lo visto mucho más grave de lo que pudiera parecer a primera vista y no llegué a explicar —a explicarte— que la contrarrevolución prácticamente ha triunfado, que el público acepta encantado e incluso agradecido el regreso de los caballeros, que la vida profesional de los espadas se encuentra amenazada seriamente; que en las novilladas los torerillos empiezan a ser sustituidos por los nobles rejoneadores y aristócratas rejoneadoras; que la misma corrida está sentenciada de muerte al faltarle a los nuevos futuros diestros tientas donde entrenar y plazas donde aprender y formarse al desaparecer las becerradas; que en un par de años se han quintuplicado el número de los festejos taurinos lidiados a caballo, que desde la nueva *era* se le escapan a los caporales muchos más tiros en las dehesas; que las Maestranzas de Caballería aplauden una contrarrevolución que les devuelve su razón de existir y sus privilegios; que el toreo a pie era sostenido por las masas populares y las masas populares no sostienen ya nada; que los que crían los toros son los únicos que ejercen sobre ellos un monopolio) pudieran haber sido erróneamente interpretadas —como si cupieran las interpretaciones en algo que es tan transparente como el agua— por un auditorio extranjero predispuesto a las tergiversaciones, a cambio de mi liberación.

»No obstante el cumplimiento de este trámite administrativo de rutina, que a nada compromete, Delia, Alberto Gentile, firmado y rubricado, el caso no ha sido sin embargo definitivamente sobreseído. Falta cumplir la pena correspondiente a mi condena: al menos, una hora de profundo y reparador sueño en un mugriento sofá. Rotunda negativa: «Comprendan, he de cumplir con mis obligaciones de artista. El espada Eugenio Hurtado, *Chavelo,* está a punto de aterrizar con toda su cuadrilla, y he sido expresamente citado aquí con él para fijar la fecha en que comenzaré a pintar su retrato, del que esta misma tarde realizaré un primer apunte.» «No, por favor, se equivoca. Su aparato no se encuentra aún sobrevolando ninguno de los corredores aéreos de nuestra vertical, y, aunque antes de partir le haya sido señalada una ruta, los aviones particulares no tienen por qué ajustarse necesariamente a un horario previo de llegada. Por otro lado, son apenas las doce y la corrida está anunciada para las cinco. No existe por tanto ningún motivo de alarma, con independencia de que el diestro haya elegido otro medio cualquiera de transporte menos rigurosamente seguro.»

»De nuevo el sofá, Delia, y el mismo ímpetu e idénticas persuasivas palabras para empujarme a él que si se me estuviese conminando a entrar en una celda de castigo. «Una hora de sueño le hará mucho bien y lo liberará de sus fantasmas. Más tarde puede pasar al *restaurant,* si lo desea. Han sido ya cursadas órdenes muy estrictas al respecto para que no le sea servida ningún tipo de bebidas alcohólicas.»

»Y en el sofá —que huele a búfalo y a pólvora, a adulterio, a mirra y a seda de paracaídas— me tienes perplejo, amodorrado e inexplicablemente erecto; pero el incesante teclear de una máquina de escribir en la estancia contigua —de la que me separa sólo una frágil mampara de cristal esmerilado— me impide conciliar, como sería mi deseo, ya puesto a aceptarlo, el sueño reparador que con tanta premura se me exige antes de acceder a mi Libertad...

LUNES, DIECISÉIS DE MARZO DE MIL NOVECIENTOS TREINTA Y CINCO. El daguerrotipo de un *Clipper* con las velas desplegadas —sombra chinesca en sepia de un magazine germano, casi irreal en el espejo del nitrato de plata, por veloz y marino— una peineta de carey, una mantilla de Bruselas, un relojito de triple tapa y llavín supletorio, y un retrato de Miguel Ángel (traje de alpaca, *canotier*, bohemia la chalina, y de piqué el chaleco cruzado de leontina, las botas de charol y de caña india el junco que reposa cruzado en sus rodillas, claros los ojos, a lo kaiser el bigote, y el pelo rubicundo y escaso para sus veinticinco años) celosamente guardados —los únicos recuerdos de su amor— en la gaveta de la cómoda de su cuarto, frontero al de sus primas, que da al patio, y abierto al mediodía por el fanal del cierro, un palco de cristal, como un landó parado en mitad de la calle.

Como todas las tardes, saca del cajón el velero, la peineta, el reloj y el retrato —enmarcado en corazón de jacarandá— (tras acariciar la mantilla blanca arropada de alcanfor y envuelta en un gurruño como los mantones de Manila para que no se quiebre la seda por los dobleces, y que el tiempo aún no ha violado —en grueso papel que cambia cada otoño—) y los coloca sobre la cómoda para contemplarlos unos minutos con tristeza y evocar sus veinte años cumplidos en la primera década del siglo, meses antes de que muriera Miguel Ángel, cuando aún ni siquiera sospechaba su mortal enfermedad e iba a pelar la pava al anochecer desde la ventana bajera con reja y celosía de la casa contigua a la fábrica de fieltro, donde vivía —y, más tarde, todos sus primos, no sólo los hijos de su tía Esther sino los de todos sus otros tíos, ocuparían también durante años distintas plantas junto a dos criadas, su hermano y el tío Felipe (por entonces el único jefe del clan familiar, a pesar de su invalidez y de encontrarse postrado en un *chester* donde hacía su vida por culpa de las incurables espiroquetas pálidas —mal que había ya marcado, marcaba y seguiría marcando a un miembro varón de cada generación— lo que no le impediría dirigir una fábrica que fundara quince años atrás al regreso de su *extravagante* viaje por Europa, inaugurando la primera manufactura de sombreros de fieltro de la Ciudad Fluvial e invirtiendo en ella —inmueble especialmente diseñado, importación de maquinaria alemana, red comercial y primeros largos meses sin beneficio hasta obtener su puesta a punto— el último céntimo de la fortuna heredada no ya sólo por él sino por todos sus hermanos, incluyendo a Esther, y a la que fue preciso añadir —jugándoselo todo a una sola carta— el producto de la venta de la tahona que sus padres dejaron como negocio base, un horno acreditado a lo largo de muchos años y en pleno rendimiento, pero que ni él, ni ninguno de sus hermanos vivos (Rafael, el mayor, que estuvo al frente de la panadería había muerto tres años antes, unos meses más tarde que su mujer, dejando una hija de tres años) estaban dispuestos a regentar al no conocer siquiera el oficio, que estimaban servil, ni haber puesto prácticamente jamás los pies —obrador adentro—, prefiriendo, tras unos tímidos intentos de licenciarse en Leyes, Damián y Agustín, y en Medicina Felipe, la cómoda situación de rentistas y la mucho más cómoda de protectores de la virtud de su hermana y la tutela de su sobrina, dedicando sus ocios los dos pequeños, a los pájaros exóticos el primero y a los perros de raza el segundo, y el mayor a los experimentos elementales de física aplicada (inducciones magnéticas, electrólisis, máquina de wimshurts, médula de sauco, lentes, focos conjugados) que de simple pasatiempo, juego casi infantil pasaría a convertirse en un auténtico trabajo desde el gabinete de investigación de una ya próspera industria con plantilla de doscientos operarios capaz de abastecer de sombreros las cabezas de toda la región.

¡Su único amor! Noviazgo al cabo consentido que durara sólo siete meses (tras casi un año de prohibición de poner los pies en la calle), lo que no autorizaba sin embargo la entrada de Miguel Ángel en la casa ni siquiera su presencia en el zaguán sino desde el otro lado de la reja, ni a la salida de ella fuera de las horas de la primera misa, el rosario los jueves al atardecer, y un paseo los domingos —acompañada siempre de Regina, la modista, antigua sirvienta eventual: repaso de ropa blanca y corte y confección de vestidos dos veces al año, Corpus y Domingo de Ramos— hasta los jardines de las Delicias o el puerto, para sentarse silenciosos en un afiligranado banco de hierro pintado de blanco, sin atreverse siquiera a cogerse las manos, o tremolar pañuelos en las arribadas o en las despedidas de los vapores, por lo que la ofrenda del daguerrotipo el día de su cumpleaños, junto a la mantilla y la peineta, venía a dar constancia del instante en que se produjo el robado primer beso un atardecer de abril, favorable la marea, mientras, a todo trapo, un viejo velero iniciaba su ruta hacia el Atlántico.

Idéntica liturgia cada tarde: un emotivo ceremonial de recogimiento —húmedos los ojos— ante el altar del Apolo muerto —insustituido e insustituible— oficiado por una virgen que está a punto de cumplir los cincuenta y cuatro años, que no ha perdido aún definitivamente el candor, que le basta y le sobra para seguir viviendo el lejano sabor de unos furtivos besos y unas furtivas caricias gracias a haber sabido convertir en recuerdos imperecederos el año y medio escaso de su adolescencia que encerrara en definitivos paréntesis los únicos diecinueve meses felices en más de medio siglo de su existencia entregada casi desde su infancia al cuidado primero del tío enfermo hasta su muerte —que trajo también la de la fábrica por él fundada— el de sus innumerables primos, los hijos de los viejos tíos solteros, que terminarían casándose con sus queridas, y, los de su tía Esther, sólo diez años mayor que ella, llevada de blanco al altar por un bizarro hijo de italianos afincados en la Ciudad Fluvial, y junto a los que permanece tratada si no exactamente como una simple prima tampoco como una verdadera hermana; ambigua situación, pese a su amor por ellos, no del todo correspondido, excluyendo la devoción del hijo primogénito de Javier —apenas siete años— que junto a su confianza en la otra vida y el recuerdo de Miguel Ángel le ayudan a sobrellevar la soledad y el desamparo en que está convencida de encontrarse, siempre con el alma en vilo por miedo a una segunda quiebra —que llegará por supuesto inexorable como llegara la primera, y que presiente no ha de tardar— a la muerte del segundo financiero de la familia, un Alberto Gentile indómito aún, nuevo patriarca, que sostiene gracias a su tesón, su prestigio y la firmeza de su carácter todo el complejo armazón de un negocio ya en regresión, a ninguno de cuyos hijos a su desaparición terrena ni les interesará reestructurar por un lado ni serán capaces de regentar por otro, pese a la buena voluntad de Javier a la que se une la desidia de su *mala cabeza*, idéntica a la de su hermano Augusto, en lo único en que se asemejan, y que los singularizan del Artista, con el que no será posible tampoco contar por otras razones: la entrega y absoluta dedicación a su arte, puro en la medida de sus deseos, que no está dispuesto a prostituirse diseñando mausoleos, dibujando capiteles mortuorios ni sacando de puntos ángeles funerarios.

Al tañido de las cinco campanadas del reloj de la torre de la parroquia se incorporan en el aire calmo —que huele a rosas, a lejía, a humo de leña húmeda, a cuaresma y a tormenta de marzo— el inconfundible tableteo de las cigüeñas anidadas en el vértice su espadaña. Se santigua y devuelve a la gaveta sus íntimos recuerdos (que unos meses antes de morir pasados casi treinta años, entregará solemnemente —con la promesa de que jamás se desprenderá de ellos, al hijo mayor de Javier, junto a su propio retrato—, a los quince años, miniatura enmarcada en un guardapelo de plata, imitación de un sello de Correos de la regencia de María Cristina, y que en efecto, Alberto, ni será capaz de vender ni siquiera de pignorar por miedo a la venganza de aquella tía fantasmal —dulce e histérica a la vez— que había sustituido sólo en parte, a lo largo de su niñez, el cariño de la madre de la que lo separaran, y que conservaría devotamente para legar a la vez a sus hijos.

Ha llegado la hora de vigilar la colada que —como cada lunes— someten al ajuar del comedor y camas las domésticas del cuerpo de casa en el fogón del desván situado en la misma frontera del taller con el jardín interior; la hora de encender la cocina *económica* de carbón de *coke* y poner en marcha la cena; la hora —coincidente con la salida de los operarios que cruzan ya el patio— de avisar al antiguo mozo de cuadra (lacayo sin librea, cobrador de pequeñas facturas impagadas, mensajero, hombre de confianza, que sigue incluido en la nómina del taller pese a su jubilación por la benevolencia de Alberto Gentile a cuyas órdenes trabajara como oficial de cantería durante casi cuarenta años) para que vaya a recoger a la salida del colegio al pequeño Alberto, y hora de planchar personalmente las camisas, los pantalones, los chalecos, las corbatas y los pañuelos del Artista —que no permite que nadie si no es ella lo haga— antes de empolvarse muy discretamente la cara y cambiar su bata por un vestido de medio luto —gladiolos negros sobre fondo gris perla— como los que viene utilizando invariablemente desde sus veintidós años, y tocarse con la blonda de encaje para dirigirse a la capilla de los Dominicos y ganar un mes de indulgencias plenarias tras el rosario, durante la exposición del Santísimo. Un relámpago —Santa Bárbara Bendita— pone una pincelada malva en la tarlatana de los visillos y va a morir en los encajes de la galería, contra la cal del muro, cuando abandona su alcoba, nítida de pañitos almidonados de crochet, y sobre el testero de su cama manuelina agoniza —la faz pastelera y carminada— la imagen de un crucificado.

»Memoradísimos e inolvidables burdeles de mi adolescencia. ¿Qué semejanza puede guardar este olor burocrático y podrido y aquel otro, Delia? ¡Y, sin embargo...! ¿No habrá pernoctado aquí, por ventura en este mismo sofá, detenida y culpada de ninfomanía o exhibicionismo, el espectro de una de aquellas adorables meretrices en cualquiera de las cuales quedabas siempre invariablemente reencarnada, prostituida, sí, es verdad, por el hambre, pero que aprendieran tan rápida y concienzudamente el oficio como una *gheisa*, y como una verdadera *gheisa* lo practicaran? Limpias y provincianas mancebías sureñas blasonadas de cal, azulejos, jacintos y aspidistras; aromadas de polvo de arroz, yeso fresco, cloro, zotal, *patchouli* y sudores de cópula; celadas de rumores, nimbadas por persianas, contrapersianas, estores y visillos; asaetadas de ingenuas procacidades y de bofetadas de chulos ceremoniosos de lustrados zapatos; glorificadas con navajazos de mocitos pintureros que sorprendieran a sus amantes —a las que hacían soñar con azahares— sobre el escaño más alto de la infidelidad, hacer *salón* durante su día libre.

»Hermosos y honorables burdeles, Delia, donde se respetaran tan rigurosamente las jerarquías, se sirviera tan puntualmente la comida a las pupilas estables; se pasara inexorablemente revisión cada semana; se amaran las flores y los animales domésticos; se guardaran vigilias los viernes de Cuaresma; se explicara, clara y llanamente, el día que nuestra preferida se encontraba fuera de juego; donde disfrutaban de tarifa especial el policía de turno y el médico de guardia en la casa de socorro del barrio; se recomendaba la devoción a San Francisco Javier, patrono de los espiritistas, y a San Antonio de Padua; donde se prohibiera terminantemente blasfemar y conversar de religión y política y donde, durante unos días (nunca más de una semana, el tiempo justo para conocer las verdaderas intenciones paternas siendo, al fin y al cabo, también los padres asiduos clientes) encontraran refugio los hijos de familia expulsados por calaveras, del sacrosanto hogar de sus mayores.

»Sólo condescendientes y a medias, Delia; ni siquiera tolerantes como ellas (en la medida de saber comprender un mundo que, despreciándolas, las necesitaba: tácito acuerdo de socorros recíprocos que no se limitan al hecho meramente mercantil sino que configuraban las reglas de una moral específica, a caballo entre Cartago y Roma) aunque, eso sí, correctos y corteses pese a su absoluta identificación con el papel de irreprochables defensores del orden. De manera que —pongo por caso— si se vieran obligados a interpretar el Reglamento Taurino —tan claro, preciso y contundente— indultarían a los animales que no recibieran en toda regla *por lo menos tres puyas,* cuando, ateniéndose al artículo 67, debieran volverlo a castigar con banderillas negras, tras haber tremolado el presidente pañuelo rojo, y firmarían la condena de muerte a garrote vil del diestro si por el contrario lo hubiera agitado color azul, concediendo la vuelta al ruedo de la res.

»*Una hora de sueño lo librará de sus fantasmas.* ¿De cuánto tengo que librarme, Delia, y cuál es la prelación? ¿Qué orden ocupas tú por ejemplo en la larga lista de los ectoplasmas femeninos que me acosan? La aguja orientadora de la brújula de Edipo (de Edipo rey, de Edipo supremo sacerdote, de Edipo-Segismundo encadenado al enmarañado chiquero de la vida) orientadora del Norte en mi búsqueda vaginal (el cálido nido forrado de suaves terciopelos, de espejeantes sedas, acolchado de plumas de cisnes recién nacidos y pelusas de recién paridos cervatos, nivelado de fragantes aceites maternales) perdió su rumbo y se volvió loca antes de cumplir dos años, al separarme de mi madre. A partir de entonces soy consciente de mi naufragio, Delia; desde tan temprana edad busco desesperadamente una vagina sustituta, gemela, la otra media naranja imposible de aquel nido feliz —muerto para mí mucho antes de morir ella realmente, para poder pensar siquiera en él como algo palpitante y vivo, factible de reencontrar por fin algún día— que no debiera haber abandonado nunca. Mis osos de peluche fueron osas de peluche; las heroínas de mi niñez iluminadas cuevas protectoras, puro sexo, sí, pero que no deseaba profanar sino simplemente habilitar en un *jardín de infancia* en donde refugiarme; las mujeres fuertes de la Historia me seducían no por su fortaleza sino en razón de la imaginada generosidad de sus vaginas: María Teresa de Austria, Cristina de Suecia, Catalina de Rusia; cualquier entrepierna femenina era buena, exceptuando las familiares, las que me cercaban, las nurses, abejas obreras que no reinas, por infecundas y estériles, inútiles para mis propósitos regresivos y en las que no podía caber —y yo lo presentía—, por solteras, invioladas y secas, el hocico de un ratón; pero a cambio, allí estaban las mancebías, las limpias, ordenadas y maternales mancebías, y a ellas tuve que asirme tan pronto como tuve ocasión; estuches vaginales fundas de mis soñados refugios imposibles: diez, quince, veinte mil vaginas dentro de otra enorme vagina celada en la penumbra de olorosos patios donde el dondiego, los jazmines y las hortensias configuraban las arquitecturas interiores de unas enormes conchas, gemelas, en las que soñaba vivir aquella otra vida que no fuera capaz de proporcionarme el patio de mi propia casa, donde no me bastaban a veces ni las mecedoras, ni el columpio, ni la fuente de las ranitas vidriadas, ni las columnas, ni los azulejos faltando el rastro del perfume de mi madre que no llegara a pisar aquella cuadrícula más que la noche de la muerte de mi tío Augusto y el día de la de mi abuelo, el viejo truhán mediterráneo que —aunque aceptara apadrinar los esponsales del Artista con su concubina— jamás, en cambio admitiera la presencia en el sagrado patio (lar del Mediodía, chimenea del castillo de su soberbia, con los perros tendidos a la sombra de las aspidistras, en las rojas alfombras de olambrilla, los esclavos discurriendo bajo los cenadores, las golondrinas zigzagueando sus cielos) de una tímida y frágil campesina ya enferma, culpada de un único e imperdonable pecado: haberse casado por amor con el menos dilecto de sus hijos, inútil apéndice parasitario que a los veintitrés años —y ya marido— no sabía exactamente lo que quería y cuál era su verdadera vocación; escultor sólo de dudas, maestro cantero de fortalezas de naipes, impenitente defensor de causas perdidas, y al que sólo hubiera salvado de la tragedia que terminaría siendo su vida el tío Felipe —de seguir vivo— al haber visto confirmados en los defectos de Javier hecho hombre aquellas travesuras del Javier niño (que él apadrinara y eligiera —entre todos los hijos de su hermana; los de sus hermanos no llegaron nunca a contar— por los que precisamente lo prefiriera y hubiera deseado fueran —de haberlos tenido alguna vez— los que caracterizaran a sus propios hijos: vitalidad, imaginación, rebeldía, generosidad y pereza. Así, pues, Delia, no eres, ni mucho menos, el número uno de mis ectoplasmas, a pesar de mis invocaciones, sino el «dos», el patito feo, no el auténtico cisne que para mí fuera sólo mi madre fotografiada a los quince años con sus medias negras, o muy oscuras —no caben ahora las constataciones—, sus zapatos de trabilla y charol, su traje de chaqueta (indolente la mano derecha en el bolsillo, el cinturón a la *negligé* y el zorro plateado dejado caer sobre el hombro izquierdo como una guerrera de húsar) aunque tu siguiente reencarnación en Berlín E estuviera nimbada —pese a tu traje sastre azul— por la mágica aureola de los tules de gasa, las zapatillas de raso de la divina Hedwig y la diadema de flores de Celinda, pero, sobre todo, por esa inconfundible brumosa atmósfera de Degás con que sólo son capaces de sensibilizar a todo un cuerpo de baile los instrumentistas de la margen derecha del Elba obligados por las circunstancias al virtuosismo para supervivir en un mundo no hostil sino por el contrario demasiado virtuoso también para admitir sus privilegios sin la reciprocidad del auténtico talento; de manera que nuestro siguiente encuentro —tras tu huida por culpa del Tribunal de Honor que con tanta poca *chance* te juzgara— te redescubrí transfigurada en una *prima ballerina* (a la que nunca llegaría a ver bailar) esposada legalmente según el rito luteriano con un atlético y apuesto oficial prusiano, Herr Wickweber, reverente, obsequioso y con el pelo tan primorosamente rasurado como un *marine* ¿qué podía hacer? No sólo no eras libre sino que no lo eras precisamente en el momento crítico de nuestro reencuentro. Llegaste a mi exposición con tu marido, y fuimos ceremoniosa y versallescamente presentados como es costumbre por un pastor de la iglesia nacional para proseguir hablando estúpidamente los cuatro —en francés— casi media hora sólo para hacer tiempo —eso quedó en seguida perfectamente claro— por cuanto lo único que nos fascinaba a los dos era la llegada de la noche (de asueto para ti por lo demás aquel lunes sin la obligación de acudir a disfrazarte de amazona en el Volksbühne Theater) para estar solos, lo que obstaculizaba gravemente la presencia de tu esposo dispuesto, por lo visto, a no separarse de nosotros en toda la noche aunque por cortesía y en vista de tu entusiasmo por mi conversación, llena por otro lado de lugares comunes y de sutiles procacidades que halagaban tu vanidad y belleza —conversara a la vez— tres pasos separado con el inefable presbítero —impecablemente enfundado en un *cleriman* germánico— absurdamente empeñado unos minutos antes en llegar conmigo a un acuerdo sobre un vía crucis (técnica: nueva figuración, más bien expresionismo del gabinete del doctor Caligare según todas las trazas, aunque él ni siquiera lo sabía (qué pueblo más empeñado en repetirse y más estúpidamente enajenado con el arte de entreguerras) para su iglesia de Stralsund (Rostock). Evidentemente no nos —no me— quedaba otro recurso que el de la borrachera. Clip, las ocho, las luces indirectas del saloncito de Köpernicker Strasse dejaban puntualmente de refractarse en los cristales de mis grabados. El *conver-*

sador, con su cuello de nylon, nos hacía señas indicándonos que había llegado la hora de cerrar. ¿A dónde mejor que en mi hotel podíamos cenar juntos, en cuanto Herr Pastor se hospedaba también en el *Berolina*, y fuimos ambos, al unísono casi, los que invitamos, lo que indudablemente me ahorraría de ser culpado de premeditación. Saliste la primera y me dirigiste —ya en la calle— una centelleante mirada —cuando tu marido sacó orgullosamente del bolsillo las llaves de su *Trabant*—. Estaba claro que me advertías de la imposibilidad de tu deslumbramiento frente a él, Herr Kapitan con derecho a *voiture*. Estabas hecha, fabricada, para ser acariciada sólo por las manos de un artista, y lo sabías. Un sacerdote, aunque se trate de un funcionario de la iglesia nacional —o quizá precisamente por ello— tiene siempre derecho a un sitio de honor. Pasaron, pues, ambos delante (unida una vez más la Iglesia y la milicia, como en los mejores años del Imperio) y antes de que tu marido encendiera el contacto ya llevábamos las rodillas juntas. Perfecto. Mis nunca perdidas esperanzas dieron gracias a Wothan, el dios supremo de la Mitología germánica, y mis dedos iniciaron —sin demasiada cautela— el asalto a unas rodillas no sólo no enfundadas en malla sino libres de fibra sintética, tibias y suavemente estremecidas de gotitas de sudor. La noche era efectivamente nuestra, Delia, en la misma medida en que mía es ahora mi libertad, cuando el caporal de coraceros me invita gentilmente a abandonar la celda...

MARTES, CINCO DE OCTUBRE DE MIL NOVECIENTOS TREINTA Y CINCO. Colmada su impaciencia, ve aparecer por fin en la línea del horizonte ciudadano columbrado desde el balcón —todavía con el asta que sujetara la bandera consular, nieve y añiles y un halo nimbando el triángulo que aprisiona una cadena de montañas— al filo de la calle, hacia el noroeste —donde el humo y el vapor de las máquinas en maniobras enturbian el fondo musical de los aljarafeños alcores de tierra roja y olivares cenicientos— el gran carro de reparto de la cordelería (donde permaneciera toda la mañana eligiendo cuidadosamente aquellas olvidadas esteras que veinte años atrás le encargara Esther, un húmedo día de otoño para moquetar de esparto, aislándolas, la zona más concurrida de la casa: corredores, salón de estar, comedor, alcoba matrimonial y cuarto de los niños) estibado hasta el techo del toldo y tirado por cuatro mulas castañas y un borriquillo gris perla franciscano guía.

La tarde —pío-píos de gorriones ateridos en la palmera, olor a tierra mojada y enmohecidas cales supurantes en los lienzos del patio—, libre ya de la vela estival, premoniciona clamores de tormentas y otoñales melancolías provincianas escalando la primera esquinita de un horizonte ajeno todavía al crepúsculo del que dista tres horas, mientras las colleras se eternizan al paso en el encintado de adoquines, junto a la doble rúbrica de las paralelas tranviarias; parsimonia que las convierte en una mancha de ocres y grises al fondo de la perspectiva que recorta las hojas al viento de las acacias que orillan los tapiales de los cobertizos industriales contiguos a la estación férrea —estremecida ahora por el silbido de la locomotora de un tren pescadero y el tintinear de la esquila maestra— y que, también veinte años antes eligiera como lugar ideal —en razón de sus posibilidades de disponer de la vía con apartadero propio, muelle y almacén— para instalar allí el taller a su vuelta de la ciudad de Levante donde sufriera su primera seria bancarrota mercantil tras dos años y medio de ausencia de la villa fluvial de la que escapara por orgullo —con sus máquinas, sus enseres, sus muebles, sus operarios, su mujer y sus hijos— para demostrarse a sí mismo que no necesitaba —sabiendo en el fondo aún necesitarla— la cobertura financiera de sus cuñados a los que tuviera que volver a recurrir no obstante a su regreso para comenzar de nuevo no exactamente desde cero, pero sí desde diez, habiendo marchado con mil, perdidos en sus mil días mediterráneos.

Lugar ideal, cuidadosa, racional e inútilmente elegido quedando reducidas a la postre sus aspiraciones toponímicas a la casa (comprada al beneficiario Bartolomé Calderón en cien mil reales) en adelante taller y *habitat* a un mismo tiempo, de patio árabe-romano y umbrío jardín interior, convenientemente acondicionado para ambos fines en la medida de sus posibilidades arquitectónicas transformando en naves de trabajo los salones del piso inferior tras el ultimátum que se viera obligado a aceptar frente a sus cuñados: «Tu marido puede contar con un nuevo local de negocio, pero taller-hogar que no abandonarás ya nunca porque está escriturado a tu nombre y al de tus hijos. Si Alberto quiere correr otra aventura que se embarque como su primo camino de las Américas y la corra solo. Titiritero...» vino a decirle Felipe casi paralítico ya apoltronado en el *Chester* a voz en grito a su hermana al hacerle entrega de la escritura notarial del viejo caserón adquirida con las rentas de los indivisos paternos mientras ambos permanecían encerrados en la oficina encristalada de la manufactura de sombreros, y él esperaba a su mujer oculto tras las altas calderas de cobre de la fábrica escuchando crispado sus palabras, aún no olvidadas ni perdonadas, a pesar de los años transcurridos y de ser paradójicamente con los suyos los únicos supervivientes del naufragio del antiguo clan familiar y de la gran catástrofe (tras el incendio de la factoría de fieltro, la muerte de sus cuñados y los perdidos pleitos —frente a las amantes convertidas en esposas *in articulo mortis*— por la totalidad de la herencia de Esther) gracias a su milagrosa rehabilitación financiera lograda en parte a aquellas limitaciones impuestas por Felipe al taller de cantería, tan racionales entonces como capaces de resistir en adelante —en razón de sus dimensiones industriales y financiera— las crisis y vaivenes de fortuna en su lucha con unos rivales demasiado ambiciosos o extremadamente modestos para competir presupuestariamente con él en el mercado de la construcción de una ciudad con una economía a *ralenti*, traumatizada por su cerco agrícola feudal, su secular abulia aristocrática, sus nostalgias coloniales, su absurdo orgullo, sus desplantes y su incapacidad para la creación de nuevas riquezas desde que los germanos, los francos, los genoveses, los flamencos, y los anglos (precursores de un asombroso florecimiento mercantil, cuya verdadera causa habría que asociarla más a las franquicias del puerto, a su Real Célula del Monopolio de Indias y al oro mismo de los galeones a él arribados y las sedas de Lieja y las armaduras milanesas de él salidas, que a sus extraordinarias facilidades para el trueque de mercancías) quedaran diezmados por la peste que asolara la Ciudad Fluvial, o voluntariamente integrados a la larga —sin nuevas savias que les insuflara más esforzados alientos— por obra y gracia de la fascinación ejercida sobre ellos por los sones melancólicos de las cítaras y las guitarras, los satánicos jos, la generosidad de los perfumados vinos y los dulces y crueles cantos de sirena de un clima a caballo entre el de Las Afortunadas y el Sahara, el Edén y los Infiernos.

Cuántos aconteceres a lo largo de estos veinte años que clausuran el paréntesis abierto por una modesta sugerencia de confort de Esther y cerrado con el asombro que terminará causándole la demencial pirueta de un saltimbanqui: el doble mortal para el triunfal aplauso, como la calificaría —de vivir aún— su cuñado Felipe a la vista de los cientos de metros de estera a punto de tapizar de esparto todo el perímetro de la casa. Sin embargo, todo ha transcurrido en realidad plácidamente y los infortunios han sido superados: aventuras mercantiles, pleitos, particiones, incendio, muertes, desamparo. Nada grave o irremediable ha enturbiado su vida y la de los suyos (no la de su hermana y sus sobrinos, siempre al borde del abismo aunque, por fin, en los últimos años hayan logrado también superar —en otras latitudes— el fracaso que significó su matrimonio) su propia célula familiar, para él lo único verdaderamente importante. El taller ha prosperado en la medida de sus posibilidades, los hijos se hicieron hombres de repente (aunque de los tres sólo Alberto, el Artista, su favorito elegido por los dioses haya logrado alcanzar una situación social privilegiada) y las hijas no se le casaron con ganapanes aunque, a decir verdad tampoco con profesionales como hubiera sido su deseo: un médico, un arquitecto y un abogado: la salud, el lar, la ley, un sólido triángulo tradicional acorde con su concepción de la vida. Ni casaron ni lo harán ya nunca, tras la profesión religiosa de Virtudes, quizá ante su incapacidad congénita de sentirse mujer frente a ningún hombre, y la renuncia —más o menos voluntaria de Esther y de Beatriz cuyas causas podían hallarse en la insobornable soberbia de la una —dedicada a la administración y gobierno de la casa, en la misma medida en que su prima Natalia se ocupa de la puntual obediencia de su servidumbre— y en la timidez y temor fálico de la otra (lo que no le impide conservar su feminidad y su orgullo) profesa finalmente también en el mismo instituto que su hermana, aunque no se haya visto obligada a abandonar ni ciudad ni hogar, gracias a un *modus-vivendi* sapientísimo de unos estatutos que hacen posible conjugar armónicamente las oraciones y los votos de castidad con el Magisterio y la vida en familia: *En el Mundo, desde la Gracia* (primeras piedras de otros posteriores y más ambiciosos proyectos similares de los que se verá beneficiado el país un cuarto de siglo más tarde).

Resumiéndolos y realizando (de desearlo) un balance real de sus últimos veinte años, los únicos números rojos de su dietario corresponden a las columnas «A» y «J», o, lo que es lo mismo a los apartados Augusto y Javier, soltero el uno aún y eterno opositor a una cátedra de Instituto que no logra alcanzar —más preocupado por la política y la posibilidad de un *Frente Popular* que por las civilizaciones precolombinas— y casado ya y sin una regular fuente de ingresos el otro, tras haberse emancipado de la patria potestad del taller —que durante dos años tan desafortunadamente regentara— para establecerse modestamente por su cuenta en un cobertizo contiguo al campo santo y especializarse en la cantería funeraria, y sin otra perspectiva ni otro futuro que el de hijo pródigo esperando pacientemente ser llamado de nuevo por su padre aun sabiendo que jamás lo hará tras una ruptura provocada por su prematuro matrimonio —nunca perdonado— aunque haya admitido definitivamente en la casa, al mayor de sus nietos —más por la necesidad de amor y distracciones de sus hijas —bienamadas tías— que por su esposa —desdeñosa abuela— incapaz de poner en tela de juicio una excomunión decretada excátedra por su esposo amantísimo: *con razón, sin razón, o contra ella.* Orlando furioso, descendiente en línea directa, aunque bastarda, de Ulises y Penélope, no pudo haberse equivocado al enjuiciar las posteriores consecuencias de un matrimonio que, en efecto, terminaría en tragedia a los dieciocho años de haber quedado consumado.

Pero si algún balance (ninguno, ni el de tesorería siquiera lo ha sido nunca) le pudiera resultar grato, no es precisamente éste, jalonado por sus frustraciones y sus fracasos, y de decidirse a hacerlo de algún determinado período (lo que tampoco sería posible ahora porque no piensa absolutamente en nada que no se encuentre íntimamente relacionado con la sorpresa que producirá la llegada de las esteras, ente con vida propia desligada ya de los recuerdos) se circunscribiría a cincuenta y cinco años atrás, cuando siendo aún un mozo —y faltando aún quince años para amanecer el siglo, descubriera por segunda vez fuera del balcón con rodapiés de su propia casa, o tras los visillos de una ventana de medio punto, una Esther huraña, melancólica y con los ojos brillantes, vestida con un ajustado traje de seda color rosa salmón sentada en un velador del salón de té de las confiterías de *Los Espejitos,* rodeada de sus hermanos, hieráticos, pedantes y orgullosos pioneros de una de las únicas industrias de la ciudad, distantes e incomunicables, aunque conscientes no obstante de que habrían de pasar años antes de romper las barreras sociales que aún los separaban de una aristocracia —no por en decadencia menos altanera— que les cerraba todavía las puertas de sus círculos de recreo y sus casinos, de los palcos y barreras reservadas a los maestrantes, de las tribunas hípicas y de los saraos de fuste de una ciudad que, pese a haber ellos tan olímpicamente conquistado, seguía llamándoles *los panaderos,* como si sus trajes de alpaca y de lana inglesa, sus chalecos de *cachemire* y sus plastrones y corbatas de crespón francés no fueran otra cosa que disfraces de guardarropía bajo cuyas apariencias no palpitaban otros corazones que los que correspondían por herencia a unos menestrales tocados graciosamente —y sin merecerlo en razón de su falta de clase— por el caduceo de Mercurio.

Falta cuadrar, al día de la fecha, y falta quizá porque en definitiva, sobra para no verse obligado a evocar más sinsabores o inconscientes ruindades en instantes que lo liberan no sólo de involuntarios olvidos sino también de pretéritas humillaciones jamás perdonadas, un segundo balance, innecesario así mismo de contabilizar para ni mal ni bien —ahora— en los recovecos enfebrecidos de una memoria anciana: el destino de los otros Gentile — y sus noticias— (perdidos largos años en una bruma vizcaitarra de altos hornos, dique de *la Naval* y Escuela Náutica) que, desde dos inviernos, puntualmente, cada semestre, rompen otras brumas de queroseno, las de la chimenea del petrolero (*todo a popa,* que al pequeño Alberto tanto llamara la atención en su primera visita al buque con Esther y Natalia) llegado al muelle de combustibles de la Ciudad Fluvial desde Odesa, Aruba o Port-Said trayendo —recortándose tras los cristales del puente, uniformado de azul inglés, de azul canal, de azul de Ría, de cántabro azul— la silueta de un Gentile sobrino carnal, crecido en la orfandad junto a sus hermanos (maquinistas, contramaestres, simples capataces) de un Gentile que saliera de niño de la ciudad bajo la tutela de una madre, muy joven aún, prendida del hechizo de los silencios de un marido quince años mayor que ella (piloto de altura, *capitán Chemista* de un cuatro palos, velas de cuchillo, mascarón de proa y ensalitradas arboladuras desportilladas por los vientos atlánticos) llegado un día a la *Muy Leal Ciudad* para descargar cavillas de las bodegas de su *Clipper*, cargar pirita de cobre de Tarteso y contraer matrimonio en siete días con una apasionada mujercita de ojos negros y tristes que no consintiera, a pesar de lo apresurado de su *sí*, abandonar el Sur ni separarse de una madre viuda y un hermano ya casado olvidado prácticamente de las ternuras fraternales y de sus obligaciones de hijo (al viejo estilo litúrgico) hasta la muerte de su madre y con ella el definitivo desinterés familiar del hermano varón incrustado ya en otra estirpe, de origen judaica a decir de los viejos parroquianos Santa Marina, donde fuera dos generaciones atrás cristianada, a cuya fortuna y a cuyo poder se acogiera una tarde de primavera, ante un barroco altar alboreando el siglo.

La silueta del sobrino, Fernando Embil Gentile (apenas recordaba el apellido de su cuñado) el olvidado primogénito de su hermana ya muerta, ya cantábricos líquenes reverdeciéndola, en una primera y única imagen inmutable (aunque su nieto, el pequeño Alberto la asociará por siempre al contraluz del antepecho del alcázar del buque, ante el telégrafo de máquinas, con un fondo de galeotes y de *spardeck*, como un almirante, desde la mañana que visitara el petrolero) se había enmarcado un atardecer de junio tras la filigrana del cancel, y abierto luego camino bajo las arcadas del cenador —tras haber pronunciado la palabra *paz* y haber dicho su nombre, que nadie recordaba— hasta las mecedoras y el sofá de rejilla, y, ya frente a las que imaginaba debieran ser sus primas, volverse de nuevo a presentarse —en la mano la gorra enfundada en piqué blanco y los negros guantes de cabritilla— explicando quién era, de dónde llegaba, cuál era el nombre, la matrícula y el tonelaje de su buque, y su graduación, alcanzada en la plenitud de la vida tras una infancia no de grumete —la que hubiera realmente deseado— sino de fuelle de fragua y una tornera primera juventud desde la que simultaneara la fresadora con los estudios náuticos de puente no de máquina (casado ya, incluso con hijos, muerta ya su madre de tristeza y su padre de naufragio, frente a un fiordo nórdico, sus hermanos aún en el semipeonaje industrial o en la contramaestrería de buques de alto bordo de bandera estadounidense) las estrecheces económicas de los suyos y sus ambiciones personales de no ser menos que su propio padre. Y como su padre llegara un buen día al muelle de la Ciudad Fluvial capitaneando un *cuatro palos*, él acababa de arribar también ahora, ordenando un ocho mil toneladas cargado de crudos desde el golfo Pérsico, con la esperanza de ser al menos recordado y reconocido, de firmar la paz de una guerra familiar jamás declarada —en cuanto el olvido había sustituido la beligerancia y la lejanía los viejos rencores— y sellar una amistad entre seres hermanados por una misma en el fondo aventurera sangre...

Una emotiva plática, casi un monólogo que, pese a su sinceridad, ni exaltó ánimos —aunque tampoco desató animosidades— ni logró descomponer el hieratismo de las figuritas de porcelana del retablo que sonreían indecisas, trémulas y, quizá, atemorizadas, hasta que, tras la siesta, apareciera patriarcalmente él mismo en la cuadrícula del patio, con su andar desmadejado y cansino y rompiera con una desenfadada y al parecer verderamente sincera carcajada y un abrazo aquella extraña y violenta situación: «¡De modo que tú eres Fernando!» Treinta años quedaban borrados para siempre de la historia —unos segundos resucitada para al instante volver a morir—. El paso de tres lustros fue capaz de hacer desaparecer, como por ensalmo, la franqueza —o la mendacidad— de aquella carcajada que retumbara como en la cripta de un panteón donde los muertos hubieran quedado definitivamente olvidados como volverían a quedar luego con el paso de otros años, otros muertos, frente a otras carcajadas. «¡Bienvenido, Fernando, éstas son tus primas, y ésta tu tía Esther y ésta Natalia, su sobrina, prácticamente una hija más. A tus primos ya los conocerás. Probablemente, habrás oído hablar por esos mundos de Alberto. Ahora está en Montevideo; una nueva exposición, ya sabes» (¿qué tenía que saber? no sabía nada, pero sonrió asintiendo para ayudar a licuar un posible residuo de *iceberg* que navegara aún a la deriva).

Firmó la paz porque se le ofrecía tan sin condiciones que era moralmente imposible no aceptarla. Desde entonces, Fernando, tiene puesta la mesa y el mantel de hilo blanco puntualmente cada seis meses en sus arribadas, pese al británico horario a bordo que condiciona su apetito incluso en su propia casa en los médanos de Algorta. Se intercambiaron —y se continúan intercambiando— como presentes, bombones ingleses, habanos, juguetes alemanes, cigarrillos turcos y piezas de seda china por un lado y yemas de las clarisas de San Leandro y blondas de encaje y castañuelas de granadillo por el otro, pero de eso, de ese bianual contacto, al que suma alguna que otra tarjeta postal, no se pasará jamás, ni es preciso que se pase. Basta y sobra para que quedaran normalizadas unas relaciones familiares a las que la lejanía pone un cómodo contrapunto de visita amenizada por un agridulce sabor de mares exóticos. ¡Adiós los fuegos fatuos. Bienvenido el fuego de San Telmo! Cuando abandona satisfecho y sonriente el antepecho del recibidor —donde las pastorcillas de Sevres, desde los chineros, le hacen burlas y rechiflas al salir, gozosas, pero avergonzadas en el fondo de su desaliño de blusa de crudillo y gorra turinesa y su aire de tosco menestral piamontés— para, con una complacencia casi infantil, cruzar a zancadas los corredores, bajar las escaleras, atravesar el patio, abrir la cancela y plantarse, con los brazos cruzados sobre el pecho —musolinianamente—, en mitad del zaguán, ansioso de hacerse cargo de una mercancía que ha tardado veinte años en llegar a casa, pero que y quizá por culpa de ellos, gracias precisamente a esos doscientos cuarenta meses de demora, ha multiplicado por sí misma su primitiva área. No se trata ya, pues, de doce, quince, veinte metros de largo por dos de ancho —lo necesario, lo justo, lo preciso para cubrir los suelos de olambrillas de cinco habitaciones como Esther deseara— sino de más de doscientos, al cuadro, de fina y olorosa pleita que esteraran todo el principal, los encalados corredores del cenador, las dos mesetas de la escalera y su despacho en el piso bajo contiguo al taller. Cumple, por fin, una promesa que veinte años han desorbitado para convertir al cabo de ellos en asombro —y él sabe que lo será para todos los suyos, a los que nada ha dicho e ignoran que dentro de unos instantes se moverá en la casa Roma con Santiago para su correcta ubicación y asentamiento— lo que fuera simple sugerencia de una Esther aún joven, con los hijos niños, matrona ya, pero que no había perdido ni el brillo de sus ojos ni la enigmática sonrisa que todavía quince años más tarde fuera capaz de captar el Artista en el *Retrato de mi madre.* ¿Por qué al cabo de veinte años le ha llegado a la memoria el recuerdo de la promesa incumplida entonces? ¿qué asociación de ideas ha despeinado la negra pluma del cuervo de un olvido que nunca sin embargo le fuera echado en cara, que se limitara, y por una sola vez, a una frase a media voz, a un tenue ruego de mujer que reconocía que el mundo era masculino, que bien se hallaba siéndolo, y que la última palabra la tenía su marido como antes la habían tenido su padre y tras él sus propios hermanos? Pero no es hasta ahora, en el zaguán, llegando ya hasta él el clamor de las campanillas de las colleras cuando advierte la verdadera —e insospechada— razón del impulso que la víspera le obligara a sacar del *secreter* de su despacho —enlazada con una cinta de algodón a los títulos de propiedad, a las obligaciones y a las cuidadosamente ocultas hipotecas— el plano de la casa para estimar las medidas de la superficie que había decidido esterar: la amigdalitis de su nieto, dispensado del colegio y guardando cama con una bolsa de agua caliente a la garganta, y una cierta ternura por el niño que no fuera antes siquiera capaz de sentir por ninguno de sus hijos; y descubriendo toda la mecánica de su motivación, se sonroja sorprendiéndose de que sólo la enfermedad del primogénito de Javier —al que odia y ama, a la vez en un sentimiento tan complejo que se siente incapaz de analizar— fue la que conectara la puesta en marcha de un impulso del que se siente ahora casi azorado. Un impulso más, otro, y el arrepentimiento. Arrancada, furor ciego y posterior reflexión, ya tarde. Eso es en el fondo; una especie de fuerza de la naturaleza de la que es consciente y un punto de locura, la de sus bisabuelos campesinos azotados por el Mistral y la de sus tatarabuelos, navegantes de la bajura en el mar Ligúrico, que heredarán también sus descendientes.

...»Estetas, místicos, idealistas, los que padecen hambre o sed de Justicia y persecución, miedo, delirio, cándidos arrobos, los angustiados, los eternos e imposibles peregrinos del amor, los que creyeron firmemente en algo o no creyeron absolutamente en nada. No hay más, y yo soy demasiado frívolo, Delia, e inestable, para considerarme un verdadero artista. La pintura es otra cosa —por fortuna— para poder seguir teniendo —hoy— la osadía de llamarme impunemente pintor. Pude haberlo sido y es condenadamente cierto, que a tientas, logré durante unos años pisar el camino. Y tú —ella— aquella noche estabas segura de que lo continuaba siendo, quizá porque necesitaba que lo fuese, y en un principio así lo creí al menos, en la medida de su —tu— propio vacío, su soledad, su desamparo, su melancolía.

»Mis manos en *tus* rodillas, y, mientras tanto, cómo puede un automóvil, aunque vaya conducido por un oficial prusiano, cruzar a las ocho de la tarde una ciudad —por muy poco tráfico que la agobie— con la aguja del velocímetro a punto de alcanzar el límite de sus modestas por otro lado posibilidades (cien kilómetros horarios). Ámbar los semáforos —los contados semáforos— y en parpadeo de intermitencia. Pero un oficial (concretamente de *Blindados*, para ser exacto) no puede poner en entredicho su valor —que incluso en Prusia sólo se le supone— ante el galanteador de turno de su esposa, máxime si se trata de un extranjero neurótico, propicio a perder los nervios ante su temeridad que, por otro lado, todos los viajeros involuntariamente compartían al no obligarle a aminorar la marcha.

»Quizá por hacerme olvidar rápidamente el incidente, y perdonar el poco tiempo que había, por fin, logrado tener una mano entre *tus* piernas, dijiste (al salir del coche y mientras caminabas junto al clérigo por el corredor encristalado que prolonga el vestíbulo) sin darme siquiera tiempo a ser yo el que, con la garganta seca, propusiera alegremente tomar una copa para brindar por el feliz desenlace del *rally: Je meurs de soif.* A lo que contestó impertérrito tu marido, seria y germánicamente encantado de no ser él —frente al extranjero y la iglesia nacional— el incitador: *¡Buvons!* ¡Loado sea Dios!, Delia, el hielo estaba de nuevo roto y si un prusiano dice bebamos, beberá hasta saciarse, prácticamente hasta perder el sentido, pese a la presencia de un cochino latino y el respeto debido a un pastor de la Iglesia Reformada.

»*Dollar-bar,* creo que lo llaman los americanos para diferenciarlo de los bares indígenas (aunque, por idénticas razones los ingleses podían también denominarlo, aunque no lo hagan, *Pound-bar,* los galos *Franco-bar* y los escandinavos *Krona-bar;* o mejor aún, *Vinstuga-Krona*) y designar muy gráficamente lo que en una Democracia Popular equivale a un local específico (nimbado por otra parte con la penumbra de todos los bares americanos del mundo) donde se expenden bebidas alcohólicas exclusivamente a los extranjeros dispuestos a pagar sus whiskyes con hielo en dólares, libras, francos o coronas (exceptuando, naturalmente, las checas). Bien, el caso es que sobre su barra —a la derecha del *hall* del Berolina, frente a la madreselva reptante de polietileno— afincamos inmediatamente los ocho codos ávidos, sentados y expectantes en nuestros respectivos taburetes de medio respaldar forrado de piel de judío, esperando que se nos sirvieran los dorados cuatro vasos de opalino *Scotch* (los coraceros no me dijeron adiós con los sables desenvainados tras decretar mi libertad, no gritaron por tres veces el reglamentario hurra de los rubios marinos de Albión a la vista de los acantilados de Dover, ni hicieron tintinear sus espuelas como los húsares del castillo de Zenda; cadavéricos y solemnes, continuaron tranquilamente jugando a la baraja mientras cruzaba el puente levadizo, y, todavía con la media sonrisa del as de bastos reflejado en el fulgor de un casco —allí sobre la mesa— en las pupilas, me hallé de nuevo paseando peripatético por el vestíbulo, frente a la oficina de Aduanas indeciso ante una presurosa marcha de aproximación —cruzando de nuevo el sendero de gravillas— hacia uno de los veladorcitos instalado en la terraza, donde al fin me encuentro, Delia, quedando fijada mi nueva situación para transmitirte de nuevo por F. M., a una docena de pasos de nuestro grupo de palmeras y a una del toldo listado —amaranto y añil— que, por Oriente, defiende los cristales del chaflán de los rayos solares, fijos alternativamente los ojos en la colina —entre olivos— de la cabecera de pista W y la barra del bar —en el interior— ahora casi desierta) y los cuatro segundos y los terceros y los cuartos —medios, por supuesto— hasta que la separación (tú estabas sentada junto al pastor charlando animadamente y yo al lado de tu marido, cada uno en un extremo) se nos hizo insoportable y nuestro inmediato íntimo contacto físico tan imprescindible como respirar o seguir bebiendo —pero no en aquellas circunstancias. Las banderas (*...alegrías del bar, de negro a media asta*) las banderitas de los anaqueles, arriaron los crespones y tremolaron los pabellones de su furia. A ambos nos llegó —al unísono— la vibrante nota del clarín —inequívoca señal de la ruptura de las hostilidades decretada por los hados— pero fuiste tú, empapada en sudor, como una intrépida amazona, la primera que saltaste del taburete para echar los brazos al cuello de tu marido y decirle junto al oído a media voz —lo que no te impedía un tono lo suficientemente agudo para que los tres, yo muy especialmente, lo supiéramos a un mismo tiempo: *J'ai grand faim, bien aimé.* ¿Tenías verdaderamente hambre (de caricias y lóbregas peregrinaciones fálicas de néctares mediterráneos, de nardos cortados por dentelladas de enloquecidos lebreles), Delia, o acaso intuiste que aquel camino elegido no conducía por el momento a ninguna parte? El caso es que cambiaste conmigo una inequívoca mirada, la característica, la inconfundible mirada berlinesa —tan expresivamente locuaz— en la que me prometías todo, si preciso fuera a costa de todo, y a cambio de dejarme llevar dócilmente, mientras no saltaras las riendas recién cogidas para seguir improvisando sobre la marcha lo que mejor conviniera a cada instante de la noche. Herr Wickweber suspiró. Era consciente de haber perdido el primer *round*, pero, dentro de su desconcierto, se sentía particularmente irritado por detener tan bruscamente la escalada de su alcohol. Acarició su gorra castrense y se consoló sin duda pensando en el vino rojo de Hungría que beberíamos durante la cena; luego saltó, también gimnásticamente, del taburete, seguido —unas décimas de segundo— por el inefable párroco de Stralsund y la torpe pirueta de mi abulia, encadenado todavía el vaso a los labios. ¿Quién cruza primero el umbral de una puerta germana? Cedimos galantemente el puesto a la Iglesia y la Milicia y luego la seguimos con humildad, lo que no te impidió encontrar un hueco de tiempo —justo bajo el dintel— para darme a besar la yema de tus dedos.

»El comedor —ya a punto de cerrarse— nos esperaba a los cuatro con sus pantallitas de poliéster, sus tiestos de hortensias y gardenias, sus falsas cerámicas de Kandinsky, sus incómodas butaquitas, sus mesas forradas de plástico celeste, su orden, su pulcritud, su silencio, sus funcionarios, sus parejas de enamorados, sus aburridos matrimonios burgueses y sus camareras uniformadas de satín negro, con las cofias enhiestas y los ojos brillantes, como escapadas de un campo de heno de Turingia.

»El *sangre de toro,* Delia (negros racimos colgados de las parras y el verde casi turquesa de los pastizales circundantes contra el añil del cielo de kecskemét) es un vino que suele hacer milagros, no sólo por mejorar —lo cual indiscutiblemente consigue— el sabor de un asado de ciervo, sino en razón de su virtud afrodisiaca capaz de prender el motor de la puesta en marcha incluso en el rudo corazón de un nieto de Atila. Nada puede, pues, comparársele en versatilidad, exceptuando acaso el *Vega Sicilia* y el de algunas contadas cosechas soleradas en el valle del Tiétar, bajo las sombrillas de otros no menos encendidos verdes. ¿Aceptamos el hecho fortuito o hemos de creer en los matices condicionantes? No se trata, en última instancia, del mimetismo de los estorninos y las aceitunas (a mi izquierda, sesteando aún en el olivar) sino de una gama cromática regida exclusivamente por las leyes del daltonismo. Sea como fuere, el caso es que, al tercer vaso de la segunda botella, Herr Wickweber comenzó a sentirse sospechosamente tierno contigo, y tú a tomar inexplicablemente en serio sus ternezas, hasta el punto de separar de mis piernas, bajo la mesa, tus rodillas encharcadas mientras, inclinada sobre él, limpiabas con el pañuelo una minúscula mota de polvo —de trilita— de su solapa convertible —redingote abierto o cerrado, según la estación— de su guerrera gris encina. Pero unos ojos berlineses —y sus subsidiarias lindezas— no mienten ni son jamás infieles mientras no encuentren una pieza de caza más valiosa que añadir a su colección cinegética. Aguardemos sin nervios el momento del *champagne*, me dije, por lo que acepté el hecho como algo previamente planificado por tu estrategia.

»La cena transcurría lenta bajo la mínima animación que podía producir los temas tratados, no por minerales menos amenos, considerando los gustos, estado psíquico y personalidad de los comensales; *La nueva figuración, el sofisma de los enemigos permanentes. Seguridad europea. Interpelaciones de la Cámara del Pueblo en los Consejos de Ministros (D. D. R.) —Artículo 59 de la Constitución—* Una copa de *champagne*, aunque haya fermentado a orillas del mar Negro, es siempre una copa de *champagne* —¡son tan emotivos los brindis de este pueblo!— Y, efectivamente, con el *champagne* llegaron; pero, contrariamente a lo esperado, acentuaron tu frialdad frente a mi vehemencia y tus extremos de amor conyugal, a pesar de la de nuevo indiferente posición de tu marido sólo preocupado —y visiblemente impaciente— por regresar cuanto antes a la barra del *Dollar-bar*. Fuiste la primera en levantarte tras sugerir la posibilidad de que quizá no fuera mala idea dar un paseo a pie por Alexander-Platt (*«Nous irons nous promener»*) *«Donnez-moi l'addition, la note»*, me vi obligado a solicitar del *maître* para estampar a continuación mi firma sobre la factura una vez comprobada la pasiva actitud hacia ella del representante de la Iglesia Nacional que, silencioso y beatífico, con los ojos bajos, abstraído, parecía meditar —mientras te ayudaba gentilmente a cubrirte los hombros con el ligero echarpe rumano— sobre la fragilidad de la vida y la vacuidad de la condición humana. La escena resultó insólitamente cómica, y pudo haberlo sido más de no brillar el fulgor de mi pasión, la única que, por las trazas, continuaba manteniéndose firme y ciertamente aún esperanzada.

»Agresividad, temor; temor, agresividad (hembra crispada o hembra dominada, pero nunca hembra dolorida, gata ronroneante o tigresa saturnal —yo, siempre hijo—). Ésos resultaron ser tus únicos estímulos. ¿Dónde estuvo mi error, cuál fue mi fallo, Delia? ¿Con qué gesto, oración insubordinada, personal punto de vista sobre el arte, la política, la religión, el amor —no compartidos—, desinflé sin saberlo ni darme siquiera cuenta, el hinchado y generoso —lleno finalmente sólo con el gas de los pantanos— globo de tu deseo? ¿Qué inoportunidad o qué impertinencia desintegró de mis sienes el halo erótico que vislumbraste un par de horas atrás en la galería?

¿Desconocías por ventura que el artista y su obra son dos entes independientes y que ni una sanguina ni un *pas de quatre* bastan y sobran en el mismo instante crucial de los orgasmos e incluso de sus mismos prolegómenos?

» Si hemos de seguir bebiendo, hagámoslo en mi cuarto. Tengo una botella de *Courvoisier*. «Si no, salgamos», sugerí, asiéndome a la esperanza. «*Qué voulez-vous dire? Voulez-vois avoir la bonté de répéter?* me interrogaría Herr Wickweber, mas yo ya sabía que no era necesario repetir nada y que terminaríamos subiendo por la escalera alfombrada de rojo (sin necesidad de inspirar innecesarias sospechas en el ascensor, tan propicio a las murmuraciones en la cadena del Interhotels) y ni siquiera le contesté mientras le señalaba el camino. Pero no, Delia, no subíamos a mi habitación o, mejor dicho, no subíamos los cuatro para que, como ingenuamente planeé, acabáramos quedando en él tú y yo solos, enloquecidos y lúcidos mientras el Ejército y la Iglesia —algo, por otro lado tan afín— se consolaban con los vapores del *Fine-Champagne* en la chambre clerical, o en mi propia habitación —según el caso— de la que oportunamente habríamos escapado hacia tu propio nido. ¡Maldita sangre mediterránea!

»Aprovechaste inteligentemente la oportunidad cogiéndola por los pelos. La gran ocasión, tantas horas por lo visto esperada, llegaba hasta vosotros, subterráneos y mendaces amantes del compás y el martillo, la biblia y el papel higiénico. Ganaste olímpicamente servida en bandeja la batalla a mi furia del Mediodía con una chicuelina —quite impropio de mi temperamento en cuanto el vademécum taurino aconseja la utilización de los capotazos cortos y secos en casos análogos— porque ya todo a punto, cuando nos disponíamos a alcanzar los cuatro el primer descansillo de la escalera, tomaste tranquilamente la mano al piadoso pastor de ánimas —rubio varón indómito del cual conocías ya la eficacia de sus caricias desde la noche de tu *debut* en Stralsundre— y revolviéndoos ambos sobre vuestros propios pasos os encaminasteis hacia los cielos de Catalina Von Bora que os ofrecía la estrellada noche berlinesa mientras Herr Wickweber, empujándome imperativamente hacia arriba, jadeaba ansioso como un perro con la gorra dejada caer sobre la nuca exigiéndome el cumplimiento de mi promesa alcohólica. Te volviste un instante, y he de agradecértelo. A pesar de tu *herrlosigkeit* olvidabas las llaves del *Trabant* —del que eras realmente la única propietaria— y aprovechaste mi melancólica mirada para decirme también adiós con los ojos: *¡Donne-moi la clé de la voiture!* tuviste la bellaquería de exclamar para clavarme el puñal hasta la cruz uniendo al despecho la prisa. «*En ce cas nous irons sans lui.*» Ésas fueron exactamente, Delia, las últimas palabras que oí salidas de tus labios en tierras alemanas. Y habían de pasar muchos años antes de encontrarte de nuevo reencarnada en otras latitudes no por familiares menos propicias a la fidelidad de mi pasión.

»Manuel Granero y Vall, Delia, que a los doce años —alumno de conservatorio— diera sus primeros lances de capa en un ruedo, nació en Valencia el cuatro de abril de mil novecientos dos y murió trágicamente en Madrid un siete de mayo —inmóvil en la arena de la antigua plaza de las Ventas, la cabeza bajo el estribo de la barrera— veinte años más tarde, corneado en la órbita del ojo derecho —una secuencia apócrifa para *El Perro Andaluz*— por *Pocapena*, de la ganadería del Duque de Veragua, cárdeno, bragao, afilado de cuernas, que saliera al ruedo con el lomo blanco de cal, disfrazando de *prima ballerina* sus intenciones de terminar con la vida no de un torero sino de un violinista, ya que *Granero,* Delia, había cambiado el arco por la espada, como otros cambiaron por la muleta la desesperación o el palustre. Su tumba en el cementerio de Valencia, Delia, está circunvalada de flores —como era su deseo según el romance— y asistida de pájaros canores y del recuerdo de las lágrimas de todas las modistillas que lloraran su muerte. *Granero,* amor, había recibido la alternativa, a los dieciocho años, de manos de Rafael el Gallo, al cederle este el toro *Doradito,* de Concha y Sierra, un veintiocho de setiembre —Feria de San Miguel— en la Real Plaza de la Maestranza de Caballería de la Ciudad Fluvial. Aquella tarde luminosa de otoño, Delia, nadie podía sospechar aún que el joven maestro sería un torero de romance: *Granero fue a torear / a la plaza de Madrid / Le dijo una madrileña / Granero vas a morir / Si me muero que me entierren / en un panteón de flores / Los ojos de mi morena / si tienen pena que lloren /* aunque un premonitorio poeta —niño aún cuando el diestro visitara su casa de Bilbao— (un quedarse pensativo entre los cristales, su prima María Isabel sentada al piano, y al violín Manuel, gallardo, acompañándola, *mademoiselle —con su mirlo debajo de la piel—* contemplando extasiada la escena) le avisara en silencio de su suerte: *Granero fue a torear / a la plaza de Bilbao / y le dijo Blas de Otero, / Granero, mucho cuidao.*

JUEVES, DIECINUEVE DE SETIEMBRE DE MIL NOVECIENTOS CUARENTA Y UNO. Acaba de exigir por piedad (sin perder no obstante ni su compostura ni el arrebol de sus mejillas nacaradas, que tan fielmente captara cromáticamente el Artista en el *Retrato de mi madre* —histérico grito que se desdobla en los artesonados de la casa, alarido que asusta a los xiphos y a los guaramys azules en el estanque y a las gatas preñadas en los pretiles y en los tejados—), tras una inútil súplica de quince horas transcurridas desde el instante en que su dueño —tras la incruenta agonía que precediera a su operación quirúrgica a vida o muerte, expirara la víspera— que la conduzcan, a la capilla ardiente habilitada en el recibidor donde las pastorcillas de Sevres de los chineros defienden sus naricitas de porcelana con sus pañolitos de encaje y los pavos reales cierran sus colas azules índigo para eludir el olor —y el filo de la guadaña— de la muerte. Presiente la inminencia del último traslado, la hora del entierro de su señor y esposo que se le niega desde su encierro en la alcoba de las hijas donde permanece acompañada de Natalia, una botella color topacio de agua de azahar, un rosario vaticano, una mariposa de ánimas y la presencia cierta e invisible de sus recuerdos de cincuenta y cinco años de amor a la que se suma el aleteo —la cósmica energía que aún permanece intacta— de Augusto el hijo que se fuera también tres años antes, una madrugada de Difuntos, en un noviembre infausto. Se teme por su corazón, se le niega el derecho al beso en la frente yerta. Se recurrirá —si necesario fuera— al somnífero. Su salida no admite componendas de promesas que juran un regreso tras contemplar por última vez un cuerpo tumefacto ya recubierto de rosas y jacintos dentro de un ataúd— al que ha sido preciso forrar de estaño para autorizarle a demorar su sepultura en el panteón familiar en cuanto la cirugía precipitara su descomposición, y, el prestigio, la costumbre —y quizás el amor— exigen que los entierros de los Gentile y los Villavicencio salgan de sus propias alcobas, o, al menos, de sus propios hogares, con la manguilla parroquial alzada (los pífanos tañendo, las campanas doblando y a hombros siempre de sus más allegados deudos —o fieles servidores, lo que no invalida el dolor— para que ni siquiera la muerte sea capaz de vencer ni el honor, ni la solemnidad de una clase social alcanzada tras tantos lustros de humillaciones).

Tres nuevas cucharaditas de agua de azahar, a las que se suman las consoladoras palabras del Artista (enlutado de estambre de entretiempo, inmaculada camisa de cuello almidonado y corbata de funeral, siempre a punto de imprevisibles óbitos ajenos dispuesta en el ropero —armario de sacristía, de madera de naranjo y palo santo— de su recién estrenada alcoba de matrimonio) llamado para tranquilizar los nervios de su madre con los óleos no de su paleta sino de su secular templanza, la devuelven a una calma de sobrellevados ánimos y cristianísimas resignaciones de «Dios así lo quiso, aceptemos su divina voluntad», lo que no le impide sin embargo —quebrados ya sus destemplados gallos de histeria— un postrero suspiro que se presume señala —aplacando familiares ánimos— el final de su crisis para quedar de nuevo sumergida en una fructífera duermevela que la conduce al sueño reparador, mientras las coronas florales enlazadas de cintas miniadas de purpurina se amontonan sobre sus caballetes en el zaguán casi en la medida en que, sobre la bandeja de plata colocada en el pequeño velador dispuesto en el descansillo de la escalera —frente al gran lienzo de verdes minerales y azules tormentosos del Arcángel— revolotean como palomas las tarjetas de visita protocolariamente dobladas, y las estilográficas garabatean —en los pliegos de barba distribuidos en la mesa de sanatorio que desportilla sus ceras y sus barnices junto al cancel— heterogéneas; folios en donde la sangre azul, las Artes, la industria, la Iglesia y la Milicia no les importa sentirse solidarias —una vez más— en el ineludible compromiso de dar contestación del pesar, con tal de no verse obligadas a esperar la hora —que queda para los allegados y el pueblo llano, los amigos íntimos y los menestrales— del sepelio: otra cabalgata de títeres, vinculada a otros más cercanos intereses, otras ruindades menos exquisitas u otras gratitudes que bien pudieran reportar a la vez nuevos favores.

No, no se hallaba exactamente aquella memorable tarde de abril, cincuenta y seis años atrás, ni melancólica ni enervada por el tedio, ni siquiera huraña frente a él, o, al menos en la medida en que él, masculina e ingenuamente, llegara a imaginarlo. Cumplía tranquila y sosegada su ceremonial de doncella, y respetaba las reglas de juego en público de la pose imprescindible en una *señorita* que, junto a sus hermanos, pero expectante —y pendiente de la remota posibilidad de un casual reencuentro, al saberse por él rondada desde meses— hundía negligentemente bizcochos en una taza de hirviente chocolate o hincaba, negligentemente también, sus dientecillos adolescentes en las crujientes corazas de unos *petits-sous,* hasta decidirse a mirarlo fijamente a los ojos, o, mejor dicho, a mantener fija su mirada cuando ambos pares de pupilas se cruzaron por vez primera tras haberse él inclinado cortésmente para saludar no a ella, lo que hubiera significado una insolencia y un agravio, sino a sus hermanos con los que mantenía —en la sutil medida de unas industrias que tan poco tenían en común: los fieltros con los mármoles, las conejeras pieles con las deidades paganas, los templetes neoclásicos y los arcángeles con los hongos y las chisteras, los capiteles dóricos y las cruces con los castoreños— unas relaciones que no pasaban del inevitable hecho de una próxima vecindad y de estar incluidas ambas firmas comerciales, fábrica y taller, en la honorable lista de contribuyentes. Justificaban la cortesía, y el saludo que fue fríamente correspondido. Pero el haber ella mantenido aquella mirada, mientras sus ojos no perdían no obstante su altivez aunque tampoco su fulgor, significaba una respuesta afirmativa a sus pretensiones, y, de regreso, aquella misma noche, sólo tres horas más tarde, cuando lo descubrió rondar la calle —callecita alumbrada de mortecinos faroles de gas— bajó al recibidor de la casa, encendió, cual señal convenida, que ninguno de los dos convinieran nunca, un reverbero —tréboles, miramelindos, azaleas glicinas en la esfera nevada de un quinqué germano— a media llama, y abrió la ventana bajera hasta la que él ya se había acercado sin osadía, pero firme y seguro de sí mismo: Excúseme dos palabras. Bien sabe usted que yo... No lo dejó terminar, no le permitió comenzar siquiera; era innecesario. Contestó simplemente, midiendo todas y cada una de sus frases: si quiere mi respuesta, pídale autorización a mis hermanos, vaya a verlos a la fábrica. Mañana le espero aquí a esta misma hora. Parecen lobos, pero en el fondo son corderos, y soy mayor de edad. Sus informes, que los he pedido como ha de suponer, aseguran que es usted soltero, lo cual ya sabía, y hombre de honor. Sólo me choca que sepa tocar la guitarra, se entiende por afición, un adorno que halagaría a cualquier mujer que no fuera Esther Villavicencio Espinosa. Tampoco es grave, y no veo que eso impida, de momento, la posibilidad de nuestras relaciones... Cerró de nuevo la celosía, los cristales velados de visillos, los gruesos tapaluces y, con el reverbero aún encendido, subió, recogiéndose el vestido, la escalera con el corazón escapándosele por la boca. Aquella noche se negó a cenar. Dijo estar indispuesta y se encerró en su cuarto. A la siguiente mañana —tras una madrugada de pesadillas y de insomnios— se levantaría destemplada, y ojerosa y durante el desayuno, fría y tajante, anunciaría a sus hermanos que había decidido casarse al final del verano —y que se disponía a preparar su ajuar— con Alberto Gentile, aquel muchacho con tipo de tenor que tan ceremoniosamente los había saludado la víspera, mientras merendaban en los jardines de Las Delicias. No se vio obligada a dar explicaciones ni a vencer ninguna oposición. Por el contrario y pese a las inevitables recriminaciones triviales de unas nupcias que estimaron todos precipitadas, el asombro de la noticia, que no pareció coger a ninguno de sorpresa, hizo brillar de luces tenues y a la vez relampagueantes, los fraternos ojos de Agustín y Damián, mientras los de Felipe se encandilaban de borrascosas sombras asaetadas de soledades. Repentinamente, como por ensalmo, todos quedaban liberados de su promesa que solo Felipe estuviera un año atrás a punto de no cumplir (o, de alguna manera, legitimar dos de ellos ilicitudes amorosas, con o sin sacramento, de por vida —acabarían haciéndolo casi de por muerte— con sus entretenidas, en la práctica esposadas ya aunque no vivieran todavía bajo su mismo techo, y madres incluso de hijos no reconocidos) antes de llevar vestida de blanco al altar a una hermana, Esther, niña de apenas unos meses cuando murieran sus padres. Un final feliz aunque quedara por solventar el problema de la sobrina huérfana, la hija de Rafael, de la que todos también se hicieron cargo; pero la media sonrisa primero, seguida de una triunfal carcajada, de Felipe —que continuaba y continuaría siendo hasta su muerte el *pater-familias* de hermanos, sobrinos y cuñados—, tranquilizó, por contundente, las puertas de unas esperanzas que se creyeron, por un momento clausuradas. «Libres sois todos, pareció decirles en un silencioso discurso que no llegó a pronunciar mientras encendía su primer habano—, pero que todos adivinaron «Libres también vosotros». Siempre libres fuistes. Quedo yo, y esta casa seguirá siendo nuestra casa, permanezcáis o no en ella, mientras yo viva. Mis responsabilidades no terminan con el casamiento de Esther, ni con el vuestro si tenéis el valor de afrontarlo. Es preciso que los hijos de ella sean no sólo los primos hermanos de Natalia a la que un día también habrá que casar, sino también de vuestros propios hijos —si ya los tenéis— y a los que estáis moralmente obligados a liberar de su bastardía». Luego, por fin, habló. Dio una profunda bocanada a su veguero, y mientras las volutas azules se desvanecían en el artesonado pastiche, mitad mezquita cordobesa mitad sinagoga toledana, dijo dirigiéndose a Esther, pero exigiendo a todos la aceptación de un hecho que daba por consumado: «Naturalmente, y al menos durante los dos primeros años, os instalaréis aquí, en el segundo piso. No, no, por favor, no me vayas a plantear el problema de la independencia, ni repetir el lugar común de que los casados quieren casas. El negocio de ese muchacho, desde la muerte de su padre, no marcha lo que se dice muy boyante que digamos. Claro que es aún muy joven, y, según me han informado, su clientela excelente y su profesionalidad irreprochable, pero tiene obligaciones familiares que, como hermano e hijo, no puede, ni debe, eludir como no puede —ni debe— tampoco montar ahora nueva casa de acuerdo con *nuestra* actual situación social. Tu dote se verá obligada a utilizarla en ampliar directamente el negocio, mecanizándolo en la medida de lo posible, y en hacer frente a algunos pagarés pendientes, a los que hay que añadir el último plazo de una hipoteca a punto de vencer. No llores, hazme el favor. Estoy convencido de que, a pesar de sus, digamos, veleidades mercantiles, será un marido excelente. Al menos suelen serlo casi todos los italianos.

Borrascosas sombras asaetadas de soledades sin remedio. Brumas de un pasado demasiado inmediato aún para que sobre la memoria de Felipe pudieran haber caído definitivamente los civilizados telones de crespón de los burgueses y prácticos olvidos. Desengaño amoroso impropio de una nueva clase social a la que creía pertenecer, sin advertir que esa nueva clase —capaz de echar por la borda en otras latitudes al honor, o, mejor dicho, haber prescindido ya de él de una vez por siempre— era la única que en el ardiente Sur no existía y que, por tanto, sus reglas de comportamiento ni siquiera habían sido aún establecidas y selladas por pactos de comunes intereses para un mejor discurrir del *laissez faire* y un más próspero y rápido florecimiento de la República de Mercurio. Desengaño, con aureola romántica además, para dejarle marcado como un toro, y como un toro abochornado, consciente de su deshonor, que hubiera perdonado por otra parte de no suponerlo público y notorio, en lo que no se equivocaba.

Duelo concertado a última sangre que no llegara a celebrarse (tras haber admitido ella la acusación para evitar su muerte o la de su rival de desafío, la muerte en fin de un hombre, aunque no la del verdadero y único amante ya difunto, con coronas de marqués en sus pañuelos, sino la del mediterráneo testigo presencial de los lejanos amoríos de la niña Constanza, bella novia, malagueña de verdes ojos soñadores, llegada con su madre, clase pasiva y luto, de aduana, a la Ciudad Fluvial tres años antes para instalarse en un pisito —sala y alcoba, entradita, cocina y excusado—) y que hubiera lavado la afrenta de unas relaciones íntimas sostenidas cuatro años atrás, a raíz de la muerte del adusto aduanero —que no dejara otra herencia que un *bunch* de tabaco en rama, un rifle *Winchester* para monterías, media yarda de seda japonesa y un *mayón* de marfil incrustado de ébano— con un ex gentilhombre de la Real Cámara que la entretuviera unos meses, quizá sólo por la senil satisfacción de mancillar su doncellez, y les diera al cabo de los cuales a ambas pasaje de goleta costera y un puñado de duros amadeínos con los que establecerse, vestir el santo y casar a la niña Constanza en una ciudad de inviernos benignos donde si no la mar abierta, a la que se encontraban habituadas, tuvieran al menos, como en la Villa Fluvial, un bosque miniatura de cordajos y arboladuras y nadie que pudiera preguntarle *vous n'avez rien à declarer* (sic). Lo hubo. Un par de semanas antes de su matrimonio, ya incluso amonestada, tomadita de dichos, recibió Felipe la amarga confidencia una noche de plenilunio, al final de una partida de subastado en el casino de los menestrales. *¿Quién le dio la noticia? Un gran amigo*; el mismo que días antes, para evitar innecesarios sentimentalismos que lo hubieran llevado a sacrificar por ternura su honor, se encargara de divulgarla discretamente a los cuatro vientos, justificando no haberlo hecho antes por suponer que Constanza —vestida de blanco— no pisaría jamás las gradas de un altar mayor ni llegaría a ser —una más— otra cosa que la entretenida de turno.

En aquel segundo piso, amueblado, alfombrado, decorado con lámparas de bronce con bodegones de faisanes y escenas venatorias, visillos de encaje y estores de terciopelo carmesí; en aquel segundo piso de la casa contigua a la fábrica que era como una continuación de la fábrica misma más que su apéndice o su habitat —puesto exprofeso para recibir a una Constanza desposada— daría ella luz a todos sus hijos; en aquel piso, con minaretes de cristales coloreados y azotea independiente que se abría a perspectivas urbanas y a paisajes campesinos: la vega del río, los alcores aljarafeños, el monasterio de Jerónimos, los olivos, desde donde se vislumbraban las ruinas elegíacas del canoro Caro, vivirían juntos ella y Alberto siete largos años, y en él hubieran continuado por lo menos otros siete más sin el incendio que asolara la fábrica, e hiciera estallar sus calderas de vapor y derrumbara sus naves de apresto y entintado y alcanzara media manzana de casas de un barrio de extrarradio que comenzaba a adquirir un pulso industrial y a cimentar una mentalidad burguesa y a la vez una conciencia proletaria. En aquel piso del que no se salvó nada, ni siquiera las partidas bautismales y las alhajas; en aquel piso, hasta aquel piso, subirían un día los primos bastardos a jugar con los hijos legítimos, y las cuñadas, no legitimadas aún —y que lo serían sólo instantes antes de la muerte de sus aún problemáticos esposos— para solicitar juicios salomónicos de la única mujer (de una casa —sin contar a Natalia— que se poblaría a lo largo de aquellos siete años de niñas y niños) sacramentada y, por tanto, única consejera titulada para dirimir las querellas domésticas y los domésticos pleitos entre ambas concubinas (una Carmen cigarrera y una Consolación procedente de la Manufactura & Limitada que entrara a trabajar en la nave —ya taylorada cadena de apresto— y fuera ascendida en unos meses a planchadora en la sección de *acabado* y antes del año figurara sólo en nómina, sin otra obligación que la de cobrar los sábados y fornicar tres veces por semana con un displicente Damián) y que terminaran por quedar un mal día instaladas en la casa llevando, con sus modestos ajuares, los hijos que ya tenían, y pariendo en ella otros nuevos hijos, espúreos, arrastrando sus ignorancias, sus vergüenzas, sus desgarros, sus timideces y sus nunca perdidas esperanzas de legalizar sus situaciones con dos hermanos demasiado abúlicos para enfrentarse a sus problemas con realismo y excesivamente orgullosos para rendirse a la evidencia de unos hechos consumados, única parcela ésta la de su libre albedrío respetada por un Felipe que no había perdido su centro de *pater-familias,* gotoso y sifilítico— que no tuviera a partir de su desengaño más contactos eróticos que con verdaderas profesionales del amor; cuidado las veinticuatro horas del día y de la noche por su sobrina Natalia, un eremita casi que se hiciera instalar la alcoba en su propio despacho, y que desde las gutaperchas orinadas de su inmenso *chester,* gobernara aún la nave de un negocio que comenzaba a hacer agua y hundirse lentamente al faltar un delfín sucesor capaz de inyectar el aliento de una nueva y más joven savia, pero que, sin embargo, habría de seguir —cubiertos ya los riesgos por una onerosa, pero finalmente útil póliza que le permitiera poner de nuevo en marcha la fábrica— prácticamente manteniendo con largueza, aún después de la aventura levantina de su cuñado Alberto y del cobro de los indivisos paternos de Esther que concedieran por fin la autonomía económica a su marido —siempre, no obstante, en entredichos— el presupuesto general de gastos de cuatro familias que comenzaban poco a poco a adquirir conciencia celular, y que muy pronto conseguirían también su absoluta independencia, rompiendo incluso lazos afectivos durante largos años, después de tener conocimiento de las cláusulas del testamento de Felipe el infortunado día en que el *pater-familias* quedara convertido en un muerto sin sepultura tras la apoplegía que habría de llevarle a la tumba dieciocho meses más tarde, y en las que declaraba como única heredera de todos sus bienes, acciones y obligaciones a su hermana Esther, que se juramentaba en reciprocidad a mantener y cuidar de por vida a una Natalia ya al filo de los treinta, que había renunciado definitivamente al amor tras la muerte de Miguel Ángel un alba de Miércoles de Ceniza.

Un marido excelente como dicen suelen ser los italianos. La única leyenda que se echa de menos en la cinta de la inexistente patética corona de crisantemos que falta en el zaguán, la de los suyos, debiera haber quedado miniada en purpurina sobre seda morada con cinco palabras y una conjunción copulativa: *Esposo fiel, padre severo y amantísimo.* Marido-padre ejemplar que no pasara en cincuenta y cinco años una sola noche fuera de casa, que jamás bebiera una gota de alcohol en la calle, ni pusiera una sola moneda de plata en un tapete verde, y cuyas únicas aficiones —fuera del tabaco— música y oratoria, se limitaban al abono anual de la temporada de ópera y al catedralicio Miserere de Eslava, por un lado, y al embeleso producido por el verbo de un dominico o un agustino, oradores sagrados preferidos en el *Sermón de las Siete Palabras* del Patio de los Naranjos por el otro, pese a su absoluta indiferencia religiosa. *Esposo fiel, padre severo y amantísimo* y, sin embargo, incapaz de aplicar cartesianamente su desbordada imaginación y su innato barroquismo a sus, de alguna manera, siempre maltrechas finanzas, a la comprensión, y a la especial psicología de cada uno de sus hijos; y de reconciliar sus sueños —teniendo ya al cabo de tantos años razones para desconfiar de ellos— con su portentoso dinamismo y su casi insultante vitalidad. Ni siquiera ahora, ya cadáver, puede ella imaginarlo inmóvil, las manos cruzadas sobre un crucifijo de marfil, amortajado con el traje de media etiqueta desde dentro del cual, como un disfraz, apadrinara la boda de su hijo el Artista hace apenas diez meses, con la ya serenada belleza agarena de Asunción en la capilla Real de la Catedral Metropolitana.

Corridas las cortinas, clausurados a piedra y lodo los tapaluces del cierro y las ventanas, cruzado el rodapiés (*como aquel que del cielo se entreabría,* y tras el que las puntillas de las enaguas almidonadas y los dobladillos de las faldas de organzas escondieran un día el rumor de los pudores femeniles) sobre el herraje, como signo de duelo, y escamoteada del balcón la palma bendecida del Domingo de Ramos. Silencio. Resta sólo un rumor de caos —de subterráneo derrumbamiento presentido al que ponen sordinas las esteras, preludiando el momento —que no admite por más tiempo demora— de iniciar los preparativos del cortejo: ecos de letanías, murmullos en voz queda, sillas que se cambian de sitio para abrir el camino del ataúd ya colocado a hombros, silbidos de lechuzas y los ayeres dolientes de las sin contratar voluntarias plañideras que lloran sin que nadie lo mande al meditar, cruzando el ecuador, en la fugacidad de sus propias vidas y particulares existencias terrenales. ¿Quiénes portan el ataúd? ¿Cuántos gentileshombres forman en el fúnebre cortejo y cuántos maestrantes, magistrados, concejales, clérigos, artistas, hombres de Letras, militares, aristócratas? ¿Cuál es el número de cíceros que compone la nota necrológica del matutino católico que se condolerá —irreparable pérdida— del fatal desenlace, no por esperado menos luctuoso? ¿Con qué adjetivo calificará su profesión la esquela mortuoria (a media plana, doble orla negra, barroca cruz sobre el R.I.P.A., bendición apostólica del Nuncio de su Santidad, últimos sacramentos, desconsolada viuda, hijos, nueras, nietos —¿cuñadas, sobrinos?—) ¿Industrial? ¿Del Comercio? ¿Del Comercio de la plaza? ¿Escultor? ¿Pródigo? ¿Dilapidador involuntario de bienes? ¿Ex cónsul honorario de Nicaragua? Y, durante el duelo, en los momentos de las reverencias y el pésame qué lugar ocuparán los espúreos hijos de Carmen la cigarrera y Consolación, ya, por otro lado, legalizados descendientes de Agustín y Damián, mudos esposados *in articulo mortis* de cuyos síes —que no fueran ni síes ni noes— fuera testigo de excepción Natalia, el coadjutor de la parroquia y un viejo operario de la manufactura al que se recompensará con diez mil reales. ¿Ha sido capaz al cabo de los años de perdonar aquella traición de su sobrina, o no la perdonará jamás? Infiel sobrina-hija, ahora junto a ella, acariciando sus manos, vinculada ya por siempre al clan por una cláusula testamentaria irrevocable y un compromiso moral más indeleble aún que la misma letra inglesa de un oficial de notaría y el testimonio de una firma dando fe de una lúcida última voluntad que conjugara —o, al menos intentará conjugar— la soledad y los intereses económicos con la fuerza de la sangre de los suyos.

Independientemente del forro de cinc, que ella ignora, y que ha resultado preceptivo para su permanencia en la capilla ardiente durante veinticuatro horas, con qué clase de madera —capaz de resistir la humedad del invierno, las lluvias de la primavera y el otoño y el ardor de los veranos— ha sido confeccionado artesonalmente el féretro; ¿jacarandá, roble, cedro, caoba? Noble madera siempre, sí; pero, en una postrera sutileza —que sólo una esposa amantísima puede exigir— ¿cuáles son las grecas de la talla de sus perfiles y de sus ángulos, y de qué color es el almohadillado raso sobre el que reposa la ciclópea mole del único cuerpo de varón —excluyendo a sus propios hijos— que para ella no guarda secreto? Eso no lo sabrá ya nunca.

Las manos de su sobrina Natalia acarician piadosamente las suyas, y ella, desde el fondo de su duermevela de tisanas, barbitúricos y agua de azahar, acepta unas caricias que necesita, pese a llegar de quien llegan. Enlazadas las dos, juntas y solas las dos, en la soltera alcoba de las hijas que huele a alhucema incinerada y a aceite de oliva chisporroteante en la mariposa de ánimas, el contacto de la piel, el solo contacto de la piel es suficientemente elocuente para corroborar una vez más el odio que ambas —en el fondo de sus almas— se profesan ¡Maldita Natalia, maldita, maldita! Y, Natalia: ¡Maldita Esther, y mil veces maldita sea!

Rumores de caos, de subterráneos presentidos económicos derrumbamientos, roto el milagroso equilibrio de una tesorería, sin tenedor y sin contable, llevado a ojo de buen cubero en las páginas verticales de un dietario con excelente pulso caligráfico y mejor aún tino mercantil en los últimos años gracias a una casi mágica intuición —de la que antes parecía carecer o negarse a aceptar— a la hora de elaborar un nuevo proyecto, que más que las cifras —justas— avalaban la calidad, siempre previamente homologada por un sentido innato de la solidez y la belleza del futuro trabajo en el que ciegamente habían creído (ocasionales pérdidas o inversiones desacertadas aparte) una antigua y acreditada clientela fiel que estaba segura de que si en los presupuestos dados por Alberto Gentile Ltda. constaba un basamento de mármol negro de Bélgica no sería jamás sustituido por otro similar en pizarra pulimentada, ni una balustrada de Carrara por otra de Macael o de Conil. Rumores de hoy que serán clamores mañana y que, para acallar, es preciso que ahora, precisamente ahora y no más tarde adopte una resolución. Clamor del cierre de la industria que, seguramente, está ya en las conversaciones de una multitud que, calle arriba, camina tras el féretro seguido de la manguilla parroquial, las pluviales capas, los exorcisadores hisopos, los monagos asotanados de crespón de luto bajo los roquetes tras sus presbíteros gregorianos cantores, la carroza mortuoria atestada de coronas, el automóvil de respeto y los simones de alquiler (contar su número según la superstición ciudadana sería restar los años que separarían a los osados que lo hicieran de los de su propia muerte) contratados para los que deseen acompañar al difunto hasta los aledaños mismos de su tumba, el barroco y estólido —por su grandilocuente vanidad— panteón de los Espinosas, un templete neoclásico de jaspe rematado por una victoria de bronce. A los rumores —que terminaron siendo sólo un lejano murmullo— ha sucedido, sin solución de continuidad, el silencio. Y dentro de este silencio, desde este silencio —que no es capaz de romper ni el chisporrear del pabilo de la mariposa de aceite— que ha de durar aún una larga hora, tras soltar las manos de las de su sobrina y dar de nuevo uno de los hondos suspiros que, con distintas matizaciones vocales, exteriorizan sus diferentes estados de ánimo (por lo que lo mismo los utiliza hábilmente para expresar su satisfacción frente a una buena noticia o un pensamiento feliz seguido de un ¡alabado sea Dios! que un amargo desengaño ¡Virgen Dolorosa de los Siete Puñales!) para, de golpe y porrazo, dar por resuelto el arduo problema de la continuidad industrial de la firma cuya denominación, estará a partir de ahora precedida por un simple y escueto *Viuda de,* aunque sea —inevitablemente y a su pesar— su hijo Javier (que independizado regenta el modesto taller de cantería en las afueras tras ser expulsado por su padre a raíz de su casamiento —y que en estos momentos, junto a su hermano Alberto, preside él duelo que alcanza ya los límites de la demarcación parroquial—) el que se hará cargo —sin poder alguno notarial de firma— a sueldo a convenir y con un pequeño porcentaje anual de participación en los beneficios (¿beneficios?) de un negocio que continuará siendo el sostén —y casi la razón de ser— de toda la familia, aunque en lo más profundo de su alma intuya nebulosamente —premonicionando días de adversidad frente a los que nada remediarán los desahogos de sus suspiros— que el negocio ya ha muerto y acabará también muy pronto enterrado no en el mismo panteón del camposanto, entre celindas, parterres de boj, rosas y cipreses, sino en el bosque de polvorientos legajos judiciales de una irremediable declaración de quiebra, cuyos resultados no dejarán, a la larga, de resultar beneficiosos en cuanto servirá para sacar a pública subasta el viejo caserón hipotecado, saneando una economía montada en los sueños del castillo de naipes de un genovesa baraja sin comodines a los que recurrir, lo que no significaría posteriormente un obstáculo para su lenta y progresiva rehabilitación en los *años decisivos,* en el transcurso de las mutaciones y los cambios que habría de sufrir una ciudad lo suficientemente consecuente con su propia decadencia para obtener partido incluso de ella: aquel solarcito que no se tuviera siquiera en cuenta, aquella otra acción, ciertas obligaciones hidroeléctricas, las revalorizaciones de la deuda perpetua, una oportunidad inversora a la que se le supiera sacar provecho, la confidencia —llegada hasta los atentos oídos del artista en pago a su fidelidad, jamás desmentida— recomendando la prisa o la calma según el momento bursátil. Una vuelta a empezar en fin, con buen pulso y mejores esperanzas si no fuera por el estigma endémico de los descendientes varones, eternos adoradores de Baco y Afrodita.

«¿Y ya se lo llevaron?» Bien lo sabe. Desde su semiinconsciente duermevela ha oído los gregorianos latines y la puesta en marcha del cortejo, tras los visillos y los cristales biselados del cierro, apenas el eco de un susurro de un discurrir de masas; lo pregunta aun conociendo de antemano la respuesta, no resiste un nuevo aplazamiento, una nueva piadosa evasiva. Necesita ahora más que nunca, con premura, la compasión; sentir otra vez las manos de Natalia en las suyas, los ya también arrugados dedos de Natalia acariciando su soledad, reconfortándola, convirtiéndolos en cómplices de su infortunio. La farsa, sin embargo, no ha terminado aún; el telón no ha caído definitivamente todavía entre ambas contendientes. El duelo, oscuro y sordo a un tiempo, ha de continuar sin tregua por espacio de más de veinte años, de veinte largos y trágicos años.

ENSOÑACIONES

Si mañana, rodando este veneno
envenena a su vez, ¿por qué acusarme?
¿puedo dar más de lo que a mí me dieron?

G. A. BÉCQUER

»"...*Olivos, viñedos, trigales, amapolas y algún que otro pino mediterráneo nacido por generación espontánea en la sima de una vaguada de arenisca o al borde de un terraplén calcáreo, una huerta con el vendado caballo de su noria arabizando el paisaje, una azada abriendo una regola de agua, un carro agrícola, una yunta de bueyes, un caserón abandonado, y, más tarde —ya alcanzada la altiplanicie de los rojos alcores del Alxaraf—...*" una larga, cerrada y peligrosa curva orillada de bíblicas higueras (de la que el retórico genealogista de la crónica apócrifa familiar no diera cuenta, más preocupado en ofrecer imágenes pseudopoéticas de la historia medieval del paisaje olvidando, en cambio, la romanización de la comarca tras la Segunda Púnica, el asentamiento de veteranos legionarios en el Valle del Betis y la fundación de un municipio 206 a. de JC. por iniciativa de Publio Cornelio Escipión, el Africano, —Itálica—) y en describir minuciosamente la flamante motocicleta de mi padre (que erróneamente estimara una *Torrot* tratándose, sin lugar a duda, de una *Megola-Sport*, color rojo lacre, cuyas características en versales bajo una cuatricromía publicara en su suplemento —*Storia della Moto*— un famoso magazine milanés: *Gli strani modelli tedeschi. La Megola Sport, produzione 1922. Nella linea del gusto tedesco degli anni Venti questa moto aveva un motore di 640 cc e pote-*

va sviluppare a 4800 giri, una potenza di 13,5. La velocità era assai elevata: 110 chilometri l'ora. Come si vede, il motore era appiccato direttamente alla ruota anteriore, el pasado otoño) antes de divisar las puntas de los cipreses de este cementerio aldeano donde Eugenio Hurtado (que en sus años juveniles soñara escapar de la pobreza vistiéndose de luces y presentándose en los ruedos con el sonoro alias de *Chavelo*) nombrado —según me explicara en una larga y enternecedora carta casualmente llegada a su destino— sepulturero titular (plaza sacada a concurso por el Ayuntamiento) se dispone a exhumar los restos mortales de mi madre y las cenizas de su hermano, cuyo destrozado cadáver trajera mi abuela desde la antigua Astigi hace casi sesenta años, para ser provisionalmente inhumados de nuevo dentro de diminutas arquetas del tamaño de cajas de zapato en sendos nichos de párvulos mientras se acometen las modestas obras del no menos modesto panteón familiar cuyo estado de total abandono y absoluta ruina, oficialmente declarados, aconsejaran (según el oficio firmado y rubricado —que tan generosamente, y tras meses de infructuosa búsqueda de lista de correo en lista de correo, de ciudad en ciudad, de *atelier* en *atelier*, de *chez* en *chez*, me hiciera llegar, por fin, Eugenio —*Bando de busca y captura de Billy the kid,* decretado por el *sheriff* Garrett— bajo el membrete del secretariado de la Casa Consistorial) su demolición —trasladándose (sic) los restos humanos a la fosa común— o apuntalamiento interior y decente (sic) exterior remozado.

»Justamente, un cuarto de hectárea de tierra cercada por un tapial —encalado cada noviembre, Delia, y que en mayo jamás conoce el albo—; un paralelogramo en cuyo centro, equidistante de sus cuatro esquinas *(Abrazo de los cuatro elementos / Constelación del deseo y de la muerte / Fijo en el cielo cambiante del lenguaje / Como el di-*

bujo obscenamente puro. Ardiendo en las paredes decrépitas) se alza la cruz de hierro rodeada de un cantero de marchitos geráneos. Los cipreses —que tanta importancia tuvieran en aquella descripción panorámica— casi no cuentan, pese a su solidez y a su altura. Son múltiplos de siete y están aquí sólo para sacralizar el lugar, poseyendo casi más eficacia simbólica que la cruz misma, bajo cuyos brazos, cada primavera, las golondrinas cuelgan sus nidos, rojos nidos de arcilla de los purpúreos alcores incendiados.

»Concertada la cita para la mañanita, despuntando los soles, y tras el inevitable ritual de las copas de aguardiente —del que por bula especialísima fuera dispensado— en la penumbra azul índigo de la atarazana, Eugenio y los dos albañiles columbarios contratados la víspera se acomodaron en el coche (el mismo, Sara-Delia, que tan desenfadadamente condujeras —con esa masculina arrogancia al volante, de la que sólo y exclusivamente sabéis investiros las norteamericanas— a ciento sesenta por hora, de regreso de nuestra visita a El Acueducto segoviano, arqueológico pretexto, válido en cuanto realmente llegaste a admirarlo, desde nuestra habitación en el hotel homónimo) para cubrir —un amable *promenade* a pie, bajo las acacias, al cual me vi obligado a renunciar— el kilómetro justo que separa la Cruz del Humilladero de la verja del Campo Santo, argumentando, no sé si razonablemente, se me escapa su alcance, el excesivo peso y volumen de sus herramientas, que dispusieran cuidadosa y parsimoniosamente en el maletero (dentro del cual llevara a enterrar una tarde de octubre por tierras de la Alcarria el cachorro dálmata, gentil obsequio del contralmirante normando *(Merci, Louis)* que tan duramente reconviniera nuestras efímeras relaciones en el transcurso de tu nueva —e insólita— reencarnación, esta vez transformada en aplicadísima erudita (Siglo de Oro) súbdita del Imperio, tímida, ordenada, dialéctica y embarazosamente lúcida hija de Sion) junto a los dos sarcófagos, no por minúsculos menos patéticos, y una láurea funeraria de aterciopeladas rosas escarchadas aún de rocío.

»Y frente a mí se encuentran ahora los tres, verdaderos maestros en sus respectivos oficios, tercos con las piquetas y rápidos con la azada, desbastando los restos de la bóveda, hincando una y otra vez la piocha en los ladrillos estallados de cales supurantes, casi ignorando mi presencia, sudorosos, atentos a su trabajo que han calculado les llevará, en su primera fase, más de media mañana, quebrando alabeados tableros de mármol sólo cuando les es absolutamente imprescindible y respetándolos siempre que puedan resultar útiles en la posterior reconstrucción de un panteón que quieren creer estoy verdaderamente interesado en volver a levantar, aunque en el fondo supongan —al menos Eugenio— no se alzará de nuevo quizá nunca, a menos que se produzca un milagro: el de mi definitivo regreso —de elefante— para resignarme a esperar aquí —sentado plácidamente al sol— la llegada de la muerte o de los dioses.

»¿Y estoy acaso obligado a volver de nuevo a este lugar, a las bermejas tierras que enmarcan estos álcores y sobre los que se enraízan estos olivos frente a los que el tiempo parece fatalmente haberse detenido. ¿Podría, por ventura, rememorar, en otra menos propicia ocasión, dentro de uno, dos, cinco, quince años —de continuar aún entonces vivo— anciano casi, prematuro anciano, pero anciano al fin, el cerrado paréntesis de mi adolescencia a la que todavía me encuentro absurdamente asido como —inútil— tabla de salvación? Sordos golpes, disciplinado ritmo. La nueva destrucción sobre la destrucción ya consumada. De tarde en tarde salta una chispa de los aceros contra los pedernales imprevistos; de tarde en tarde una golondrina revuela el cielo añil, azul litoral casi; de tarde en tarde una mariposa se aproxima a las rosas de mi postrera ofrenda y huye despavorida. Y, también, de tarde en tarde, cruzo las piernas y vuelvo a prender un cigarrillo con la llamita trémula de una cerilla frotada en la losa sepulcral sobre la que me encuentro (coincidencia, choque, no hallazgo) sacrílegamente sentado: la tumba de una desconocida adolescente cuya fotografía raída por los soles y carcomida por las lluvias se halla incrustada —mal protegida por un óvulo de cristal— en el basamento, bajo su propia cruz de granito junto a la que se reseca un ramillete de gladiolos. *Tus desconsolados padres no te olvidan.* Efímero desconsuelo de unos contados y medidos años, diecisiete quizá, los que ella Do-lor-ci-ta (deletreo) tenía en el momento de su muerte, los mismos que viviera mi hermana, la dulce Beatriz, la *principessa* florentina de los ojos de almendra y el cupido de raso cruzado sobre el pelo castaño, suave y puro. Pero ella no está junto a mi madre, duerme con los Gentile, su ataúd aún intacto, en otro mausoleo enhiesto todavía.

»Erudita en el *Siglo de Oro.* Melancólica galga nórdica, cuyos bisabuelos, de Schmalkalden (¿soplarían algún vidrio, diseñarían algún juguete, cumplirían sus obligaciones religiosas con la sinagoga?) de los que nada sabes, de los que no conservas ni un óleo, ni un daguerrotipo, ni una fotografía ni el esencial recuerdo de una comunicabilidad oral —a través de ellos a ti llegada—, una historia cualquiera, aunque también apócrifa, una saga adúltera de fugas en los bosques. ¡Misericordiosoos bisabuelos que debieran alcanzar sin duda el Reino de los Cielos y llegaran hacinados desde la bodega de un carguero a una inhóspita nave de cuarentena en el puerto de Nueva York, para ser catapultados en un tren de mercancía al País de los Kanses (al que Coronado iberizara en

Alfa), clima agradable y sano, el aire puro y seco, días claros y frescas noches estivales, allí... frente al Missouri (¿al condado de Wyandotte o al de Jackson? ¿cómo voy a saberlo? ¡os separan tan pocas millas!) no para sestear en sus parques —*Facrinout, Troost, Washington,* dos mil acres de césped— ni para fotografiar la panorámica desde *Cliff-Drive,* ni vestirse ella —tu bisabuela— de Escarlata O'Hara en la temporada de ópera del teatro *Wood,* ni recorrer —protegidos los tacones *versalles* —los corredores de parquet de la *Galería de Bellas Artes;* ni él —tu ya encorvado bisabuelo—, anudarse una corbata de seda blanca de frac, sino para labrar la tierra como campesinos. Ni vidrio, ni juguetes, ni candelabro de los siete brazos.

»Tú, sí, Sara-Delia. Tú, por fin, llegaste —desde los arrabales sórdidos, cubriéndote de los disparos del guns agazapándose en las vaguadas— virginalmente, a convertirte en la dulce muchachita —taxi-girl— de la Biblioteca Pública. Para ti hubo ya pantalones tejanos, blusas de perlón y modelitos de *McCalls* y patrones modisteriles del *Harper's Bazaar* y ciclomotor *Honda* de segunda mano, y desde allí, desde tu puesto de archivera, tuviste la posibilidad de transformarte en institutriz, de la que huiste, una vez en Europa, fascinada por los quevedianos sueños (todo tan insólito) gracias a esa facilidad para los idiomas, congénita en la raza, y terminar en el *Boston,* donde continuarás probablemente explicando el valor lingüístico de los modismos castellanos a tus compatriotas, llegadas por rigurosos turnos cuatro veces al año.

»Te esfumaste —de común acuerdo—; fuiste la más efímera de las reencarnaciones con que —la verdadera— Delia me engañara tantas veces (y al que un largo proceso de búsqueda me lleva). Si te encontraras aquí conmigo, ahora, habrías escapado angustiada de nuevo de esta patria mía (su localización toponímica, Sara-Delia, se reduce a este cuarto de hectárea). Huirías de mi cinismo —aquello que estimaste como honestidad artística, generosidad y amor por la belleza y la verdad a un tiempo—. Mi verdad y mi mentira, juntas ambas, se encuentran sólo aquí, al borde de este osario y de mi incapacidad para despoblar definitivamente de fantasmas mi vida; de todos vuestros fantasmas, incluyendo el tuyo, quiméricas criaturas que continuáis atormentándome, no dando ni un solo respiro a la decretada persecución, 10.000$, 10.000 por la cabeza de *Billy el Niño* cansado ya de serlo.

»Te encontré un día en una barra estudiantil de Argüelles y te desvaneciste sólo dos semanas más tarde con un ramo de claveles, que te llevaste a los labios, como la asustada mariposa de mi ofrenda funeraria, cuando casi habías llegado a convencerme de tu identidad, de que no reencarnabas a Delia, sino que eras Delia exactamente en efecto. Aquel día olía a tormenta, y era ya primavera en la Villa del Oso y el Madroño.

»Eugenio da a sus hombres unas instrucciones precisas, deja a un lado la piocha, se seca el sudor de la frente con la manga de la camisa y tercia luego un gesto afirmativo (tan característico, especie de señal convenida que con tanto candor y lozanía supiera prácticamente captar cuando siendo él apenas un muchacho lo utilizara como modelo, vestido de luces, para plasmar lo que bien pudiera haber sido algún día su propio retrato con nombre y apellidos, alias y cuenta bancaria, arlequín oro y malva acornalado. Agonizante Eugenio, vibrando, sin embargo, ahora en una todavía conmovedora lección de vida, entre plomadas, morteros y palustres), llamándome a su lado para proceder a la exhumación, ya en puerta, tras los escombros de los dos nichos por fin definitivamente acuchillados...

JUEVES, SIETE DE MAYO DE MIL NOVECIENTOS VEINTIUNO. Unas cortinas almidonadas y unos estores aún no definitivamente descoloridos. Los bastidores franceses y el *mundillo* almohadillado de los encajes, bajo la luz suave, aterciopelada y casi crepuscular de la primavera recién nacida, perfilan —ante el balcón— contornos de viejos diseños holandeses copiados de memoria (una, dos, cinco vueltas, izquierda, derecha de los bolillos de madera de naranjo: cristalizaciones de nieve al microscopio —estrellas forasteras en este sur lejano, tulipanes floridos, rosas, ramitos de muérdago) o desde los trazos de grafito desvaídos de los pliegos de papel manila guardados en el arcón bajo el fanal de una virgen dolorosa. La casa —con sus multicolores arcos de medio punto y su encristalada montera— está ya a punto de abandonarse, pero no se ha abandonado aún. Permanece intacta. Y allá prefiere huir antes de la llegada de los leguleyos con sus enfolios para consumar el embargo. Inútil disculpa para su conciencia en cuanto, a la larga, hubiera también escapado, por supuesto, no de mejor manera. ¡Gloria! La voz llega bronca y lejana hasta su alcoba donde se ha refugiado y prepara no su maleta —ya que nada puede llevarse, en cuanto tiene que desaparecer por las buenas, voluntariamente raptada al salir del rosario— sino su corazón, en cuanto no hay amor alguno que justifique el acto; pero todo antes que permanecer tras la catástrofe viéndose obligada a la humillación de la derrota económica paterna ante las Natividades, las Engracias, las Consolaciones y las Sacramentos, ¡mejor que la humillación la desvergüenza! por las que ya no será acaso antes de una semana a lo sumo, recibida ninguna tarde en caserones que permanecen y continuarán manteniendo su rango y su prestancia; como tampoco vestirá ya ningún año —ni ella ni ninguna de sus hermanas— (la chapona y el refajo bajo el traje de tisú de raso) a la virgen patrona, ni elegida jamás dama de honor en la Fiesta de la Espiga. ¡Gloria! Vuelve a oír la llamada de su padre desde el patio, y contesta un estoy aquí, leve y recio a la vez, cuya cadencia se desdobla en fementidos ecos en el descansillo de la escalera antes de alcanzar el piso bajo.

Todo está ya previsto para la fuga. Y el galán —que a caballo la espera— cincha ya en un corral la silla, una manta sobre la baticola para enjugar femeninos temores y exorcisar al miedo. Falta sólo que caiga la noche sobre el pueblo y los rojos cabezos, para que ambos consumen en el olivar —junto al Campo Santo— el hecho, ya irreversible, de la cita concertada que les une para galopar juntos la madrugada, y juntos amanecer en un mesón arriero, no un hotel ni una fonda, sino una simple posada con cuadra de la ciudad fluvial, virginal aún entonces acaso todavía, al despuntar el alba.

Acaba —hace sólo unos días— de cumplir veintitrés años, muchos desde su perspectiva; al menos los suficientes para huir con un hombre doce años mayor que ella, por lo demás, casado y padre de dos hijos.

Las campanadas de la torre que doblaran apenas una hora el aviso de un entierro a las seis de la tarde (la cita a la vera misma de las tapias del cementerio con un muerto reciente, hizo que le corriera por la espalda el relámpago de un escalofrío) comienzan a repicar ahora el primer toque del rosario —con exposición y jubileo— que le servirá de excusa para salir. Es necesario, pues, preciso, imprescindible, bajar ya preparada —vestida sin extremos— velo, bolso, librito y ningún alarde, ni en su peinado, ni en sus ademanes, ni en sus nervios, que puedan inspirar la menor sospecha de un desusado acontecimiento, no ya sólo de fuga —lo que no es de temer—, sino de una previsible tardanza a la programada hora del regreso que nadie en la casa adivina que no se producirá antes de dos años, a partir de este trece —no martes, sino jueves de florido mayo—.

No habrá, pues, despedidas; ni falta que le hacen. Los hermanos juegan ya en el casino su partida de naipes, de vuelta del entierro, al que asistieran —costumbre inveterada, para distraer sus ocios—, y sus fraternas, Sagrarito y Encarna, sobrellevan en la cocina —para todas el infierno— y en el cuarto de plancha, instrucciones maternales, como si su doméstica dedicación pudiera, ahora ya, salvar la casa de la hecatombe. Su vinculación afectiva a ambas —con sus hermanos, Luis y José Manuel, abúlicos y frágiles, es todo bien distinto (Florencio el pequeño, pese a sus diecinueve años, no cuenta; hace tres meses que abandonó la casa y corre las capeas sin permiso del padre, que no ha reclamado —aun siendo menor— judicialmente su vuelta porque a los veinte años él también llevó el toro dentro del corazón y a su regreso nada podría ya ofrecerle a cambio) y se siente maternal frente a ellos, no alcanza la cota de una sincera camaradería, ni sería tampoco capaz de resistir prueba alguna de auténtica solidaridad. Los padres cuentan sólo como tales, el respeto debido a la institución y unos miligramos de ternura. Queda, emocionalmente, por tanto, solamente Estrella —la dulce benjamina— trece años menor que ella, a punto de regreso, no de un colegio de monjas que no tiene la aldea, sino de una simple aula (en la casa parroquial donde doña Constanza, la hermana del cura, da clase de labores, enseña las cuatro reglas y la Historia Sagrada y lee todos los martes un librito de urbanidad y buenas costumbres) a donde acuden —para no sentarse en los cochambrosos pupitres de la escuela nacional—, las hijas de los labradores acomodados —no vencidos aún por el absentismo—, siete, diez, quizás once a lo sumo, que sin pretender para sus hembras pensionados femeninos en la Ciudad Fluvial, no consentirían jamás tampoco que recibieran una educación gratuita.

Piensa en Estrella ahora —trenzas rubias y ojos color ámbar— y en el beso que no podrá ya darle, mientras baja lentamente la escalera, atraviesa el remedo de vestíbulo, y, desde el corredor, indica a su padre —que permanece aún sentado en el patio— sin pronunciar, no obstante, una sola palabra, que sale para dirigirse como tantas otras tardes a la iglesia. Luego abre el pestillo del cancel, cruza el zaguán y dice definitivamente adiós a la casa que la ha visto nacer y en la que ha vivido veintitrés largos —y hasta cierto punto felices— años.

En el cielo del Alxaraf, una luz alta y nítida, azul y milagrera, la del Mes de María, anuncia en los alcores y en las calles desiertas la evidencia de la llegada del crepúsculo. Huele a boñiga de vaca, a varetas de olivo, a merinas y a estiércol de caballos, como las del alazán ya ensillado que caracolea en la corraliza —mientras alivia sin pudores su encinchado vientre— coceando solípedas impaciencias de imposibles tábanos azules que todavía no trajo un verano que tampoco aún llegara. A punto, sin embargo, está ya su jinete, la vehemencia en sus ojos burlones y vivaces.

El hecho solo de su salida —de su encuentro a bocajarro con la calle, un mar picado y hondo—

la hace sentirse a bordo de un buque que hubiera levado ya sus anclas. No es momento de reflexión, ni se lo propone; sin embargo, sus pasos, multiplicados en eco al filo de sus tacones, delatan un temblor que sube hasta su cintura (cimbreante de mujer que se cree —aunque sólo haya visto cinco filmes en su vida— cinematográficamente fatal) y alcanza casi el hilo de un suspiro en la frontera de la garganta. Pero una cosa —y lo intuye— es la reflexión y otra muy distinta el arrepentimiento, no por su huida (irreversible ya desde hace un par de lentísimas semanas, trimestre casi, años), sino por no haber dejado escrita una carta —breve, concisa, sin melodramas ni sentimentalismos— que en los últimos días no se atrevió a redactar por miedo a que pudiera descubrirse a destiempo aún estando cuidadosamente guardada, y que hoy se ha sentido incapaz de garabatear con su letra torpe, casi infantil, sobre un papel cualquiera y dejar en un sobre bajo su propia almohada para dar fe de su voluntaria huida y de que ésta no pueda parecer a los ojos familiares como misteriosa desaparición. (La sospecha histérica de un crimen.)

Mas no hay remedio. Todo estará prácticamente consumado en el momento mismo en que entre por la barroca puerta de la iglesia y salga por el portillo de la sacristía que abre —cierra— su cortina de hule negro a la costanilla de las ánimas, al fondo de la cual —doscientos metros escasos— se columbra la fronda —ya ceniza en este crepúsculo que muere— de los primeros olivares que circundan la villa, y por cuyas veredas —caminitos de cabra que respeta el arado— se dirigirá hacia el tapial solano del cementerio. Cabe a lo sumo quizás una única esperanza, que su paso por la calleja sea advertido, que alguna malintencionada, la siga de lejos por malsana curiosidad, y que —lo que digan mañana es mejor que se sepa hoy, e importa ya bien poco—, descubra la concertada cita y la proclame esta misma noche a los cuatro vientos: el mejor orientado el que pueda alcanzar el zaguán de su propia casa y los oídos de sus propios padres que en estos instantes discuten —una vez más— no las recíprocas amarguras de la bancarrota, de la que ninguno de los dos se estima por otro lado culpable, sino —como a lo largo de treinta años de matrimonio en que jamás se sintieran de acuerdo en nada— de un nuevo mal entendido a lo largo de una conversación trivial que, sentados el uno frente al otro en el patio, tuviera en un principio trazas de amable charla intrascendente, aunque —quizá sólo por costumbre— teñida de suspicacias y soterrados reproches.

Ha cruzado ya, pues, el Rubicón; cortado de un tijeretazo (gigantescas tijeras de podar vides, olivos y granados) el nudo gordiano de su incapacidad de permanencia en un hogar —en el que, por otro lado, jamás creyera demasiado— que antes de una semana dejaría —aún continuando en él— indefectiblemente de serlo, en cuanto su precaria economía perderá el resto del ya mal restablecido equilibrio de haberes y deberes, que quizás ella, desde la Ciudad Fluvial —a fuer desde una mancebía, si preciso fuera— pueda lograr volver a establecer, trastocando la suerte al convertirse en la avanzadilla de una égida familiar, imprescindible al menos para sus hermanos, que a la postre agradecerán su gesto (ahora incomprendido) al motivar su desanclaje —espoleando su hombría y su abulia— de una tierra que, por muy enraizados que se encuentren a ella nada puede ya ofrecerles sino la azada o la gamalla del peonaje, el jornal del verdeo y las hoces de la recolección, y aconsejable y conveniente para sus hermanas que pueden encontrar allí (a la sombra del minarete almohade) desde una ocupación a un marido. Se trata, en fin —y quizás ella no es totalmente consciente de su hazaña— de quemar todas las naves, quebrar todas las reglas y pulverizar todos los moldes de una rectilínea trayectoria familiar por otra parte inequívocamente reciente en cuanto su propio padre llegó a la aldea desde la serranía —hace menos de cuarenta años— simplemente para cubrir la plaza vacante de maestro nacional, aunque gracias a su ingenio, su constancia y el haber sabido prender por un pelo la suerte cuando se le presentara —y hubo mil ocasiones a raíz de la estupefacción producida por los desastres coloniales, las malas cosechas y la fiebre de dar la tierra a aparcería— supiera cubrir, etapa tras etapa, el largo camino que le condujo desde la tarima y el encerado de una lúgubre aula a la presidencia de la alcaldía, y desde el montante de su menguada nómina del magisterio —que apenas le proporcionaba manutención y habitat— a las generosas rentas del latifundio y a sus privilegios alcanzados desde el tapete de fieltro y desde su habilidad —cubicando con papel y lápiz lo que otros realizaban al ojeo— para cerrar el trato de un silo de granos, una batería de bocoyes de mosto o una molienda de aceitunas.

Espinitas, pétalos, rosales, que ulule el búho en los olivares. Rosales, pétalos, espinitas, que silbe la lechuza en la ermita. Tacones demasiado altos y falda excesivamente estrecha y larga para cruzar con ellos al sesgo (echando una modisteril jareta al caminito pastor para ahorrar tiempo y exorcizar temores) la terronera cenicienta, sombras opacas del último fulgor de un sol ya más que puesto, donde si no ululan todavía las mochas, los búhos y los autillos, pían aún los gorriones y anochecen las tórtolas, recién aparecidas, tan súbitamente como siempre. El estribillo de la canción de rueda no llega a salir, no obstante, de sus labios, pero la tararea garganta adentro, donde se le anuda por primera vez en la faringe un estremecimiento de fálica angustia virgen, en cuanto en el transcurso de sus ocultas relaciones eróticas —tres efímeras entrevistas— no consintiera la violación, que sabe llegará, sin embargo, inevitablemente, esta madrugada en una alcoba bastarda de la ciudad. Se decide, por fin, a caminar descalza, y hace alto para desprenderse no sólo de los zapatos, sino también de las medias de seda (sujetas por ligas *pompadour* —un ribete carmín y otro violeta bordeando el rosa-carne del centro del elástico—) que no puede exponer impunemente no ya a la carrera (de *zorra*, un nuevo estremecimiento) de su entramado, sino a la destrucción, caminando con ellas puestas, descalza, entre los surcos polvorientos.

Se adivinan ya los tapiales del cementerio tras los que asoman —negros dardos asaetando un azul casi prusia donde comienzan a perfilarse tímidamente las estrellas— la silueta de los cipreses. No se ven, se presienten —estelas casi consumadas de la reverberación que tuvieran a lo largo del día: un aire más espeso, una brisa más cálida, menos calofríos en las desnudas piernas y más en el corazón— y están allí, en efecto, y un relincho reafirma las presencias: las del muro solano, el caballo y el hombre. Cien pasos más y bastan para estar en sus brazos, y los da sin rubores. Más tarde, en el encuentro, no hay palabras. ¿Acaso son precisas? Tras calzarse —en el bolso las medias, que no vuelve a ponerse, alcanza su objetivo, la grupa, un salto casi (al vacío) para quedar sentada sobre la aspereza de la manta, y, en seguida, el galope, gallardo y corto redoblando tambores a la noche y a la propia conciencia.

Unas cortinas almidonadas y unos estores aún no definitivamente descoloridos. La casa, en paz ahora, no sabe aún de su huida, aunque comience a preocupar su ausencia. La casa (con sus corredores atiborrados de macetas de aspidistras, sus alcobas enjalbegadas, sus azulejos cartujanos, sus suelos de olambrillas, sus mecedoras, sus braseros de cobre, su jazminero en el patio y su cuadra vacía —donde ninguna yegua, como antaño, relincha ya a la hora del pienso o de los partos—) no sospecha aún la huida de la pájara pinta de su verde limón, favorita del padre por su desenvoltura y el brillo de sus ojos —crueles quizá— ojos aventureros e indómitos, con luces de monja y meretriz a un tiempo, su desparpajo golfo, ciudadano casi, a pesar de no haber vivido nunca arriba de quince días seguidos en la ciudad, sus piernas bien torneadas y su pecho alto: *Chiquita Piconera* de las estampas de los almanaques del nitrato y la pólvora. La casa no sospecha aún la fuga. Sin embargo, un largo silencio parece querer aludirla a propósito (ya puesta la mesa, todo a punto para la cena, cortada en rebanadas la hogaza de pan, sacada ya de la alacena la botella de vino y encendidos en las repisas los quinqués alimentados por aceite de piedra que unirán sus fulgores a los de la bombilla eléctrica, única, sin pantalla refractora, del comedor, colgada —amarilla y mágica, recién llegada— de su trenzado cordón) quizá por, de alguna manera, presentirla o temerla como algo que algún día habrá de producirse inevitablemente.

Bisbiseos en la cocina. Sagrarito y Encarna comienzan a sentirse histéricamente inquietas. Saben que no sólo ha terminado hace casi una hora el rosario, sino que el reloj de la torre ha dado ya las campanadas de las diez, lo que colma el vaso de su propia impaciencia, que quizás esté lleno a la vez de soterrada envidia por el atrevimiento, pero ninguna de las dos se decide a dar la voz de alarma, como si callando el tiempo no corriese, y ni su padre ni su madre advirtieran la ausencia mientras ellas no dispongan en la mesa la cena para seis, como cada noche, en cuanto es absurdo —y lo admite— pensar que ni Luis, ni José Manuel regresen antes de que cierre el casino donde una noche más —como si fueran pocas— incrementarán el montante de su deuda en el debe de un crédito que nadie en el pueblo se atreve a cortar, por lo que suceder pudiera: que aún no se ha producido el definitivo deshaucio y cabe siempre la esperanza de una milagrosa rehabilitación económica —no es la primera vez— que no perdonarían posteriormente los agravios recibidos durante la crisis. Es imprescindible, pues, ganar tiempo y esperar. Sólo temen que a Estrella, que juega a recortar muñecas y vestidos muy cerca de la lumbre, le entre de repente un apetito del que no anda sobrada y pida a voz en grito, infantilmente ingenua, que le sirvan la sopa, que acabará dejando, como siempre, por fría o por hirviente, por espesa o por clara, sobre el mantel, intacta.

Repica la campanilla de bronce en el cancel, un suspiro de alivio. Sin embargo, cuando Sagrario, cruzando la cocina y el comedor, y, tras recorrer el vestíbulo, llega hasta la cancela, su hermana Gloria no se recorta en la penumbra azul del zaguán. Son sus hermanos los que se encuentran impacientes al otro lado del herraje. Antes siquiera de abrirles les pregunta, les interroga anhelante, pero ellos no contestan, ¿para qué? En las calles, la noticia ha corrido como reguero de pólvora, como una exhalación, como una centella. El galán no fue capaz de abandonar a su mujer sin dejarle una carta pensando que quizá pudiera valerle a la hora de solicitar algún día su perdón, como le valdría efectivamente.

El brazo cruza el pecho del hombre, y la mano se aferra a la camisa —un pellizco al lado mismo del corazón— para sostenerse y resistir un galope que arranca chispas de cantos rodados al Camino Real, antigua calzada romana, vereda de carne trashumante, que, pese a la servidumbre de sus desniveles, no siempre sorteando las ramblas de los rojos alcores, acorta la distancia en legua y media hasta el arrabal ciudadano de Trajana, en la orilla derecha de la Ciudad Fluvial donde abren sus puertas no los burdeles del Soto de Hércules, sino las mejores posadas arrieras del antiguo extramuro que dieran cobijo hasta hace sólo una veintena de años a los yunteros de la Extremadura y a los carreteros onubenses. Galopada, como preparándosela para la violación, los ojos en alto, intenta leer su destino en las estrellas, imaginando un futuro lleno de nuevos lances de amor —en los que no se equivoca— y días gloriosos como los de su nombre que nunca llegará a alcanzar, al menos en la medida de sus ambiciones.

»Anfiteatro-Acueducto, Acueducto-Anfiteatro, un binomio —en un principio— de inconscientes asociaciones (aunque en el acto volvieron los fantasmas y fuéramos conscientes de su aparición). Situaciones paralelas separadas por veintidós años de distancia en el tiempo, Sara-Delia, en cuanto el acueducto fuera, en definitiva, sólo una *remake* de *Itálica*, y tú no llegarás nunca a saber que mi pasión en la alcoba (con moqueta celeste, luz indirecta y camitas gemelas plurales innecesarias, desbordaba, quizá también como la tuya, ¡quién sabe si por otros razonamientos semejantes mientras sobrevolaba asimismo otras lejanas latitudes!) se alimentaría no sólo de tu epidermis florecida de pecas —tersa superficie rosada para deslizarse y hundirse y humillarse: puñal armenio y labios enfebrecidos, entrecortado aliento tibio, inconfundible de madurez germinal, orgasmo tras orgasmo, suelto el pelo azafrán, recogido en cola de caballo por un cupido celeste, hasta que iniciaras tu esforzado, olímpico —y lamentable— *strip-tease*—, sino, muy especialmente, de las doradas piedras milenarias, sobre las que caía plácidamente la nieve, que me devolvían (cardos y lagartos en las grietas, tréboles y amapolas silvestres, margaritas) a las gradas del anfiteatro hasta donde nos llevara a los dos (a ti y a mí, Delia-niña, cinco letras tan sólo) la curiosidad —Cleopatra y Antonio— de recortar nuestras siluetas tendidas jadeantes bajo los fulgores de una luna nueva, imaginando oír el rugido de los leones en el foso, tras haber paseado enlazados del talle por las vías sombreadas de cipreses de la ciudad en ruinas.

»Sin embargo —y preciso es reconocerlo, Sara-Delia—, la identificación resultó tan perfecta que al abandonar el hotel, caminando bajo la nieve para subir serpenteando el teso ciudadano y adentrarnos en las callejas solitarias, ninguno de los dos vimos la necesidad de desprendernos por el momento de nuestras respectivas máscaras (gafas del Dr. Cagliostro) y volver a recuperar la propia identidad. Seguiste siendo pues para mí —hasta el instante de nuestra despedida— la auténtica Delia, y yo, probablemente, el aguerrido *boy* de Jackson el cual, después de hacer contigo muy poco expertamente media docena de veces el amor, partiera voluntario camino de Indochina, intentando ver la manera —diestro ametrallador desde un helicóptero— de conseguir unos cientos de dólares con los que pagar los estudios al regreso. No los obtuvo, y su cadáver, calcinado, no fue posible siquiera trasladarlo a U. S. A. en un féretro de acero inoxidable previa y reglamentariamente numerado. *(¡Peace for Vietnam!)*

»Pero ninguna *remake*, Sara-Delia (y los dos fuimos lúcidamente conscientes de haber suspendido en vilo un insustituible recuerdo para volatilizarlo de un papirotazo —aunque fuera yo un experto en estas hazañas sin mejores resultados—) mejora nunca una obra original, por mucho ingenio e imaginación que incorporemos al viejo argumento; así pues, Delia, aquella excursión en bicicleta a las Ruinas en la que quedamos voluntariamente rezagados para regresar hasta estos predios, ya noche cerrada, ululando los búhos y las lechuzas en los olivares, Venus lívida y alta en el cielo de agosto, empolvadas de luna nuestras velocípedas sombras— es lo único que cuenta, la imagen única, para siempre imborrable, que prevalece aún nítida. Abandonamos con una sonrisa de complicidad el virtuoso grupo languidecido de miradas furtivas que a nada conducirían, de aspavientos y falsos rubores, y dejamos pasar (búsqueda inútil en cuanto el escondrijo era mucho más favorable a nuestras intenciones que a sus deseos de encontrarnos) las mendaces risitas histéricas y las inequívocas carreritas lúbricas —mallas multicolores en las ruedas traseras defendiendo de los radios el vuelo de las faldas— convenientemente agazapados tras los macizos de boj, al borde del cromático mosaico de los ánades reales, las garcetas, y los flamencos de *La Casa de los Pájaros.*

¿Era necesario hablar, era acaso preciso? Tu falda-pantalón —¡oh la inviolada modestia de tus curvas!— se ajustaba precisa a tus caderas, tu blusa modelaba también suavemente la eclosión de tu busto (qué palabra para calificar tu pecho, firme y oloroso de axilas, qué cinco letras menos definitorias de los botones rosas de tus senos, del suave arrebol venusiano, en arco de medio punto concebido). ¡Qué atrevimiento el nuestro entonces! para apenas, por otro lado, casi nada (lo que los demás se negaban, sin embargo, mas suficiente, sin duda, no pensando aún ninguno de los dos en la consumación definitiva) al único pecado posible por aquellos días —durante los cuales no conocíamos aún la fresca umbría del altillo del club— que hasta octubre no sería confesado en la capilla de tu colegio —Monasterio de Yuste del invicto conquistador— donde cuatro siglos atrás encomendara su alma al marqués del Valle de

Oaxaca, perseguido por el fantasma de Moctezuma.

»Las callejas solitarias encharcadas de nieve, los portales entreabiertos, las mortecinas luces en los lúgubres zaguanes ateridos de gatos, las campanadas de la Trinidad, de San Justo y de San Juan de los Caballeros. Laureles y mirto para una súbdita del Imperio; lavanda, cepillo de dientes, *Heno de Pravia, Blend a Med, Kleenex* (100 *tissues.* Blanco) porque un fin de semana es un fin de semana en cualquier sitio, y habíamos llegado desnudos y descalzos, sin las muletas de nuestras costumbres —las tuyas más domesticadas que las mías—, y tuvimos que adquirirlas en un comercio de ortopedia de la Plaza Mayor. Más importante casi que los laureles el dentífrico. Más que el papel de estaño y el celofán crujiente del ramo de la victoria y de la gloria, la astrigencia de las toallas de celulosa. En aquellos instantes posnupciales, arrebujada en tu trenca universitaria, como Caperucita, dejasteis las dos de ser *vosotras.* Alcanzabais ambas una categoría mítica, aunque tú, Delia, no dejaste jamás ni por un momento de ser Dunia la novia eterna. Sin embargo, os transferíais en cada esquina, en cada basamento romano, en cada nueva piedra. Aquí Jean Shrimpton, un poco más allá Twiggy; cien metros más arriba Verushka, y doscientos cincuenta Donyale Luna. Una moneda al aire, cara y cruz de mi suerte. *Eres una y eres dos, eres tres y eres ochenta; eres la iglesia mayor donde todo el mundo entra, todo el mundo menos yo.*

»Cambio de Tercio, Delia. Sonaron los clarines. ¿Dónde está, dónde se encuentra, mi espejo cazador en esta mañana de difuntos y de golondrinas? Joaquín Rodríguez y Castro, *Costillares,* nació en la Ciudad Fluvial, en el Soto de los Hércules, una mañanita de agosto de 1748, y fue un «matador fino, galán y consumado»; tierno y dulce en el amor y gallardo en los ruedos. *Costillares*, Delia, inventó el volapié y la verónica, compitió con Pepeíllo y Pedro Romero dando soberbios lances al Siglo de las Luces, y presentó a una Europa histéricamente preocupada por las máquinas de hilar, los buques de vapor, las presas hidráulicas, la litografía, la campana de inmersión, la obtención artificial de la sosa, el pararrayos, los globos aerostáticos, la atracción y repulsión de las cargas eléctricas y las ecuaciones generales de hidrodinámica, un método para la lidia de reses verdaderamente cartesiano en cuanto la invención del volapié tuvo un éxito arrollador e inmediato al basarse en la suprema razón de la necesidad, que es ley que a nada se subordina (sic) Joaquín Rodríguez y de Castro. *Costillares*, Delia, murió en Madrid el veintisiete de enero de 1800, a los cincuenta y dos años, víctima de un tumor maligno, y el lugar de su enterramiento se desconoce —pese a que se dé por descontado que sus restos se encuentran descalcificándose en el osario de cualquier Sacramental—, aunque no su retrato (fular de seda blanca, raso en su chaquetilla, ojos castaño claro, las cejas muy pobladas y la nariz bien hecha, una malla de seda granate y bandolera recoge sus cabellos y un moscardón azul retiene su mirada entre cínica y dulce, febril y fernandina; un moscardón que lucha inútilmente por escapar del fanal del castillo de popa de una goleta anclada en la ribera de Trajana.

»Sus restos no podrán ser ya jamás exhumados, Delia. Sus restos no alcanzarán la categoría de reliquias, ni guardados en un pequeño sarcófago como están ya a punto de ser de nuevo inhumadas las cenizas de mi tío Florencio y los huesos dolientes de mi pobre madre, que Eugenio, piadosamente, va ordenando —vértebras cervicales, clavículas, omoplatos, vértebras dorsales, húmeros, y, por último, la noble calavera— en el interior de la arqueta forrada de negro satén.

»¿Cuál es el recuerdo más preciso —y por preciso también más imperecedero— que guardo de ella, la dulce Estrella rubia de los ojos de almendra y la triste mirada? Sus besos no tuvieron jamás sabor materno, el de esos largos besos que daba a mis hermanos. Sus manos no dejaron resbalar las yemas de sus dedos nunca sobre mi frente; sus peines no alisaron mis cabellos; no sentí ni la complicidad de su sonrisa ni la amargura de sus reproches porque no me dispensó ni unas ni otros. Éramos enemigos y los dos lo sabíamos —el único secreto de veras compartido— yo de ella por no haber a ella retornado camino de ser hombre y, ella, mío por no perdonar que de ella me separaran sin haberme defendido con los dientes, abriendo entre ambos un foso que ninguno de los dos lograríamos ya cruzar nunca.

»Y, sin embargo, Delia, catapultado desde la tumba de la niña Dolores donde continúo sentado, como movido por un resorte —el palilleo de sus huesos— me incorporo de un salto, no de tigre en celo, sino de asustado cervatillo, de gato afligido y ronroneante, y me asomo a la arqueta a punto de cerrarse definitivamente para acariciar sus pómulos y besar el espacio vacío que debían ocupar sus labios. *Los pongo no en tu boca, no, ya, no, ¿a dónde se me ha escapado?...*

MIÉRCOLES, QUINCE DE SETIEMBRE DE MIL NOVECIENTOS VEINTIUNO. Tren pescadero, cerrado y solitario; tren pintado de almagra como las barreras y los estribos de los ruedos ciudadanos con los que ardientemente sueña; tren que desde el Sur busca el centro peninsular, una Corte para él, aromada aún de miriñaques y de habanos, de mantones de Manila y blondas en los palcos de la prima plaza, donde se reafirman las alternativas y las manolas arrojan claveles sangrantes —*pisa con garbo*— a los pies de los lidiadores valientes. Tren con preferencia en la vía única, como los expresos que cruzan de noche la campiña con sus ventanillas iluminadas y sus viajeros insomnes.

Hubiera preferido alcanzar el convoy de las 15 y 20, o el de las 16, con los furgones de batea o, en el peor de los casos, los estribos de calesera de las unidades mixtas, el revisor inmovilizado durante los trayectos de estación a estación, y las garitas, tantas veces vacías de los vigilantes, acuclillado dentro de las cuales se disimula la sombra (gorrilla londinense, pantalón de odalisca y alpargatas, blanca bufanda al cuello) de un polizón ferroviario. Mas no hubo suerte. Bastaron unos minutos de retraso —el tiempo justo de atravesar los últimos metros de la dehesa cenicienta— para perder la oportunidad de trepar hasta una torreta sin guardián o acomodarse como un fardo al borde de una bandeja descubierta cargada de minerales cúpricos o estibada de troncos con olor a resina, a piña y a heliotropo. Es consciente del riesgo que corre, del peligro que para su vida representa viajar a horcajadas sobre un tope de acero. Lleva puestos los cinco sentidos en las curvas para equilibrar su cuerpo inestablemente cabalgado, pelele casi del vaivén y el traqueteo de los vagones deslizando sus ruedas a lo largo de los rieles sin peralte y desproporcionados márgenes de dilatación, pese a que la temperatura oscile del invierno a estío en más de cincuenta grados en los predios del Valle; diciembres de cierzos y agostos turquestanos. Ha dejado atrás el cerrado de los Concha y Sierra (celeste y rosa) y sus erales, jaboneros, barrosos, lombardos, cárdenos y berrendos. Ha jugado tres días —tres largas madrugadas— a la luz de la luna con la muerte frente a las cuernas de los tataranietos de *Carasucia, Almendrito, Trespicos* —que en mayo de 1846 asesinaran diez caballos y enviaran a la enfermería nueve picadores— *Primoroso* y *Barrabás* que, once años más tarde, vaciara de una cornada el ojo izquierdo de Manuel Domínguez, *Desperdicio,* en la arena de El Puerto. Se dirige ahora —porque es necesario continuar y no dar tregua a su peregrinaje— a los Covaledas salmantinos de Campocerrado

(encarnada y verde), recentales o utreros —es lo mismo— negros, colorados y castaños, y utiliza, como siempre, el barato ferroviario del billete sin costo (estribo a estribo, techo a techo —con un salto en el aire— retrete a pasillo, garita a topes y topes a garita). Es preciso entrenar la derecha y soltarse de piernas, tener los ojos a punto —y el corazón— para medir distancias; saber forzar una embestida o rehuirla, temblar las suertes, sentirse lidiador sin aplausos —ni tremolados pañuelos— solo, rodeado de encinas y de alcornoques, o de chaparros; marchitando tréboles o quebrando lentiscos en los montes bajos o en las marismas; conocer a fondo a sus enemigos —que son sus amigos también— saber de sus bravuras y sus miedos, de sus querencias y derrotes. Las tientas ni le bastan ni están siempre a su alcance. La tradición ganadera familiar ha muerto, incluso antes de la bancarrota de su padre —presentida por él desde que fuera un niño— que ya no tiene amigos a quien recurrir, o no quiere utilizarlos para que el benjamín de sus hijos —que no conociera el fuste y el empaque de los tiempos gloriosos— se convierta en espada. El aprendizaje es duro aunque su vocación sea firme y no admita renuncias. Está decidido a aprender sobre el terreno el abecé del oficio, a recorrer cercados y dehesas, riberas, serranías; allí donde su enemigo se halle él irá hasta su encuentro, burlando mayorales, engañando civiles y pastores, acostándose al alba en un henil cualquiera, sorteando cada noche la muerte como ahora hace también a caballo de un tope, sosteniendo el capote con los dientes, mientras sueña victorias en el albero, y piensa, vagamente, una vez más —como si pocas fueran— en la inestabilidad de una familia de la que huyera perdidas tolas las esperanzas de una rehabilitación económica, que ni siquiera él —desde sus soñados triunfos— conseguiría, aunque lograra doblar el cabo de las tormentas: padrinos, apoderados, empresarios, cronistas; saliendo a los ruedos, en olor de multitudes, para hacer el paseíllo vestido de luces, el capote bordado sobre el hombro, ajustada la montera, el brazo en jarra y la mirada perdida en la borrasca de los tendidos sobre los que se eterniza el sol vertical de las cinco (el sol grave y rotundo de tardes de templados naturales y medias verónicas, certeras estocadas y jazmines) para robar destellos a los alamares de un gladiador de mediana estatura, pelo castaño, ojos grises, enjuto de carne, barbilampiño que sólo posee la coleta como atributo taurino, y tan sólo la franela y la pasada hambre —en él actualizada y jamás hasta ahora realmente sentida— como blasón y espada vengadora: rabia, fiebre, y envidia de posesión de las hermosas de turno, hembras modeladas para los elegidos, de las leontinas y los solitarios, los chalecos de piqué, los botines de piel de potro, los paños ingleses, los calcetines de seda, la fragancia de los *María Guerrero*, los bolsillos abiertos a las hidalguías y a las generosidades, las sábanas de holanda, los borselinos, el champagne y las ligas —de las celebradas cupletistas—, las butacas y los *single* de los grandes expresos en los que no cuenta —como sobre los topes: el maletillaje imponiendo sus leyes de equilibrio a los aceros, escurridos como anguilas y voraces como murenas para domeñarlos— ni el frío ni el calor, ni la lluvia ni el viento, ni el alba ni el crepúsculo, ni el mediodía ni la madrugada.

Muere la tarde al son de las esquilas de un horizonte rosaflor que arde al filo justo de las ocho. La vacada quedó atrás, a diez leguas; los trigos ya azafranes reverberan espigas convertidas en cirios, y sólo las pestañas de las guardabarreras parpadean a su paso —una mancha leonada entre los vagones bermejos que discurren azotando su falda— temiendo que una curva o un cambio de rasante le aseste una mortal cornada.

Dentera, escalofrío; corre una leve brisa fresca de cordobesa sierra, lejana y próxima a un mismo tiempo; pero no hay protecciones que le valgan, bien doblado el capote, duro y recio, que pudiera servirle como abrigo. Se hace preciso cerrar los ojos y soñar los calores del verano; sentirse transportado al resol de la parra asaetada de avispas de sus días infantiles en el hogar perdido, al corral de olambrillas moriscas y geranios floreciendo arriates; a la calina hirviente de las tres de la tarde en los días de rabona y a las calmas de las noches de agosto sin un soplo de aire. Y aún así la ficción no resta a su costado una punzada larga, monorrítmicamente concertada con el caminar cansino de la locomotora que surca un terraplén, que corta un erial, que revienta en vapores nacarados de falsa agua de lluvia que también llega a él para, más nítidamente, completar su visión del otoño, a punto de morir el estiaje.

Hace tres meses que nada sabe de los suyos (tres largos meses vagabundeando de pueblo en pueblo, de capea en capea, de cerrado en cerrado, de placita de carros en placita de carros, toreando por la comida y por la cama —de colchón de carozo— por los pañuelos de hierba, abierto a los socorros, cuando los autorizan, y la certeza de no sentirse un prófugo mientras duran las fiestas patronales en una aldea cualquiera: churros, cohetes y una cuadrilla asida por el miedo al Cabo Comandante, los vestidos alquilados, en el palco el alcalde, el cura y el maestro, la procesión, la banda de los recios tambores. Más que lidiar la casta, ayudar a los mozos a correr un novillo, poner unos rehiletes sin *espantás* que valgan, que pequeña es la cárcel *(¿no se está ahí mejor que en la piedra?)*, pero abierta a cualquiera que se arrogue una profesión en la que nadie cree verdaderamente por otra parte, pero que obliga a cumplir y a mantener el tipo —frente a las rotas cuernas de reses maliciadas— a cambio de la fonda, el tabaco, la bota a discreción, o el catavino, la reseña de prensa de un modesto enviado, perdida entre las líneas de los Taurinos Ecos; el cartel con el nombre, que se guarda para historiar el hecho, y una fotografía, quizá, con toda la cuadrilla, antes del paseíllo para decir un día, aquí en Bailén, pongo por caso, despaché dos cuatreños de Pérez Tabernero. Él, no obstante, les escribe de tarde en tarde sin precisar remite (¿dónde podría situar su lista de correos?) breves cartas sobre el papel rayado del estanco, con los sobres forrados de manila violeta, en los que más que dar razón de su persona pregunta cómo marchan las cosas en la casa y por ende en el pueblo, y cómo están sus padres, sin olvidar a Estrella. Con sus otros hermanos, se limita a una interrogación genérica, no consigna sus nombres; son eso nada más y con ninguno le une un vínculo más contundente en su efectividad que el meramente fraterno, aunque en ocasiones cada una de sus hermanas, Sagrario, Encarna, Gloria, fueran para él un poco madre en distintos períodos de su vida: hermanas-madres que sustituyeran en su corazón el frío aplomo, la siempre guardada distancia, muro a veces, barrera infranqueable, de la adusta y resignada esposa que lo trajera al mundo, por las trazas sin muchas ilusiones, sin ninguna, en efecto, en cuanto su penúltimo embarazo —como en el que luego, años más tarde, daría a luz a Estrella— coincidiría con la época más licenciosa, según su perspectiva, de un marido que había conseguido rebasar ya la más alta cima de su por fin alcanzada meta e iniciaba su decadencia concretada en largas ausencias y en tormentosas noches de sotas y aguardiente cuando se encontraba en el pueblo.

Las relaciones hijo-padre son en cambio distantes. Paradójicamente, no es su hermano Luis, el primogénito, su primer favorito —le faltan nervios y vitalidad para serlo—, sino él, al ser contemplado desde la óptica de un corazón vagabundo también, también rebelde, un eterno soñador de quimeras, casi todas alcanzadas; impaciente, colérico, vital y generoso, que entre el riesgo y la pasividad elegirá siempre el riesgo, aunque sean sus propios hijos quienes lo corran.

Cartas, pues, que puntualmente envía, pero de las que jamás, recíprocamente, recibe contestación. Epístolas llenas de interrogantes que no tienen respuesta; letra caligráfica y pulcra impropia de gente del oficio que firma con la huella dactilar o la cruz —aspa de San Andrés, signo en multiplicando— y para quienes escribir es cosa de capellanes y leguleyos. Preguntas que siempre son las mismas y que parecen calcadas de un acta sumarial o un testamento —una constante para su memoria—: ¿Embargaron la prensa? ¿Se vendieron las últimas borregas? ¿Será posible conservar la viña? ¿Y el olivar? No se hace referencia a la punta de la vacada de media sangre que pastara en la Marisma y fuera sacada a públicas subastas; ni a las hazas trigueras de las tierras de barro, en los linderos mismos del partido, expropiadas por orden judicial; ni a la cuadra de caballos, perdida hace años en el tapete una noche de sotas; ni a los secaderos de tabaco, ni a las jardineras floridas de madroños, ni a los cebaderos de cerdos, ni a las escopetas con incrustaciones de nácar, sino a los últimos vestigios —que fueran los primeros— de los bienes patrimoniales: el pequeño viñedo, el ganado doméstico, la prensa molturadora, el centenar escaso de olivos de verdeo, el palomar, la casa, el menaje, el ajuar los viejos muebles.

Se promete a sí mismo —ahora en este instante— continuar su peregrinar durante un par de meses más tan sólo. Es preciso regresar y permanecer una quincena con los suyos antes de proseguir de nuevo perseverando en sus propios afanes. Necesita ver con sus ojos cómo siguen las cosas y recuperar el pulso perdido: sentarse, si aún es posible, en la mecedora frente a la ojiva de medio punto del corral, que es patio, jardincillo y salita de estar al mismo tiempo, los inviernos de sol y las noches de estío; contemplar las llamas chisporroteando la campana campesina; volver a pasar suavemente —como cuando era niño— la yema de los dedos sobre las aspidistras del corredor; dar de comer a las palomas y enternecerse con el nuevo plumón de los pichones; pasear un atardecer hasta el Humilladero y sentarse en el pedestal de la cruz; asistir a un funeral o acompañar a un entierro; beber un vaso de vino nuevo en la taberna.

Vencidas las servidumbres de las vaguadas —terreno de aluvión del antiguo lecho del río— comienzan a suavizarse los cambios de nivel, las curvas sin peraltes, los estrechos terraplenes sobre la roca viva. El convoy ferroviario regulariza lentamente su marcha al deslizarse por tierras de la vega sobre unos rieles a los que el sol, en lontananza, roba sus postreros reflejos. Ahora es ya posible relajarse, distender los músculos, aflojar las rodillas, soltar casi las riendas de su potro, que parece encontrarse ya domado. Es más violento el aire, prematura otoñada de un final de setiembre que destempla el anochecer y empaña los metales. Sin embargo, el capote, abierto en abanico, le sirve ahora de manta protectora, le defiende los hombros y la caja del pecho —desde el cuello hasta el vientre— y comienza a sentirse dulcemente enervado. Su lucidez queda difuminada de repente entre las hopalandas granates del engaño, sus costuras al sesgo y los pliegues de su forro entintado de gualda. Se contrae y achica su capacidad intelectiva hasta casi al *ralenti*, en invernación. Es algo así como encontrarse a las puertas del sueño, inmerso en una tupida duermevela que no puede vencer y de la que no parece desear salir tampoco, como contemplarse a sí mismo a través de una lupa, celular, debatiéndose en la angustia de saberse minúsculo, sin fuerzas para ganar la orilla de la gota de agua donde se defiende nadando, mojadas las alas de la libélula en que ya por fin dentro del sueño cree haberse convertido al cabo de unos instantes, desventuradamente suficientes para entrar de rondón en la Eternidad envuelto en un capote de brega, banderilleando primero y estoqueando más tarde como la mariposa al fin y al cabo que es ya en rigor: pinchada —en acerico— por alfiler de adolescente recién desposada; apuntillado por cientos de ruedas —ruedecitas de cronómetros— del "llegaremos pronto" —canción de vía de los expresos soñados aunque nunca alcanzara a en ellos viajar, Florencio a secas, mal nombre para un cartel taurino (¿Sería *Santa Olalla de Acero*, por ventura, su máquina de arrastre?).

»Continúa siendo hoy para mí todavía un enigma, Amelia-Delia, aquella cajita —aparentemente inocua— forrada de raso e incrustada de azogues, conchas y caracolas marinas que me pidieron te entregara cuando fueras a esperarme al transbordador; un automóvil *Volvo* y un ramito de nomeolvides en el pelo, pantalón color avellana y un *Fred Perry* amarillo limón, ésas fueron las señas para identificarte, en Vila Real de San Antonio, margen derecha del Guadiana (misterioso río que, como tú, Delia, se pierde y reaparece, cuando menos se piensa, adaptando los más insólitos disfraces antes de ser definitivamente poseído por la mar en los esteros de Ayamonte; aguas conquenses, mesetarias aguas, agua de Hornachos y aguas del Andévalo, agua de Tharsis y agua del Algarve, todas las aguas casi de la Iberia). La alborada de agosto —*cirrus* sobre el Atlántico— se despeinaba tras las pinedas de Isla Cristina. Olía a pescado en putrefacción, a café contrabandeado y a pimienta de Mozambique la cubierta del *ferry* que zarpaba, estremeciendo con su sirena el vuelo de las gaviotas aún adormecidas y el cansancio insomne de los viejos pescadores que remendaban redes en el malecón, junto a los poyetes de la Ayudantía. Un velero (¡Albricias!) dribló la proa amaranta del trasbordador, y su arboladura crujió a nuestro paso antes de que el *San Diego 4-H-1879* buscara la diagonal del muelle lusitano acelerando suavemente la cadencia de sus motores. Cales a ambas orillas, ya en mitad del curso. Dos perspectivas para una idéntica postal de no ser por los rojos tejados de pagoda, coloniales tejados de un lejano ultramar y los cipreses del cementerio de la ciudad, allí, junto a la orilla, rodeado de higueras, olivos y viñedos.

»¿Desconfió de mí acaso, Amelia-Delia, el capitán de la *Direcçao-Geral de Segurança*, soberbio y soñoliento al que —ya en tierras portuguesas— di a sellar mi pasaporte? ¿Y aquel nervioso teniente que en la aduana abrió mi valija —anexa a cuatro inmaculados lienzos (30 por 60), al pequeño caballete portátil, la caja de mis pinceles y mis óleos, la banqueta plegada— y descubrió tu cajita de conchas —que no tocó, siquiera— entre un par de camisas y unos *slips*? Ninguno de los dos, probablemente. Sus insolencias eran inherentes a su condición, sus desplantes consustanciales con su oficio. La amargura de sus sonrisas estaba a tenor de su desconfianza frente a cualquier manifestación estética. Eso era todo (los huesos de mi tocayo, palillearían en su tumba Amelia-Delia amenazando un nuevo e inútil artículo en *Le Combat*) (1).

»Resultó fácil la identificación. Primero hiciste sonar el claxon en el momento justo en que, aún desorientado, cruzaba la explanada desierta; luego, ya junto al coche, sonreíste para indicar que me sentara a tu lado tras rogarme dispusiera mi equipaje en el asiento trasero. Si eras tú, Delia, de nuevo te encontraba convertida en una tal *Amélia da Conceiçao Marques* de veintitrés años de edad, cabellos castaños, un metro setenta de estatura —lo que tendría ocasión de comprobar

(1) *Nota del Editor:* El autor se refiere a Albert Camus, que visitó Portugal a finales de la década de los cuarenta.

más tarde— estudiante de arquitectura, ojos grises, breve el busto, espléndida la dentadura, desenfadado el gesto y, a la vez, melancólico —muy celta tú— que lo primero que hizo fue preguntarme si no había tenido problemas en la aduana para interesarse a continuación por la salud, brillándole los ojos, con vehemencia, de Peter, (¿de *Peter Pan*?, me dije, ¿quién es Peter?) a lo que contesté respondiendo a la vez a ambas preguntas que todo marchaba perfectamente y que no había novedad con lo cual ni mentía ni dejaba la respuesta en el aire. ¡De modo que un rival; un amor lejano e imposible. Probablemente un británico o, mejor aún, un escandinavo vendedor de *Clarté*, joven rubio y apuesto! Habíamos dejado atrás la ciudad, tras cruzarla —los cafés ahora ya recién abiertos, acabados de regar los mosaicos de colores de sus terrazas— y rodábamos lentamente, según todos los indicios, hacia Tavira-Faro, lo que deduje no porque lo dijeras, sino gracias a los —no por infrecuentes menos expresivos— carteles indicadores de ruta.

»Carritos agrícolas con caprichosos dibujos verdes, añiles, rojos, amarantas, pulidas guarniciones airones de cerda al trote de sus lustrosos mulillos "piel de rata". *Paras*, más *paras*, unidades contraguerrilleras, boinas marrón terroso, negras boinas, uniformes de faena o combate; tanquetas coloniales —¿italianas, francesas, belgas acaso?— y los camuflados T. T. de municionamiento, con el logotipo esmaltado en azul, discurriendo por la carretera solitaria, saliendo o entrando en las lindes de las aparcerías y de los acuartelamientos rurales, ocultos los conos de las tiendas castrenses, adivinadas tras los encinares y los olivos de las ocres colinas de las tierras labrantías y de la dehesa. Ni una sola palabra, ni un gesto, ni una mirada tuya, ni un reproche, al pasar al lado de los ingenios de guerra. Hubieran de transcurrir algunos minutos antes de interpelarme: —fue exactamente una interpelación—. Tengo entendido que reservó su hospedaje en Mantarrota. Allí vamos. Luego, si no le importa, será para mí un placer que almorcemos juntos. Más tarde, en Faro, tomaríamos café con unos amigos a los que les interesaría conocerle. Son ahora —y miraste el reloj acercándotelo a los ojos, por lo que descubrí tu miopía, hasta ese punto eras fiel a ti misma en tu desconcertante reencarnación— poco más de las nueve. Hasta las doce, si lo desea, puede descansar, o darse un baño en la playa; *está linda la mar.* Vendré a recogerlo sobre la una. ¿Puede? Por supuesto que podía, pero sabes lo mucho que me choca ajustarme a un programa previo y mucho menos a una de las múltiples consabidas esperas que tanto me aterrorizan e impacientan, así que te di la callada por respuesta, lo que tomaste por una aceptación sin condiciones (¡tanto silencio el vuestro; tanta sordina, tanta mordaza han complicado aún más vuestros diálogos, de natural ya discretos!) y te dejé conducir impávida y serena (despacio, por supuesto, pensando seguramente en el riesgo que corría la misteriosa cajita incrustada de caracolitos y de conchas que venía a entregarte y a la que todavía, directamente, no había hecho la menor referencia) mientras a tu lado calculaba pericialmente las proporciones escultóricas reales que modelaban tu *Fred Perry* y tu impoluto y ceñido pantalón beige avellana, lo único que tenía para mí algún sentido en aquella absurda historia fronteriza.

»Un giro a la izquierda sin mirar por el retrovisor y sacar el intermitente en una curva demasiado cerrada —un violento giro a la izquierda que, paradójicamente, no parecía, a pesar de todo, estar también prohibido— chirriando los neumáticos para adentrarnos en una carreterita estrecha y serpentina orillada de laureles, alcornoques y casitas de muñecas con ligeros, casi fantasmales, penachos de humo en los vértices de sus chimeneas.

»Por fin sonreías para darme por lo visto a entender que nos encontrábamos a escasos kilómetros de mi alojamiento (y de nuevo el olor de algas lo confirmaba) especialmente elegido a miles de kilómetros de mi residencia habitual precisamente por su vista al mar y su garantizado silencio. Eso fue exactamente lo que te traicionó, la sonrisa, demasiado estudiada y glacial para ser, en el fondo, auténtica, con la que pretendías ocultar tu desasosiego. La aproveché para iniciar galantemente un primer tímido ataque, que sin ella quizá no se hubiera tan rápidamente producido: "Me permitirá, al menos, que la invite ahora a una copa en cualquier sitio." No lo pensaste. Frunciste los labios y las aletas de tu nariz oscilaron levemente, una instantánea —apenas perceptible— de no conocer de memoria tu característico gesto invariablemente inequívoco: "Es temprano, no acostumbro a estas horas, y en general no pruebo el alcohol más que en ocasiones señaladas. Sin embargo, puedo acompañarle por supuesto. Encontraremos un *bistró* a la entrada de Mantarrota, un sitio agradable." "Espléndido. He dormido mal esta noche, y en Ayamonte los bares estaban aún cerrados."

»De nuevo el silencio. Te concentrabas al tomar suavemente cada curva, como si nos deslizáramos sobre un asfalto mojado o una brillante alfombra de terciopelo. La arquitectura, a uno y otro lado de la carretera, perfilaba su geometría oriental, su sabor africano y su barroquismo, gracias a una mano de obra artesanal y barata y a un gusto específico por el color que sólo y exclusivamente la raza negra es capaz de aportar a sus usurpadores al desconocer las leyes realistas de cromatismo de Occidente que hiciera abortar en cierne las obras de tantos olvidados genios: rosas los zócalos, celestes las fachadas, verde pastel las molduras —o al revés— blancos y añil los marcos de las ventanas, ocres las puertas, gualdas los dinteles —o a la inversa— violetas los voladizos y las cornisas —pámpanos, tréboles, hojitas de mirto, cadenetas— amarantas las rejas, canelas o coral; carne de doncella los lienzos, granates los batientes y las jambas, o al contrario.

»No encontrabas sitio para aparcar o, mejor dicho, no dabas con el lugar apropiado, no porque otros automóviles lo impidieran, sino por la especial disposición del *bistró* (¡Abierto, vive Dios, abierto!) situado frente a un cruce. No obstante, tras meditarlo unos instantes, detuviste el viejo *Volvo* en la esquina misma del chaflán —probablemente para obligarme a ser breve— y señalaste una mesa de la pequeña terraza donde flameaban ya los manteles. ¿Brandy o *medronho*? preguntaste. Y te contesté que *medronho*, por supuesto, si era, como suponía, un aguardiente regional seco y de alta graduación, a lo que contestaste que ésas eran precisamente sus características.

»Y, en efecto, acertaste. Noble bebida, Amelia-Delia. Noble y afrodisiaca bebida destilada de la pulpa de los dorados madroños de Sierra do Malhao a los que el sol y la brisa del Atlántico Sur cargan de báquicos azúcares y el alambique transforma en finas y satinadas holandas para satisfacer la no excesiva sed de un pueblo dulce y melancólico, carne de cañón de las encrucijadas del mundo.

»Tomamos, juntos por descontado, una primera copa, y a continuación una segunda, e incluso una tercera antes de que volvieras a poner el coche en marcha camino de lo que iba a convertirse en *nuestro* hogar. Sí, Delia, así fue de sencillo, y continuaría siéndolo a lo largo de la quincena que permanecimos juntos, a pesar de lo cual jamás te pregunté ni quién era Peter —con el que soñabas en voz alta muchas noches— ni qué contenía aquella aparentemente inocua cajita —un primor— de doble fondo. ¿Una *cassette* quizá? ¿Unas *gelatinas* o unos *ferros*? ¿La llave de un castillo en Luanda, en Beiras o en Quelimane? ¿Acaso la fórmula secreta para terminar vuestra sucia guerra o un nuevo explosivo para realizar el sabotaje de una central eléctrica? ¡Quién sabe! Probablemente todo era mucho más inocente, y me limité a ser el involuntario portador (a pesar de vuestro aire de conspiradores; tuyo y de tus amigos) de una libra de *nieve*; porque el caso es que cuando fuiste a despedirme a orillas del Guadiana me hiciste entrega, en nombre de la *B.R.* (?) de un hermoso juego de té de porcelana *(Country Cottage-British Anchor England East 1884)* como recompensa a mi *heroísmo.*

LUNES, TREINTA DE OCTUBRE DE MIL NOVECIENTOS TREINTA Y NUEVE. Chilla el berraco asesinado de una cuchillada al borde de las seis. El alba ha llamado ya a los cristales sin visillos de la casa-tinahón, la casa cuadra, la carnicera casa matadero. Otoño melancólico de lloviznas, de recién recolectadas aceitunas de verdeo; dulce octubre tras el noveno mes del mosto en los lagares. La mañanita que no la despierta el grito de muerte —casi relincho caballar— de un cerdo —una cascada de sangre sobre el caldero de cobre, junto al abrevadero de los novillos y los corderos, que también serán sacrificados o vendidos, o utilizados para el trueque por vagones de avena, de centeno, de alpiste— la despierta la carga sigilosa de una partida de tabaco fermentada en el estiércol que, burlando vigilancias o concertando treguas beneméritas, sale de la casa oculta entre las pacas de paja en una carreta de bueyes parsimoniosos aguijoneados por las cazurras garrochas campesinas que saben vadear los ribereños límites de las casillas del Consumo y alcanzar la Trajana por los meandros de La Cartuja, o trasbordar los alijos, al llegar a la vega, a un reguero de bicicletas —esperanzados *coolíes* pedaleando los amaneceres nacarados— que concertaron previamente su cita con la puntual nodriza de la carroza chirriante. Tabaco húmedo aún, pero listo en sólo unos días para ser fumado. Matas enteras escamoteadas al cupo de las de la Real Fábrica —donde Carmen destrozara el corazón de un galaico Dragón— (Carolus III, Rex) reventado monopolio de unas Antillas, más lejanas que nunca, más inalcanzables que nunca (ese siempre esperado barco en el puerto, que no llega) tras la recién terminada contienda y la nueva conflagración que moviliza aún los regimientos de línea en las fronteras.

En última instancia, si algún amanecer no la despiertan el trajín del tabaco o la matanza, lo hacen los pájaros en la higuera del corral: piar de estorninos en marzo, de jilgueros y golondrinas en estío y de ateridos gorriones en otoño e invierno. Relojes implacables para su duermevela insomne reinando noches enteras y enteras madrugadas en el hijo ausente, el hijo soldado de la última quinta llamada a filas, remplazo que corresponde —casi— a los años transcurridos desde su casamiento con el primogénito del carnicero de la villa (qué otra solución, pues, podía ella esperar, la menos agraciada, sino la de desposarse con cualquiera por la Iglesia) —«*a la lima y al limón que no tengo quién me quiera, a la lima y al limón me voy a quedar soltera*»— para convertirse en la única entre sus hermanas que, tras la definitiva hecatombe, se quedaría en el lugar por haber unido a tiempo su suerte a la de un hombre recio y vital, sentencioso y oscuro, que ahora, tras años de penuria al otro lado del mostrador de la tabla carnicera, tras años de tocinos, gandingas, bofes y chanfainas, hace el agosto en las cuatro estaciones, metido de lleno —con esa osadía que sólo da la certidumbre de medrar no exponiendo en el empeño una dignidad y un honor del que se carece— a traficante de todo lo que la Ciudad Fluvial, las ciudades todas, de Finisterre a Gata y de Creus a Ayamonte, solicitan a cualquier precio: harina, tabaco, aceite, cerdos, caza, vacunos, leguminosas, lana, leche; justificando, si fuera necesario, su rápida prosperidad por cumplir los preceptos evangélicos: enseñar al que no sabe, vestir al desnudo, dar de comer al hambriento. Tras la ironía de la sentencia, su risa, en el casino, hace estallar las lunas de los espejos, mientras en el tapete verde apuesta aquellas últimas cartas que no pudieran jugar ni sus cuñados ni su suegro, y apura un doble de coñac.

Menos desgarrado el lamento quizá, menos larga la agonía que la de otros amaneceres; certera cuchillada, firme el pulso al quedar atravesada de un solo tajo su garganta. Pero, en cambio, ahí están los pájaros —monótonos, rítmicos, agotadores en su trinar, como chicharras durante las siestas del verano— para complacer la doliente sinfonía de cada mañana. Gracias ha de dar a Dios, como todos los días al despertarse de su destemplada duermevela que no llega jamás a alcanzar el sueño, trasponiendo, sin embargo, los límites de la ensoñación y transformando en onírico su pensamiento. Y las da; por el hijo, salvado milagrosamente tras dos años de lucha que, a pesar de no haber sido aún licenciado, vive y respira y contempla de nuevo el sol cada mañana y escribe largas cartas en las que habla ya de la inminencia de su regreso desde las roqueras atlánticas casamatas, frente a las aguas azules de la fronteriza bahía; por él, y por el marido que le ha deparado la suerte, también gracias. Ni una queja en veintitrés años de matrimonio. Nada que reprochar, alguna vez, si acaso, una partida de naipes que se alarga hasta la madrugada y unos vasos de más, cosas de hombres ¿va a ser sólo el trabajo lo que aliente su vida? Ellos, pues, todos los varones, ya se sabe... Nones de faldas en cambio; jamás una murmuración en trajín de mujeres, pese a tratarlas prácticamente a todas y estar familiarizado con ellas —viudas, casadas, mozas, jóvenes, niñas aún, en edad de merecer las más, las más sin hombres que se llevó la guerra, y corriendo los tiempos que corren— en el mostrador y chicolearlas al quiebro de las ventas, cosa muy natural que buen trato y mejor sonrisa, halagos y parla, requiere el oficio, duro oficio más aceptable ahora si se piensa por los gajes de la escasez, y el alivio —por su otro costado y a su sombra— que representa el tráfico de todo lo que cae; que todo es bueno para hacer fortuna y bendecir la guerra ahora que ha terminado, el hijo casi en casa, salvo y sano.

Gracias, Señor, gracias, mil gracias mil (con la misma fe e idéntico entusiasmo de cuando moza ante el sagrario abierto —frente a la Eucaristía— la Fiesta de la Espiga, gentil junio de soles y amapolas. Venid adoradores y adoremos). Gracias mil —por añadidura, lo que se os dará— porque no enlazara su vida con un grasiento y fofo menestral como su hermana Encarna —esclava tras el mostrador ciudadano— ni aceptara la soltería —feliz quizá con tantos amoríos— de Gloria; que hay que nacer para las cuatro letras y tratar tantos hombres, aunque gusten, e incluso no sea tan malo como dicen cambiar a veces, pues ¡quién sabe!; ni tropezando —boda de blanco y ramos de azucenas— con un inútil y apuesto señorito de ciudad, con la cabeza a pájaros, como la bella, dulce y desdichada Estrella, con la que apenas guarda otra fraterna relación que la de algunas tardías visitas para darle consejos —¡tan joven aún y tan desamparada!— de cómo tratar a un marido calavera: alzar siempre la voz, gritarle las culpas, escupírselas, obligarlo a razonar, ignorarlo en la cama, no sentarse con él jamás a la mesa; viejos preceptos infalibles —sin olvidar tampoco el desprecio y las salidas de tono— que le obligarán sin duda a la reflexión y a la vuelta al redil sin comentario; así llegará el día, persevera; a los hombres la marcha; es un camino, el otro la sumisión (que es lo que hago) no te lo recomiendo (se queda para mí que soy ya vieja y fui sumisa de joven; ciertamente los patos feos no tienen otra alternativa).

Ya comienzan a solicitar en el control su pienso las gallinas y mugir el ordeño las dos vacas de leche. En cambio, han callado los pájaros cuyos tremoles se oyen lejos, por la cuesta del Tisca, al borde de la huerta, y el olivar frontero al cementerio. Es el momento de saltar de la cama, alisarse el cabello, encender la campana y moler el café del desayuno, el café portugués que no le falta. (¡Qué no falte, Señor, que no me falte!) Carozos para el fuego de la campana, ásperos y bermejos carozos de maíz, desgranadas panochas livianas como *sultanas* de canela, como panales de avispas, y combustibles —una vez prendidos tras rociarlos con aceite de piedra— como la misma pólvora (aquella negra pólvora, con brillo de grafito de los cartuchos dispuestos para el tiro en las escopetas paternas, inolvidadas ¡mas quién piensa ahora en eso, en los lejanos tiempos que se fueron!). Apila como medio centenar de ellos, cosa de dos brazadas, y los ordena luego cuidadosamente antes de rociarlos de petróleo y prenderlos con la llamita trémula de un fósforo de enrollado papel parafinado, también la restricción se extiende a las cerillas y a sus cabezas, tercas a las fricciones sobre la lija granate. (En definitiva, para qué borrar el rojo también —como de tantos otros sitios— de la cajita, un color incendiario; la asociación es justa y simbólico el hecho del fuego de las hordas.) Un fogonazo abre un camino de sombras danzantes en la cocina, el lar, la estancia donde se permanece todo el día, mientras cuelga de la cadena la olla con el agua y el molinito (ELMA) tritura los granos de café de Angola que cruzaran la raya, aguas del Guadiana, por Vila Real de San Antonio. ¡Gracias, Señor, gracias, mil gracias! Sólo cuando se amortiguan los fogonazos y la geometría vuelve a recuperar su inmovilidad: aparador, repisas, láminas enmarcadas, un San José de yeso, una oveja de falsa porcelana, un candil, luz de ánimas, cuatro sillas, el hule perfilado sobre la negra masa dentro de la penumbra leve de un alba sin la corriente eléctrica (el fluido que se ofrece sólo tres cortas horas, desde las diecinueve a las veintidós, según el bando, a toque de retreta) advierte, sólo entonces advierte que el oído puede haberla engañado, que la luz solar es mínima aún y que (tras asomarse por el ventanillo —puertecita de confesonario— oscuro postigo abierto a la corraliza) el tinahón no da todavía señales de haberse iniciado ya —o terminado— el rito matinal de la matanza. ¡Este hijo que me roba el descanso, que me cambia las horas, este soñar despierta, este dormir sin sueño y este cavilar siempre! Sin embargo, cuando se levantó —y de eso está segura, y cierta, por supuesto— su marido no dormía ya junto a ella; la primera señal, el encontrarse sola, para echarse el vestido y saltar de la cama aunque no hubiera percibido los avisos del alba, ni el de las corderas, los verracos, y los pájaros, ni el trajín de las sacas de tabaco en el estiércol repicando diana en sus oídos.

El agua hierve ya a borbotones; agua a cien grados que le trae hoy, sin saber por qué, recuerdos de partos ajenos —que fuera único el suyo— y de ajenas calamidades: guerra, dolor, quirúrgicas intervenciones; agua hervida para aflojar vendajes supurados, para restañar heridas, para limpiar orzuelos, para preparar las infusiones de tila de los deshechos nervios, sabiamente combinada, a espuerta a veces ¡oh, paciente herbolario!, con ese café que tanto daño le hace, pero del que no puede prescindir. El agua desborda ya el nivel de la olla y al rebosar está a punto casi de apagar el fuego. ¿Dónde está, dónde se encuentra él —compañero, marido, hermano más que amante, ¡más que amante!—? Mira, por fin, el reloj de plata, la saboneta colgada —leontina cordobesa de grabadas iniciales, cúprica en las junturas del cristal y la tapa— de la repisa de marquetería sobre la que bosteza un perrito de mica viruelado de huevecillos de mosca: las cinco y media en punto. ¿Qué hora es ésta? No, no, no, no es posible, ¿o es que estaré soñando? Quizás en el nuevo despacho, la accesoría alquilada —frontera al zaguán propio— para ampliar el negocio, pueda hallar la respuesta: el mostrador de mármol, forrado de mosaicos los lienzos de la tabla carnicera, cromada la balanza, todo tan limpio, todo tan aséptico, un quirófano casi para colgar de los pulidos ganchos la muerte convertida en proteínas.

Vamos a ver, veamos; que mal se puede descuartizar un cerdo o una borrega sin luz alguna, un ruchillo (silencio, chits, que ese gato por liebre no hace daño y se cotiza a precio de ternera) o un choto para hoteles: el *Inglaterra*, el *Cecil*, el *Alfonso*, el *Majestic*, el *Cristina* —albergues diplomáticos— donde, personalmente, él lleva los rojos solomillos desangrados; rosada carne como piel de muchacha en flor: los quince años.

Vamos a ver, veamos. Y ve, en efecto, por sus propios ojos, a la luz del candil en la accesoría, lo que jamás haber visto debiera y nunca exactamente así lo imaginara, silenciándoselo, poniendo puntos suspensivos siempre a algo que debiera haber complementado hace mucho tiempo con la frase fatal, la lapidaria frase: ¡el adulterio! Y lo contempla entre absorta y extasiada —que nunca este homenaje a ella le hicieran— entre resignada y colérica, antes de dejar caer el candil y desmayarse: Apernacado sobre una hiperbólica doncella —veintiséis primaveras, rubio el pelo, los ojos asombrados, pequeño el sexo, las caderas redondas, desnuda sí, desnuda, las ligas de color sobre las negras medias, con la espalda apoyada en las blancas baldosas— y él a sus pies, fervorosa y ridículamente arrodillado.

...»Aún hoy, Delia, ahora aquí, cruzada la barrera que debiera haber marcado el límite de mi incapacidad para sentirme alguna vez maduro, me pregunto las verdaderas, las profundas causas de mi caos. ¿Cómo empezó todo realmente? Necesitaría encontrarme en posesión, haber heredado, centenares de placas de gramola y docenas de rollos de la vieja pianola —aquella inútil y, no obstante, vedada a la curiosidad de los niños que hubieran sido grabados exprofeso en aquellos años día a día, minuto a minuto— mientras dormía ya entonces su vetustez en el corredor esterado por el inefable abuelo que no aceptara jamás la presencia de mi madre en el estrado de rejilla del patio de las ranitas vidriadas. Nítidas grabaciones para espigar el momento fatal y descifrar la clave del *cambio* (certera estocada para una lenta hemorragia, mortal aguijón de avispa).

»Algunos datos, insuficientes, frases sueltas, entrecortadas conversaciones —entre Esther y Natalia— y algunos acontecimientos me dieron por entonces una pista en la que creí debía perseverar. Falso. ¿Acaso bastan hoy para completar el *puzzle*? Intentémoslo, sin embargo, una vez más: Sonora bofetada de Javier Gentile a su hermano, el Artista, en el descansillo de la escalera, que no se atrevió a contestarle por miedo a su agresividad / Detalles muy precisos sobre la vida alegre de Gloria, amancebada con un coronel de Artillería / Llegada de Esther de Roma-vía Lourdes / Detención de Augusto / Salida clandestina de un volquete cargado de mármol de Carrara —recién importado—; operación dirigida —burlando la vigilancia de mi abuelo sobre sus sagradas propiedades— por mi padre, en estrecha colaboración con tres infieles empleados de la manufactura /

Muerte de Augusto / Entierro de Augusto en el panteón familiar / Regreso del Artista de su exposición antológica en Los Angeles / Llegada de tía Virtudes del Madrid sitiado, vía Irún, e inmediata salida para Salamanca. (¿Al Cuartel General?) / Parodia de suicidio: ataque de locura de mi padre, en el jardín, con una pistola en la mano (terminó por disparar sobre las salamanquesas en el frontón del jazminero en flor) / Esponsales del Artista con su querida de siempre —apadrinado por mi abuelo— en la Real Capilla de la catedral metropolitana / Muerte del genovés, de cáncer de próstata.

»Una serie de *noticias,* Delia, podían ayudar a completar el *puzzle; noticias,* en cuanto eran recibidas por el sistema Morse, y me llegaban del exterior: 1.° Dolencia de mi padre / 2.° Salida de la principesca Beatriz —mi hermana— del Internado (a continuación de haber pasado unas vacaciones de Navidad fuera del Colegio) / 3.° Primeros síntomas de la enfermedad de mi madre / 4.° Enfermedad de mi hermano / 5.° Adquisición y traslado familiar a la casa de Valdelancina / 6.° Salida en coche-cama de mi padre (destino Miraflores de la Sierra) / 7.° Muerte de la princesa —enterrada en el panteón familiar de la Ciudad Fluvial— / 8.° Muerte de mi padre —enterrado en la Sacramental del Divino Pastor, sin la asistencia del Artista / 9.° Muerte de Estrella —enterrada junto a su hermano en este cementerio.

»Ahora bien, Delia, si las *noticias* exteriores guardan un riguroso orden cronológico en este monólogo, los *datos* internos en cambio son imposibles prácticamente de enumerar, en cuanto se trata sólo de *flashes* aislados —de conversaciones escuchadas casi siempre a medias—, y de la utilidad de su cronología debe responder el genealogista de la apócrifa crónica familiar, si lo estima oportuno y en la seguridad de que sirviera realmente para algo saber, pongo por caso, que el regreso del Artista de Los Angeles se produjo dos años antes de la muerte de Augusto, o que la expropiación indebida de una partida de tableros de mármol de importación —del que fuera culpado mi padre por el juzgado de primera instancia, tras la correspondiente denuncia paterna— ocurrió antes de que Gloria —ya ciertamente madura y especialista en nitroglicerina en la Maestranza de Artillería— pasara a ser la amante oficial del Coronel-Director. Se trata de episodios intercambiables, y un rompecabezas puede empezarse a armar partiendo de la más difícil irregularidad de cualquiera de sus partes. Todas —no ninguna de ellas aisladamente— configuran la sorpresa que proporciona el *puzzle* completo. (Quizás este libro pueda representar un saludable intento de aclaración más explícito.) Tomemos, por ejemplo, el caso más novelesco y nada dramático, por supuesto, de los amores de Gloria —*esa mujer*...—. Los datos —los informes— que de ella me llegaban de muy niño procedían exclusivamente de las conversaciones invariablemente en clave y a media voz, que sólo tomaban cuerpo y dejaban de ser incoherentes a medida que languidecía el murmullo del varillaje de los abanicos (dris-dris, dris-dris) en el estrado de rejilla, ya descorrida la vela —el Angelus en la torre de la parroquia, y en la calle las ruedas de los tranvías menos chirriantes—. Palabras aisladas, a veces solamente sílabas, podían, en ocasiones, ser mucho más reveladoras que las frases y las oraciones completas de un diálogo de *comédie française*. La identificación de mi tía Gloria con *esa mujer* (que había abandonado la casa paterna fugándose con un hombre casado, que llegó a la Ciudad Fluvial sólo y exclusivamente en posesión de sus piernas, regordetas y firmes, su pecho alto y voluminoso de *miss* bética pintada por R. de T., envuelta en un vestido de satén verde (como el turbante del Profeta) la cascada castaño claro de sus cabellos, su desvergüenza y su desparpajo, que entrara a trabajar *(sólo sabe Dios a qué precio)* en la *Pirotecnia*, que alquilara sala y alcoba con derecho a cocina en el sórdido arrabal inmediato a la fábrica, que colocara en la ciudad a sus hermanos y terminara llevando a vivir con ella a sus propios padres —tras los esponsales de mi madre, supongo— tardó años, quizá sólo meses o semanas en la distancia de mi tiempo, en producirse. Más tarde, el nombre del coronel, compañero de andanzas de mi padre y probable contertulio del Artista al frecuentar el artillero los más antagónicos ambientes (posteriores informes lo convierten en el único salvador de Augusto, salvación paradójicamente lograda por Gloria a golpes de la danza del vientre, en cuanto fue a *esa mujer* a la que precisamente hubo de recurrirse la noche de su detención y encarcelamiento) su simple nombre de pila —digo— me llegó a resultar completamente familiar, siempre, por supuesto, asociado a aquella especie de fantasma (casquivana, independiente, *zorra*, otra ininteligible por entonces adjetivación para designarla en los arreboles del patio) que interferiría, al igual que sus fraternas, Sagrario y Encarna, como si fueran ya pocas las interferencias de los habitantes del viejo caserón, las difíciles relaciones matrimoniales de Estrella —afligida y desamparada en sus infortunios— que se veía obligada a luchar no ya sólo con la irresponsabilidad o las frustraciones de su marido y la incomprensión de todas y cada una de sus histéricas cuñadas, sin excluir a su suegra, sino con la intromisión (jamás el amor) de sus propias hermanas —que bien pudieran haber sido sus propias madres— en íntimos problemas que sólo exclusivamente a ella y a Javier correspondían resolver de haberse sentido él alguna vez verdaderamente responsable. ¿Frivolidad, simple impotencia la de mi padre arrodillado por culpa del viejo genovés a los pies del Artista, monitor, ejemplo, cúmulo de perfecciones? No soy quién para juzgarlo. Me limito a exponer una serie de acontecimientos que concluirían en tragedia en una casita irrisoria comparándola no sólo con el viejo caserón, sino incluso con la que viera nacer a Estrella —partiendo de la casuística de cuya ubicación y toponimia (mis salidas de ella como un sonámbulo ya consumado el drama son las culpables), llegaría a conocerte, celeste colegiala, raro esplendor en el páramo de mis desventuras.

»Eugenio cierra ya —palustre en mano, un toque al tacto que retumba del mango sobre los ladrillos— la bóveda del nuevo nicho definitivamente clausurado. Dentro de él, en su vientre, quedaron las arquetas y la laura de rosas; dentro la sinrazón —tibias y calaveras, y el eco de la voz dulce, de la imposible voz a *ella* debida. Se firma el acta, sí, se firma el acta, trámite ineludible, sin embargo —doble copia mecanografiada— autorizando la exhumación y la nueva licencia para volver a enterrar lo que la tierra purificara en veinticinco años, justamente en veinticinco años.

»Se recogen las herramientas, se apilan los partidos ladrillos decrépitos y supurantes, las esquirlas de mármol (¡oh, mármol, mármoles; mármoles de Coín y de Macael, de Bélgica, de las viejas canteras de Carrara, mármoles doloridos por la muerte que siempre os acompaña!). Se barre el polvo, se recorta la hierba, se apisonan con agua los senderos, se sacuden las ropas de trabajo, se palmean las perneras de los pantalones, las espaldas de las blusas, se fustigan las alpargatas antes de calzarse de nuevo los zapatos.

»Todo ha vuelto a su ser, hasta las golondrinas y los pájaros que huyeran regresan lentamente y vuelven a trinar, como si nada hubiera sucedido...

SABADO, DIEZ DE MAYO DE MIL NOVECIENTOS VEINTINUEVE. Durante unos instantes tiembla el látigo en sus manos enguantadas de cabritilla blanca; manos ya mercenarias que gobernaran antaño —un anteayer demasiado próximo aún— los tiros de sus propias yeguas alazanas y las riendas de sus caballos de monta —*permanente trote / aquí / entre su arranque y mis manos*— lo primero que se viera obligado a vender su padre, los síntomas primeros de la inevitable bancarrota postrera a la que asistiera impávido, sentado como su hermano en la mesa de fieltro o remoloneando la abulia de unas partidas de carambolas; incluso la solapa de su librea y el lazo de su corbata pierden su rigidez protocolaria, y la misma badana interior de su castora con la escarapela de las armas ducales —un león rampante, una rama de olivo y una estrella— (¡oh grises fieltros de *alancha,* con los barbuquejos de seda, de su adolescencia!) se desnivela de su frente y su nuca, a pesar de encontrarse sentado en el pescante del landó, sujetando con profesional pericia las riendas de los caballos ajenos que relinchan nerviosos intentando piafar (cuando el gran castillo de fuego estalla por fin en iris centelleantes entre las dos torres gemelas de la monumental plaza de *Todas las Culturas,* lo que predispone a pensar que ninguna de ellas está realmente representada; azulejos, cerámicas, ladrillos color carne, puentecillos venecianos sobre el estanque de media luna —transparentes aguas en las que pululan las rojas carpas, los gurumays azules, los molly lira y los xiphos— mármoles, olambrillas, hierros forjados, tejas vidriadas sobre la vertical de la colosal fuente cuyos surtidores iluminados elevan sus gigantescos chorros de agua a trescientos metros de altura, crisantemos, azucenas, rosas de té, un oasis de palmeras en el rincón perdido de un desierto, tras esa siempre inalcanzable duna; los volcanes nipones, la jungla de Malasia y los tapices persas: girándulas, estrellones, carcasas, ruedas, guías, *arbolitos*, un prodigio de los artificieros levantinos dirigidos en su función de casi dos horas por un pirotécnico de Macao, llegado a la *Ciudad Alegre y Confiada*), más sorprendidos que asombrados como todas las otras colleras del centenar de carruajes, *cabriolet*, berlinas, victorias, *break*, que junto a los *Rolls* y los *Hispanos*, los *Chevrolet*, los *Lancias* y los *Mercedes*, jalonan la rotonda exterior —custodiada por infantes de marina en uniforme de gala— del nuevo *Gran Casino* durante la celebración del baile de disfraces (que abrirán sus Católicas Majestades; *broche de oro* y digno colofón, según los más avispados corresponsales que tienen ya escrita su *Crónica de un Acontecimiento Inolvidable* y la han telegrafiado ya a la capital del Reino) con el que se cerrará el día de la inauguración oficial por los monarcas —con asistencia del Alto Clero, la Nobleza, la Milicia y el Cuerpo Diplomático—, del recinto de la Exposición Latino Americana, mientras el pueblo llano, la Ciudad Fluvial entera, desde las ruas del Almirante y del Crótalo a las más perdidas callejas de sus más sórdidos arrabales, se refocila y solaza en el parque de la Infanta, donde han levantado sus barrocos pabellones las jóvenes nacionales de las *ínclitas razas ubérrimas* —y en los aledaños de la monumental Plaza— con la espléndida cascada multicolor de la función de fuegos de artificio.

Los caballos comienzan lentamente a tranquilizarse. Ha pasado, a Dios gracias, el peligro de los asombros que pudieran haber desembocado en una incontenible caña. Una parte de la multitud, lejana hasta hace sólo unos instantes, comienza a discurrir por el bulevar central de vuelta a sus hogares bordeando los linderos del *Gran Casino*. Tras los opacos cristales de las vidrieras, advierte, desde su sitial en el pescante, que el baile ha comenzado, y que las parejas, sombras adivinadas, danzan ya a los compases del *vals del Emperador*.

Bajo sus labios se acentúa un rictus de tristeza y deja vagar la mirada por el cielo estrellado. Fue más emotivo para él y también quizá menos humillante, el acto oficial de la apertura propiamente dicha, al que también asistiera, llevando en una negra berlina con faroles de plata aquella misma tarde a su señor, el duque, enfundado en el chaquet, tocado de chistera, y a su prometida, la bella viuda chilena, vestida de organdí y medias blancas, zapatos de charol y lazo en la cintura. Magnífico por su entonación y su sencillez el discurso del monarca, tras cortar la cinta bicolor con tijera de oro del Perú, donada por suscripción popular por la nación hermana (¿hija, hermana?, matiz difícil de discernir; en cualquier caso, aventajada alumna, dentro de la familia de las virtudes patrias) y haber pasado antes revista a la Escuadra fondeada en el puerto fluvial y visitado —tras la inauguración del monumento al desdichado Gustavo Adolfo— los pabellones de las florecientes Repúblicas que alzan sus verreinales arquitecturas entre la floresta del parque de la esforzada María Luisa que setenta años atrás pusiera en peligro —uno más, como si fueran pocos—, el ya inestable trono de San Fernando.

Un rictus de tristeza, porque mientras es consciente de la imposibilidad de haber asistido por la tarde —sin verse obligado a permanecer en otro pescante— como un verdadero invitado al acto y encontrarse cerca de los monarcas entre cardenales, almirantes, condes, embajadores y generales, para este baile —cuatro mil asistentes— no le hubiera resultado difícil hace dos lustros, recién cumplidos los veinticinco años, disponer de una invitación. No, no es tan fantástico como pudiera parecer a todos los cocheros y lacayos —que aguardarán como él hasta el alba los compases de la mazurca final— dadas las relaciones sociales paternas en aquellos esplendorosos años durante los cuales llegara a cazar venados en Cazorla, formando parte de la comitiva de ganaderos y labradores —más de cinco mil cabezas, no menos de dos mil hectáreas— que acompañaran a Sierra Morena al monarca, y a regentar una alcaldía, y ser consejero de la Confederación de Regantes y a ser propuesto para diputado de un ala liberal moderada, y a pasear por el Real de la feria de la Ciudad Fluvial en una de las jardineras mejor enjaezada, tronco de cinco yeguas (él mismo, él, en aquel otro pescante —el suyo— roja la tablazón, negros los fierros) sin armas en los charoles, pero de idéntico tronío que las de Alba y Medina Sidonia, Osuna y Medinaceli.

En cambio, ahora se encuentra sentado en este otro ajeno, de librea, transformado en lacayo, contemplando las formas danzantes que se perfilan tras los ventanales, la silueta de las cajas de *champagne* que se adivinan en el *buffet*, oyendo con nostalgia la orquesta que interpreta los compases de un tango, sintiendo casi el fru-fru de la seda de los dominós y de los mantones de Manila, de las enaguas y los echarpes; casado con una *ex-femme de chambre*, padre de tres hijos, vecino —las noches de sus contados asuetos, que el resto de ellas permanece, como de imaginaria militar, en la cuadra del duque— de una sala y alcoba en un corral de vecindad. ¿Y qué pudo hacer él, sino entregarse, rendirse a la evidencia de su incapacidad para todo lo que no sea tratar con caballos, y aceptar la vil colocación —tan codiciada por otra parte— que le proporcionaría, no sabe a cambio de cuántos favores, aunque lo imagina, su hermana Gloria, a la que paradójicamente estuviera a punto de chinar; fue por fortuna infructuosa su búsqeda durante una semana para vengar su honor —al ser primogénito— el suyo y el de toda su familia, cuando ella escapara del hogar y huyera del pueblo a galope una noche de marzo de un año ya olvidado.

Un león rampante y coronado junto a un ramo de olivo y una estrella, blasonando no sólo el frontal de su castora, sino también ambas portezuelas del coche con sus esmaltes y el remate —en jaspe rosa— de la barroca portada de la casa-palacio que se alza a la entrada de la antigua Judería. Un signo de majestad y de fuerza (Félix-Leo), representante de las potencias ígneas, quizás el de Nemea, vencido por Hércules; animal de San Marcos, Leo de Judea, fuerza, poder, dominio, majestad, templanza, todos los atributos en suma de que el duque carece, y que ni el olivo y la estrella son tampoco capaces de justificar. Sin embargo, ahí dentro está, danzando vestido de *pierrot* junto a su amada, griega la clámide, coronada de rosas, empolvada como una muñeca, y como una muñeca, lánguida y desmayada, suspirando por los oscuros ojos de un infante de Marina que haya descubierto al entrar o por el torso de cualquier húsar de la Princesa de la guardia interior, éste más asequible, aunque no esté autorizado a bailar en acto de servicio —¡larga es la noche!—. Magnífica mujer, no obstante —por sus desplantes y su belleza, sus collares de brillantes y su chilena plata—, llegada de nuevo una vez más a la ciudad y en ella definitivamente ya afincada, viuda sin hijos, al borde de los treinta, según afirman, aunque aparente cinco menos y tenga posiblemente siete más, dispuesta a bordarse una corona en su ropa interior y a cambiar su lindo y evocador nombre, si preciso fuera, con otro más en consonancia con su nueva estirpe: Isabel, Cristina, Blanca, María Luisa o, mejor, Deseada, a permutar el *von* de aquel Valparda de su primer afortunado ya que no ilustre matrimonio por el del sonoro nombre de un ducado (asociado a tantos heroicos y lejanos hechos de armas, a tantas palaciegas decimonónicas intrigas, a tantos bergantines negreros, a tantos negocios de alcoba, a tantas divisas ganaderas, a tantas dehesas irroturadas y a tantas desatinadas jugadas de bolsa y de ruleta, que han puesto en peligro un crédito de trescientos años) ennoblecido por la ejecutoria de dos grandezas, una deslealtad sálica y un puñado de acciones de Suez, con cuya renta sostiene el titular, en permanentes equilibrios semestrales, el rango de su rancio patrimonio al cual no le importaría vincular el usufructo de los bienes de su prometida a la que está dispuesto a tolerar además cualquier ligereza sentimental no escandalosa: rueda de molino en tal caso, a cambio de que se haga cargo de la totalidad del montante de sus deudas. Joven, rica y experimentada en el nobilísimo, sutil y difícil arte —yegua de buena boca y mejor mano— de satisfacer amadores provectos; un birloche en suma para él, al filo ya de los sesenta de vuelta de las cantadas ventajas de una soltería mantenida por culpa de su madre hasta los cuarenta, y de una corista del *Kursaal* a la que distrajera hasta los cincuenta, y una falta de confianza en su potencia viril para desgajar hímenes desde los lejanos días de su adolescencia calavera y manola, cuando aún era posible desembarazar de la dura carga de la doncellez a la hija de un pelantrín, de un maestro de obra o de un guarnicionero, poco importa, a cambio de cien duros columnarios; vanos intentos siempre fallidos con o sin alcohol, con o sin afrodisíacos, con o sin exorcismo de hechiceros de Trajana, con o sin fórmulas magistrales del condescendiente médico de cabecera.

Las dos de la madrugada. —*Danubio Azul*—. Los alrededores del casino comienzan a quedarse desiertos, aunque tras el primer cordón de seguridad de la guardia del Ayuntamiento en uniforme de gran gala, centenares de desocupados, vagabundos, curiosos, prostitutas, estudiantes y chulos continúen esperando las primeras luces del alba para ver salir, ya no a sus majestades y a las infantas que a la una en punto se retiraran a los Reales Alcázares, sino a la nobleza, el cuerpo diplomático, la esmirriada burguesía local y los altos cargos de la Administración, llegados de la Corte, la Milicia y la Toga.

Permanece sentado en el pescante —ajeno e impasible— sin integrarse en los corrillos de los otros cocheros, lacayos y chóferes que sestean junto a los macizos de tuyas y boj y los canteros de adelfas y de lilas; silencioso y abstraído en un determinista pretérito pluscuamperfecto, como si fuera posible no ya sólo dar marcha atrás al tiempo, sino manipular también un futuro que inexorablemente es ya presente desde un afligido *mea culpa* de años desperdiciados, de ocasiones perdidas, de íntimas recriminaciones que ya a nada conducen, sin embargo, y mucho menos resuelven.

Inesperadamente, una mancha color gualda de filipino mantón, la silueta de una joven sin disfraz que abandona sola el Gran Casino lo saca de sus abstracciones. Es casi el relámpago de un desplante, de una airada postura de amores contrariados —como los celuloides de la Pola Negri— que rompe todos los protocolos en razón de su furia, sus achares y su desamparo, en cuanto, a pesar de la distancia que los separa, adivina que cuando se lleva un pañolito a los ojos es para secarse unas lágrimas mientras cruza la rotonda desorientada buscando la hilera de taxis que aguardan bajar esta madrugada sus banderas fuera del recinto, bordeando el acerado plantado de jacarandás, camelias y azaleas.

Cambio de orquesta. *Jazz*; un *Charleston* para las otras siluetas, las sombras danzantes, que se imaginan tras los ventanales esmerilados. Ahora, y el cambio de las notas de la última melodía transformada en un ritmo sincopado ha hecho que apartara unos instantes los ojos de la rotonda, la mancha color gualda ha sido alcanzada por su pareja, que saliera tras ella, y la detiene en el momento justo en que abre la portezuela de un taxi.

El reflejo de los faros de un automóvil que discurre por el Boulevard de la Raza —una fracción de segundo— es el que le descubre la fisonomía de los protagonistas de un vehemente episodio juvenil, de no tratarse como se trata de uno nuevo que añadir, ni más ni menos grave, a los que jalonan las complicadas relaciones matrimoniales de su hermana Estrella y su cuñado Javier, motivado seguramente, como de costumbre, o por los celos de ella o por los de él, las veleidades de él y las intransigencias de ella para aceptar liberalidades sociales que no acaba de comprender, o por ambas cosas.

Se encoge de hombros y suspira. ¡Es para él ya todo lo de su hermana Estrella tan ajeno! La pareja, tras una discusión de dedos airados y manos energúmenas junto al taxi —la portezuela aún abierta— parece haberse serenado, y entra —tras un instante de vacilación— en el automóvil, quizás hechas las paces, porque juraría que incluso se han besado furtivamente, y, sin duda, con la intención de reconciliarse definitivamente y cuanto antes en su propia alcoba; un capítulo en suma más de una historia que —aunque él no ignore y no le importe por otra parte demasiado— habrá de repetirse bajo distintos —y mucho menos románticos y cinematográficos— decorados a lo largo de casi veinte años, antes de consumarse fatalmente la tragedia.

...»Porque la más radiante, quizá la más espléndida —pienso ahora—, la más disparatada de tus reencarnaciones, tuvo lugar Delia (¿cómo puedo dejar de utilizar un galicismo en la Corte de Gustavo Adolfo?) exactamente un veinte de Octubre —miércoles— a las 16,30 en punto, p.m., a la salida de los jardines (correteados de ardillas, doradas ya todas las hojas del otoño —juanramoniano amarillo: del cobre viejo de las chocolateras segovianas al oro fino de las gargantillas de los romances de Lope) de *Stüriby-Hospital* (asilo, casa de reposo, pabellones anexos de rehabilitación alcohólica, tan decorativamente inútiles; la añil bandera en los mástiles de todos los pabellones, incluyendo los de la *capella*, la lavandería, y el crematorio de sombreros difuntos, de zapatos difuntos, de estampados vestidos difuntos tan alegremente luteranos, de gasas y de algodones supurantes que anunciaban la muerte cada tarde, y de difuntas flores, las últimas de los postreros domingos de sus vidas: una *fumata* azul para las lilas, una naranja para los gladiolos, la roja para el muérdago y las rosas).

»Acababa de concluir mi deshonroso trabajo (indigno de mi genialidad pictórica, pero no de mi hambre y mi sed —mi sed fundamentalmente—) de transportar una vez más, como cada día, en la furgoneta —senderos, más senderos, gravilla suelta, un temblor de lunetas *Securit*— las grandes fiambreras tan intensamente aromadas de licuada margarina, fundidos quesos, purés de patatas, endulzados arenques, coles, pancoques y frambuesas; las canastas de mimbre de la ropa sucia de seiscientos asilados, con olor a orín y a menopausia, a alcanfor y a veneno (¿quién sabe, ¿no?, si *arsénico entre encajes*?) aerosoles de abetos y de la ropa limpia también, cloro, potasa y de la destinada al crematorio; los baldes de la *suopa.* Entonces te encontré, bajo la marquesina de la estación rural del suburbano. (¡Oh, Dios, qué aparición tus dulces ojos, grises, bálticos grises!) absorta la mirada en la leve cortina de la lluvia de todos los atardeceres de tabaco, beige claro los zapatos —algo no singular, por otra parte—, enfundada en una gabardina color cielo de Nápoles; en las manitas enguantadas el bolso, enrollado el paraguas. Sí eras tú, Delia, de nuevo te encontraba, lo que no excluía que me hubiera tropezado contigo otros cientos de veces por los corredores del sótano del hospital vestida de blanco, almidonada bata siempre relumbrante, pedaleando una patineta (¡Qué bella tú, Diana, olímpica amazona cabalgando la feliz ocurrencia —made in *Sverige*— de la individual cinta transportadora a tracción de sangre, para ahorrar tiempo en las largas distancias de la comunicación invernal y subterránea y mantener en forma piernas y cintura!) sin reconocerte. Habíamos sido compañeros casi a lo largo de un año, y continuábamos siéndolo, casi doctora tú, yo basurero, mozo transportador de los despojos. Advertí de pronto haber coincidido también contigo incluso en el comedor —aséptico y no discriminado— tanta cretona para las ventanas, tantos visillos color crema, tantas limpias baldosas —masticando en silencio tu compota y bebiendo tu *saff*—. No obstante —pese a la proximidad de tu presencia—, habías pasado para mí inadvertida. El milagro acababa de producirse precisamente en la estación del *Túnel*; los aceros, los aluminios y los cristales, abierto ya el estribo, a punto de partir el *tren expreso.* Prados, bosques, campiñas roturadas, lagos, puentes, viaductos, almagra en los tejados, *satín* blanco en las jambas y en los porches, un campanario *viking*, tabulado el rebaño en la distancia de un henil-factoría, de nuestro discurrir por los raíles camino de la ciudad del Mëlar, del bergantín anclado, de la Parada de los domingos, de los globos infantiles, de las noches del Tívoli; la ciudad que habría encendido ya sus luces —y sus besos— a nuestra llegada. (Sería capaz de jurar que tuvimos un fondo musical —*Moonlight Serenade*— llegada de alguna parte, no sabré decir cómo, y que la melodía sirvió de alcahuete a nuestra comunicación oral en el preciso momento en que te desprendías de los guantes segundos antes de sentarte junto a la ventanilla; al menos resultó un buen pretexto para crear las condiciones más favorables a nuestra breve *liaison* sentimental, iniciada aquella misma noche, por supuesto.)

»No, no eras exactamente una súbdita de la Monarquía como me temí en un principio —una dulce gacela enajenada por los botes de vela, soñadora de soles imposibles, lánguidas mariposas apesadumbradas frente a cualquier espejo, inconscientes de sus virtudes domésticas y su capacidad de amor jamás correspondido— aunque se te reconocieran ciertos privilegios, que me estaban vedados, en función de las relaciones de buena vecindad, valga el eufemismo. No habías nacido ni en Stockholm ni en Gotenburgo, ni siquiera en Gällivare —con lo que eso significa de irónica sonrisa frente al Gran Norte inhóspito— en la solitaria Norrland, cruzando el círculo polar ártico, sino en Turku, a un par de centenares de kilómetros de Helsingfors (dijiste Helsinki, naturalmente) y cursabas prácticas específicas de Geriatría (tú tan joven, tan frágil, tan alada y tan llena de vida estudiando la higiene de los viejos) un largo aprendizaje, aseguraste, un camino difícil para obtener el diploma dignamente. Bien. El caso es que, pese a tu nacionalidad que tanto te pesaba

—un zíngaro complejo, *Mariana y el oso*, por aquello del grupo finougriano— tenías ya tu pisito a medias con Wäino de Haam, un compatriota, estudiante de selvicultura, al que nada te unía, por descontado, exceptuando las noches de algún viernes de plenilunio, en el transcurso de las cuales no tuvierais que hacer ninguno de los dos nada mejor que emborracharos y hacer el amor juntos, circunstancialmente (sobre todo por matar el tiempo de alguna manera), tu TV y tu nevera, tu agua corriente, tu baño, tus alfombras de nudo, tu teléfono, tus barnizados muebles, tu calefacción —atómica—, tus cretonas, tus velas de parafina, encendidas en los momentos justos de las *horas azules*, cuando los gnomos tamborilean con sus dedos en las pantallas eléctricas solicitando que se apague la luz —¡esa luz, esa luz!— esos momentos que preceden tantas veces al suicidio.

»No, no. No me mostraste tu apartamento —las piezas que a ti correspondían— por vanidad cuando a él llegamos juntos —tímido aún yo, indeciso, temiendo desencandilarte con mis gestos altivos, el tono de mi voz, ese meridional teatro de la ampulosidad de Juan y Valentino, de Boyer e incluso el mismo Gerard, tan envidiable espadachín por otro lado y al que tan sinceramente admiro, inolvidable aún después de muerto—, sino que fui yo solo el que lo recorrí de punta a punta en todo su conjunto, cual si estuviera tomando posesión de él —como en el fondo era seguramente mi propósito— al descubrir un tibio lugar para refugiarme, para hacer el amor, para beber, sin prisas, poder pintar (espacioso ventanal abierto al Mälaren, en la orilla derecha, al frente la ciudad con sus agujas, sus torres, sus cúpulas y sus buques anclados en el espigón tan próximo a palacio, con la Isla del Ocio al alcance prácticamente de la mano) para ducharme con agua caliente, revolcarme en la alfombra, hablar por teléfono, tomar una tisana, sentirme confortablemente instalado y vivir permanentemente junto a ti el tiempo que durara tu milagrosa reencarnación en el cuerpo de una muchacha finlandesa (Irina) lapón el pelo, los ojos cerrados, suave la piel, rosada en transparencias de venillas azules, breve el pecho, atlética la espalda.

»Y tomé posesión. Abandoné mi *chambre* —allá en el quinto infierno— cercana al aeropuerto. Transporté mi valija, mis pinceles, mis lápices. Antes de una semana aposentaba mi caballete en tu alcoba y pintaba ante tu estupor incluso a la luz mortecina de las velas. Te dibujé de pie, tendida, desnuda, de rodillas, acariciando un oso de peluche; un oso que tú odiabas y que compré para ti (quizá con el propósito de que durmiéramos los tres juntos alguna noche de cierzo y de ventisca); te pinté con el pelo suelto y el pelo recogido, de frente, de perfil, en decúbito supino, seria, sonriente, malhumorada; mientras dormías y mientras hacías calceta, en todas las posturas imaginables y en la gama de todos tus humores: frígida, apasionada, despectiva, maternal, melancólica...

»Mas, ¡qué breve el milagro, qué corto el tiempo de aquella permanencia en tu refugio y aquella comunión del artista frustrado y su bella modelo, la ya gentil doctora, diplomada por fin en Geriatría —transformada en crisálida— en dos meses escasos; porque tres días antes de Navidad, Delia, me convocaste a capítulo. A capítulo, sí, tal como suena. Sentada en el sofá, enfundada en un quimono fucsia, tus pies como siempre descalzos —flor de miramelindo—, encendiste un pitillo, lo volviste a encender, para ser más exacto y te echaste a reír con ese aire tuyo único de *femme* que se estima definitivamente liberada (y posiblemente lo estarías sólo cuando te apernacabas en el bidé, lo cual aporta un margen prudencial de tiempo al sagrado derecho de la emancipación, muy saludable) antes de decirme sin rodeos: "Te tienes que marchar, te ofrezco una semana para buscar un nuevo alojamiento. Puedes dormir, mientras, en el cuarto de Wäino. No podrás, pues, quejarte... Hemos decidido unir nuestras vidas. No pongas esa cara de torero, esa cara de asombro. Brindemos por mi dicha, deséame algunos hijos. Y ahora vete. Deseo estar sola.

»Mirada de torero, dijiste, estoy seguro. No sé cómo esa frase se escapó de tus labios finlandeses, tan expertos en los duros combates del amor y, a la vez, tan virginales, asociándola a mi sorpresa. Porque ¿se sorprenden acaso los toreros frente a los derrotes? ¿Qué sabía ella? Lo sabías tú, Delia, aún reencarnada y a punto de no estarlo ya. ¿Qué mejor prueba para confirmar mi teoría sobre tus súbitas apariciones?

»No te contesté una sola palabra. Recogí mis cosas e hice la maleta (¿podía, acaso, oírte suspirar de noche en otros brazos?) tan modesto mi ajuar que no sería preciso volver ya nunca a verte. Te levantaste del sofá para entrar en el baño. Sentí correr la ducha. ¿Sacralizabas por ventura tu cuerpo con un nuevo simbólico bautismo y te desprendías de las miasmas de mi traje de luces? Al salir oí cómo te cepillabas también fiera y cuidadosamente los dientes. ¿Acaso un nuevo acto de purificación? y, segundos más tarde, justamente en el momento de cerrar el portal —la llave bajo el felpudo, como siempre, y no para volver nunca jamás— la fontana de un chorrito de orines derramándose sobre el esmalte color rosa muñeca de la taza, turbios y amarillentos. ¿Limpiabas tu riñón de mi presencia?

»Torero, taurómaco, lidiador, espada... *¿Al alimón*, de *ballestilla*, al *pasatoro*, de *sobaquillo*, al *cuarteo?* ¿Cómo crees que toreo la vida, Delia? Necesito que contestes sin dilación y sin pensártelo en este mediodía de Mayo que se escapa, alto el sol, tremolando banderillas de fuego los cipreses, Eugenio y los dos albañiles columbarios enmarcándose ya en la verja para salir —ha sonado la hora del regreso— inquietos e impacientes por aliviar su sed; la sed que a todos nos aflige...

DOMINGO, QUINCE DE MARZO DE MIL NOVECIENTOS CUARENTA Y SEIS. Ni aún hoy, al cabo de más de un cuarto de siglo, es capaz de comprender —en la medida de sus cortas luces— (por otro lado, ya para qué, cuando su vida se encuentra cuadriculada al socaire de las negras letras de *palo seco* —nítido horizonte frente a la inexorable verticalidad del vetusto cartel—) el impreciso significado del rótulo que festonea el combado chaflán de la planta baja de su casa —a la que llegara como resignada esposa— en la que pariera a todos sus hijos y en la que piensa morir en paz consigo misma cuando llegue su hora, lo que no conseguirá finalmente: *Ultramarinos.* Ultramar. ¿Bastan acaso las especias para justificarlo: la nuez moscada, la pimienta, la canela y el clavo? No, jamás tuvo sentido, y ahora menos que nunca, cara a unas racionadas leguminosas secas, unos cereales, unas conservas galaicas, unas barricas de arenques, unos quesos, algunos bidones de aceite sin refinar, unos sacos de azúcar morena y unos paquetes de achicoria; escasez que no impide, sin embargo, que los beneficios semestrales líquidos del negocio de alimentación —que fundara su suegro y que, tras su muerte, regenta su marido— se hayan multiplicado por sí mismos en los últimos diez años por obra y gracia de la discreta pero eficaz especulación de cualquier mercancía y los bajos costos —pese a las gratificaciones extras que compran su silencio—

de la nómina en el dietario de la dependencia mercantil —tres fieles servidores— que comparten con su patrón, tras los mostradores de las distintas secciones de la tienda (que ya no tienen razón de ser) la responsabilidad de sisar en el peso, cortar los cupones, poner orden en la cola o vigilar la aglomeración los días señalados para retirar el racionamiento, y transportar en triciclos sacos de arroz, de harina o de patatas, de alubias o garbanzos de un lado a otro de la ciudad, donde se soliciten. No cuentan las distancias a cambio de cobrar por cualquier género el precio exigido y, para evaluar el cual, basta elevar a la enésima potencia el marcado para él oficialmente.

La reflexión a la que está a punto de someter su ignorancia semántica y geográfica no es casual ni gratuita. Obedece a una estrecha relación subconsciente: *ultramarinos-negocio-dinero*, que terminará por plantearse esta tarde cuando lleguen sus hermanas, Gloria y Sagrario, para discutir la situación de Estrella, pretérito pluscuamperfecto, ya en una vida como la suya dedicada a sus propios hijos, a su marido y a los tiempos que corren, trampolín para realizar los frustrados sueños de su dorada primera juventud. Lo que su padre no quiso —o no supo dar a sus hijos— ella puede ahora dárselo a los suyos: una carrera, una posición que los eleve socialmente, y unas relaciones acuñadas en los colegios y que, de desarrollarse, darán inexorablemente sus frutos. ¿Está, pues, obligada a revisar hoy un pasado que para ella fue tan penoso uniéndose a un hombre no sólo del que no estaba enamorada, sino al que ni siquiera conocía, por culpa de los infortunios de Estrella que viviera, sin embargo, una adolescencia feliz y terminara casándose —para bien o mal—, con el hombre que realmente amaba? ¿No valen aquellos años el precio que ahora se ve obligada a pagar por ellos? ¿Acaso Estrella fue capaz de comprender sus soledades y sus ascos, sus noches de llantos en silencio y sus insatisfacciones como mujer vinculada a un hombre quince años mayor que ella que jamás le inspirara no sólo una mínima pasión, sino que no supo siquiera compensarla cumpliendo simplemente como varón? No, no está dispuesta. Inútil reunión de domingo esta que se ve obligada a aceptar precisamente por encontrarse sola ¡tantos domingos sola, en los toros él, siempre en los toros, para volver a repetir a su regreso una historia de chicuelinas, de lances y de geniales faenas en el ruedo, que ni comprende ni le interesan en absoluto, como si no hubiera sido también aprendiz de torero su propio hermano muerto sin gloria, pero muerto al fin por culpa de ellos! Sola, siempre sola, lunes, martes, domingos, jueves, sábados, miércoles y viernes. Sola y sentada —como hoy— en la butaca forrada de rafia, intentando inútilmente dar una vuelta más al punto de *crochet* con que entretiene sus ocios desde que los hijos varones crecieron —para perderse en las noches del Gran Casino, transformado en cabaret— y las hembras —convertidas en mujeres— reivindican también sus derechos que se limitan por ahora, afortunadamente, a las dominicales salidas de mañanas al parque de la Infanta y a tardes de cinematógrafo y posteriores provincianos paseos por la calle del Almirante, la avenida de Génova y los aledaños —de ser verano o primavera— del Jardín de María Cristina, para regresar minutos antes de la cena en la mesa de la cocina, y a medida que van llegando, de sopa de legumbres, pescado de la freiduría, mortadela y carne de membrillo.

Una media vuelta más a la aguja sin lograr su objetivo; media vuelta que no completa aún la cenefa de hilo de *perlé* del tapete repisero que, durante semanas, intenta inútilmente tejer para adornar la tapa de mármol de la consola del recibidor. Suspira. Acaba de desprenderse de las gafas —ya inútiles— y asomarse al balcón para contemplar de nuevo la calle desierta, la larga calle al final de la cual —y al otro extremo de ella— tuvieran su casa los Gentile (a los que envidia y aborrece a un tiempo, y frente a los cuales se siente involuntariamente sugestionada) y que, demolida, ofrece al fondo de la panorámica urbana la irrealidad de un solar ganado por la maleza, en cuyo centro se alza aún la alta y vieja palmera, donde todavía anidan los pájaros. Nada. Ni un alma hasta que no empiecen de nuevo a discurrir los coches de caballo de vuelta de la plaza y el paso de los tranvías a ser más frecuente tras las horas vacías —para ella— de una nueva tarde dominical, ni más agridulce, ni menos melancólica que otras; en cualquier caso, sin embargo, sólo cargada de impaciencia por culpa de la anunciada visita de sus hermanas cuya proposición no está dispuesta a aceptar, sea cual fuere, porque si económicamente la ayuda que ella pudiera ofrecer resultaría ridícula —con respecto a la que están proporcionando los Gentile— no menos lo sería también su fraterna moral solidaridad al lado de la que ellos, por su parte, dispensan a su hermano y cuyos límites, pese a saberlo culpable de la tragedia que se cierne sobre él y los suyos y aceptar su culpabilidad, están marcados sólo por la indisolubilidad del vínculo, aunque estén dispuestos a llegar hasta la frontera de una separación temporal y sin formalismos legales de ningún género, que es lo que ella recomienda también, sin embargo, desde el fondo de todos sus resentimientos frente a la breve felicidad de Estrella que nunca conociera, en cambio, y que, por muchos años que pasen, nunca perdonará a su hermana.

Inesperadamente, una sorpresa, pese a su constante atención (casi hipnotizada por el brillo de los rieles tranviarios que se pierden en la rotonda de la plaza de los Duques de Montpensier) que no sospecha tan repentino cambio atmosférico; se tornasola el aire y, luego, poco a poco, se apizarra instantes antes (olor de tierra mojada, lejanísimos resplandores de una tormenta atlántica que penetra lentamente por el curso del río) de que las primeras nubes bajas —y un azote de viento que hace repiquetear los cristales del balcón, tras los visillos— cubran el festón de cielo de la calle sobre cuyo adoquinado polvoriento y aceras resecas cae, brutalmente, una espesa cortina de granizos que por su brusquedad la inmovilizan en la butaca, pero que, a la vez, hacen que se perfile una mueca en la comisura de sus labios camino de sus encías vacías, aniquilada de marfiles por los malos partos, las amarguras y la sublimación confitera a que la somete, cada tarde, sus febriles matrimoniales desatenciones a lo largo de veinticinco años; mueca aflorada de esperanzas ante la posibilidad de que la anunciada visita de sus hermanas se la lleve el mismo viento que ha traído las nubes y que le ahorrarán un *no* que, aunque deseado, le costaría trabajo pronunciar aunque terminará haciéndolo en cuanto tanto Sagrario como Gloria traerán aprendida de memoria su lección frente a ella invocando lejanos días de su niñez ya olvidada, cálidos momentos de un viejo hogar ya muerto, instantes felices de una familia desmembrada de la que no guarda ya ningún recuerdo; un pasado, en fin, donde Estrella, hija, tenía aún su lugar y su sitio entre sus hermanas-madres en la casa natal: unas nacidas en próspera y otra en adversa fortuna.

Y regularizada, en efecto, la tormenta —que traerá aguas para marzo y para la primera quincena de un feriado abril—, ni la visita de sus hermanas tendrá lugar esta tarde, lo que le otorga un más amplio margen para demorar su respuesta, ni se celebrará ya probablemente el siguiente domingo. Y cuando llegue, por fin, a efectuarse la entrevista todo el proceso estará ya lo suficientemente avanzado —o consumado— para que su negativa pueda resultar decisiva.

No obstante, cuando sonríe y entorna otra vez los ojos para no verse obligada a contemplar las culebrinas que comienzan a procesionar las primeras sombras de la tarde que muere es consciente —premonitoriamente— de que también su vida y la de los suyos terminará si no trágica, melodramáticamente, como sucederá en efecto. Pero es ya demasiado tarde para arrepentirse de una respuesta negativa que, sin embargo, nadie le ha obligado aún a dar.

»En la ya larga lista de tus reencarnaciones, Delia, sólo dos de ellas (y —antes de abandonar definitivamente el Campo Santo— aprovecho un momento —el único posible— para recordártelas), quizá porque realmente no lo fueran, dejaran de ser anotadas en su día en *El Libro Maldito* —el *Necronomicon*— del loco Alhazred Abdul (nacido en la Ciudad Fluvial en el 903 y no en Toledo en el 1132, como aseguran casi todos sus biógrafos) o porque deban ser consideradas como alucinaciones (de una verosimilitud ciertamente discutible, pudieran no ya sólo ser puestas en tela de juicio por mi mecenas y mis editores, sino censuradas, por abominables, mutilando líneas que podrían dañar gravemente y tergiversar el espíritu de la escritura) pueden resultar inadmisibles a las conciencias agnósticas y no familiarizadas con el fascinante mundo de la Necromancia.

»Bien. En los años de la primera, Delia, era aún muy joven y servía en un regimiento de Caballería Ligera (el 16 de Orán) como oficial de Información y Enlace. No voy a relatarte, por innecesario, cómo ocurrió mi accidente hípico en las cercanías de una ciudadela militar pirenaica, ni siquiera el que mi fractura de la base del cráneo fuera diagnosticada como *muy grave*; el caso es que fui sometido a una difícil operación quirúrgica —de la que salí milagrosamente con vida— y posteriormente hospitalizado, y que mi convalecencia resultó tan larga que, habiendo estribado del caballo a finales de otoño, permanecía aún recuperándome en cama en una primavera, que mantenía, no obstante, aún intactas las nieves no sólo en la ladera de la Cordillera, sino incluso en las carreteras forestales, orientadas al Mediodía, del Oroel, donde mediando noviembre, espantada mi cabalgadura por un lobezno de negro pelaje se me desbocara corriéndome una *caña* que no supe (o no quise) evitar; aterido abril que sostenía también en letargo mi ánima sublimada de retretas floreadas y toques de asambleas, silencios y dianas de mi cuartel, dobles de difuntos de la cercana catedral y sureñas saudades. Mi única distracción, Delia, y el único consuelo a mi soledad (los alegres compañeros de mi promoción habían sido ya licenciados y otros que se incorporaron para sustituirles, ni los conocía ni ellos tampoco sabían siquiera de mi existencia de *prisionero* en una lóbrega habitación del pabellón de Oficiales del Hospital Militar) llegaron a ser el capitán médico, que me pasaba la visita de reconocimiento cada mañana, el furrier de mi escuadrón que venía a traerme la correspondencia cada tarde —cartas familiares que por prescripción facultativa, y para no retrasar mi recuperación intelectual, me estaba terminantemente prohibido contestar—, mi asistente y Sor Benigna, la hermana enfermera, que vigilaba las horas de mi medicación y me servía en bandeja de plata las comidas haciéndome gentilmente compañía durante mis parsimoniosos almuerzos, desayunos y cenas, alargados a propósito para acortar un tiempo muerto que no eran capaces de ahuyentar ni las cornetas ni las campanas, ni las baterías artilleras que tronaban los días de maniobra, ni el pío-trinar de las por fin llegadas golondrinas asaetando la cuadrícula del patio (otro patio frente a mi soledad y mi melancolía, pero ¡tan distinto!) ni el tableteo de las también retrasadas cigüeñas en el chapitel de la torre de la catedral.

»Su (*tú* acaso, quizá *tú* ciertamente, a pesar de todo) entrada en la penumbra de mi cuarto, Delia representaba cada mañana, con la bandeja humeante del desayuno en las manos —largas, marfileñas, de uñas redondeadas— una ráfaga de luz cegadora, azul-arlequín el hábito, alba-polar la toca almidonada y balanceante (molino de Pollensa vigilando una cala) menudo el paso, perfumada de alhucemas e incienso, de cera y alcanfores, los labios y las mejillas sin la color, negro alquitrán los ojos, místicos, no obstante, la nariz sorprendida de su propia belleza aleteando resignada el trazo griego de su —tu— perfil de virgen, silenciosa y discreta, dulce torda arrullada de celestes cantigas y eucarísticos fervores. Y así una y otra mañana y una y otra tarde y uno y otro mediodía. Igual, idéntica en su —tu— inclinación para depositar ante mí la bandeja tras subir a vueltas de manivela el respaldo de la cama. Exactamente la misma media sonrisa en el momento de preguntar qué tal, Teniente, cómo están hoy los ánimos, y de contener sin duda el impulso de unos dedos trémulos deseosos de acariciar maternalmente mi frente.

»Y así un día y otro también, Delia, hasta que la primavera llegara por fin a estallar una noche de plenilunio mientras el aroma de resina de los abetos —al que se mezclaba el perfume de la flor del *edelweiss*, que tan pocos son capaces de percibir— sobrevolando milagrosamente las almenas de las murallas de la ciudad, cayera sobre los tejados de pizarra del viejo hospital e impregnara de vida incluso la atmósfera pútrida y fermentada de sudores y fiebre de mi propio cuarto.

»Alta y roja la luna cuando entraste —un sol de media noche aullado por los lobos, un *Napo-*

león de oro para encelar jabalíes, un estelar aviso, una promesa de que algo iba a cambiar— a descerrajar mi sueño de una tarde de tedio salvada en pesadillas que ahuyentaste al llegar con la bandeja, ingrávido el paso, helada casi la sonrisa en los labios, silenciosa como siempre, pero más arrebolada que nunca te contemplara, y con un cierto extraño rictus de resignación y cansancio que tampoco antes había jamás en ti percibido. Sin pronunciar una palabra, dejaste la bandeja sobre la cama para invitarme con una impaciente mirada a despachar cuanto antes mi cena, como si aquella noche, por primera vez, tuvieras prisa por abandonarme de nuevo en las garras de una soledad —que era también la tuya— huir antes de aquel cuarto y acudir a una ineludible cita previamente concertada con un fauno.

»Mi desgana, Delia, apenas me permitió probar bocado. Acepté beberme finalmente el vaso de leche y te rogué retiraras la bandeja. Fue en ese mismo instante —nunca olvidado— cuando me atreví a coger tus manos entre las mías. Temblaste como una azogada al sentir el contacto de mi piel —un rechinar de dientes que pareció incendiar de marfiles la penumbra azulada de la habitación— y al intentar escapar, sin conseguirlo, hiciste rodar la bandeja sobre la colcha, lo que no representó, sin embargo, un obstáculo para que, sin transición, te hallara inesperadamente estremecida entre mis brazos. Alucinante escena medieval, Delia, que sólo hubiera sido capaz de captar un Bosco: la punta de un cuchillo de diamantes desgarrando la Vía Láctea, una bayoneta clavada en el cráneo rapado de un monje budista, un bergantín corsario en lontananza, pasando la sin remedio *aguja* para quedar por siempre inmerso en el océano, hubiera resultado, comparativamente, menos terrible. Después, sólo recuerdo que quedé dulcemente enervado en tu regazo y que perdí la noción del espacio y el tiempo sumergido plácidamente en un pesado sueño del que me sacaran las puntuales campanadas de la misa del alba. Solamente entonces advertí tu ausencia —que a tan ya peregrina hora, para que siguieras estando junto a mí, debiera sospechar—; pero grité cien veces inútilmente tu nombre en mi alcoba vacía con olor a orines y a fármacos, a sudor, a pecado y a mirra. Cien veces antes de quedarme de nuevo profundamente dormido para no despertar hasta cuatro horas más tarde, al toque de *asamblea* de mi Regimiento y recuperar la conciencia de mí mismo y de mi sacrilegio del que no quedara ya otra huella que la de la gran mancha de grasa, oscura y espesa, sobre el centro de la colcha.

»¿Cuánto tiempo transcurrió, Delia, desde mi despertar hasta la llegada de mi asistente? Sería incapaz de precisarlo, como tampoco lo fuera entonces, pero el caso es que apareció finalmente, compungido y abochornado, sin saber cómo disculparse —para no provocar mi furia— por su indisciplinado proceder de la víspera. Ante la imposibilidad de adivinar su falta, que por supuesto ignoraba, me vi obligado a interrogarlo. ¿Se había puesto acaso, sin solicitar previamente mi autorización, como acostumbraba, alguno de mis trajes de paisano, o justificado su tardanza tras la lista de retreta ante el sargento de semana argumentando un permiso que tampoco le había concedido? En absoluto. El asunto era mucho más serio según terminó por confesar. Había abusado gravemente de mi bondad y de la confianza que en él tenía depositada en razón de nuestro paisanaje y de nuestra mutua devoción por las soleares y el amontillado, porque llamado —no se hallaba en aquellos momentos ninguna hermana enfermera disponible tras la inesperada sorpresa del óbito (?)— urgentemente al Escuadrón, desde el hospital, para que me sirviera la cena, se encontraba disfrutando de un pase de pernocta que yo no sólo no le había otorgado, sino que ni siquiera tampoco me solicitara, en una alcoba del burdel de la guarnición (quince pupilas para cinco mil hombres) única manera —a deshora del *paseo*— de alcanzar un *favor*, lo cual —según aseguró— lo justificaba, en buena parte, de su ausencia. Y todo por culpa del gran revuelo, continuó. ¿Qué revuelo?, le pregunté, vivamente interesado por lo disparatado de su historia, absurda e inverosímil como todas las suyas en cuanto no era aún capaz de juzgar una insubordinación que, por las trazas, no me afectaba en absoluto. Lo suponía al corriente, me contestó entonces malhumorado. Sor Benigna, la hermana enfermera adscrita al pabellón de oficiales, murió de repente ayer tarde, tras una hemoptisis, en la capilla, mientras velaba al Santísimo. ¡Pobre! ¡Era tan joven, tan hermosa y tan santa!

»La segunda de tus reencarnaciones abominables (tuya no de ella, de Sor Benigna, no soy capaz de precisar en estos momentos los límites que os separan), se produjo, Delia, casi veinte años más tarde, hace apenas unos meses, en el Saint George's Anglican Church (Resident Chaplain the Rvd. Canon Woa Passmorf) *Rumores de la caleta,* alelíes, pensamientos, magnolios, dos leones rampantes en la dorada verja (VINCIT OMNIA VERITAS) un gato desperezándose en la cuadrícula de césped de una sepultura, trinando los ruiseñores en la madreselva, templada la mañana, y ese aroma impreciso de los cementerios coloniales, esa dulce paz de los camposantos decimonónicos —tan imperecederos— con que Victoria Emperatriz salpicara las cartas marítimas mediterráneas desde Málaga a Malta y desde Chipre a Suez, jalonando la ruta de sus súbditos.

»Cómo y por qué fui a parar allí, Delia, qué querencia ancestral de mármoles esculpidos, me obligó a cruzar sus umbrales. Pero el caso es que allí estaba, peripatético, paseando los senderos de gravillas, absorto, meditando una vez más —como si pocas fueran— en todas y cada una de mis posibles muertes, leyendo las inscripciones funerarias de casi siglo y medio como si me encontrara en la cripta de una abadía gótica: suicidios, epidemias, batallas, tempestades, los hijos del amor, la cólera o la guerra. FLYNG OFFICER J. MAGG M. PATTERSON, ROYAL AUSTRALIA AIR FORCE, 9TH JANUARY 1942, FIDELIS USQUE AD MORTEN, y muy cerca, solidarios frente a Roma, los hijos de Germania, también ellos, los cien guardamarinas de la fragata escuela, el más joven, Flamin von Sperl, de diecisiete años, náufragos sin remedio un 23 de Enero, hace dieciocho lustros; institutrices, hacendados, rentistas, médicos, ingenieros, rabinos, arquitectos, dulces adolescentes, rubias hijas de cónsules *(Por qué fue negado el tiempo de la dicha / Tu carne y sangre fueron tu vestido más rico / y la tierra no supo lo firme de tu paso).* Y allí estabas de nuevo, allí tú apareciste —cualquiera de las dos, ¿no es acaso lo mismo?— tocada con una pamela blanca adornada con una cinta de raso, vestida con un traje de seda azul, calzada con unos zapatos beige, depositando un gran ramo de rosas en la tumba de un desconocido. Sí, eras de nuevo tú (delgada y pálida como ella, los mismos ojos negros de novicia, y la misma arrogancia tuya de otras reencarnaciones menos lúgubres). Y como tal me reconocísteis, y sin media palabra os dejasteis acariciar (sentados ya ambos sobre el mausoleo judío que un instante antes ofrendaras —darais—) durante largos minutos antes de desvaneceros, dejando mis manos pellizcando el aire, palpando enloquecido moscas, mariposas azules, la nada de tu —vuestro— cuerpo que ya no era; un ciego sin bastón, un pobre náufrago —también— al fin y al cabo de cualquier tempestad en todos los mares...

MARTES, TRECE DE FEBRERO DE MIL NOVECIENTOS TREINTA Y SIETE. Encanijado dentro del mono de sarga azul (sucio azul de venas supurantes, pavonado azul sin fulgores marítimos) que sustituye —gracias a los desvelos de su hermana Gloria— la remota posibilidad de un uniforme de combate (remota en cuanto su remplazo no llegaría jamás a ser llamado a filas, ni siquiera para cubrir compañías de destino y agrupaciones de servicios auxiliares) los ojos salpicados de gemas de un pasado que nunca será otra vez presente, pero tranquilo al fin y al cabo tras someterse al trabajo de guerra como obrero civil militarizado que le eximirá de ser enviado tarde o temprano al frente *(Monsieur le Président, je vous écris una lettre que vous lirais peut-être, si vous avez le temps. Je viens de recevoir mes papiers militaires pour aller a la guerre, avant mercredi soir)* (1), toma de la andanada dispuesta en un testero la pieza artillera —obús con carga de prueba, casi de fogueo, en período de experimentación, aún sin los postreros vistos buenos— y la dispone cuidadosamente sobre el batiente de la carretilla de transporte para, a continuación, caminar empujándola perezosamente a lo largo de la nave de la Pirotecnia Militar hacia la encristalada garita de control donde el Comandante-Mu-

(1) **Boris Vian:** ***Le deserteur.***

nicionero y los expertos en balística la someterán a la comprobación final antes de ser trasladada a la recámara del *vickers* en el túnel de tiro en una última prueba de su eficacia sobre un *bunker* simulado.

Hace sólo tres semanas que trabaja en la fábrica de municiones —si trabajar llamar se le pudiera— veintiún días ya cumplidos de los que se halla laboralmente satisfecho en la medida de su incapacidad biológica de aceptar ninguna ocupación fija; nada que lo sujete en fin a las gamellas de otras preocupaciones que la de los naipes sobre el tapete y las fichas de dominó contra el mármol de los veladores tabernarios del suburbio ciudadano, el café y el aguardiente de la mañana, el vermut del mediodía y los catavinos de la noche, amén de las tardes de toros los domingos, ritos imprescindibles para sentirse vivo; sombríos suburbios del viejo cinturón proletario tachado en parte de un plumazo en los primeros días de una contienda —ya regularizada en su curso— en la que se niega a intervenir ni a favor ni en contra de nadie, en cuanto sus resultados —sean los que fueren— no afectarán —ni para bien ni para mal— su vida vagabunda integrada desde hace casi una docena de años en la castiza morfología (miméticamente chulesco ya el gesto) de la Ciudad Fluvial a la que llegara, antes de cumplirse el año de la huida de Gloria, con su abulia rural no para cambiarla de signo, sino para transformarla en villano desgaire.

La carretilla de ruedas de goma no chirría sobre el pavimento de linóleo que amortigua su deslizarse a lo largo de la nave, pero cimbrea la carga de sus metales falsamente asesinos. Las manos que sujetan las varas, no con demasiado entusiasmo, es cierto, acusan, sin embargo, su esfuerzo de pelele (Cristobita de tablado de marionetas transportando en escena la bala de azúcar *candy* de un cañón de hojalata) que, pese a su resignación, no acaba de salir de su asombro ante un mal que no por menor deja de ser mal, no obstante, y no admite ya vueltas de hoja: jornada de ocho horas que, con o sin faena, aun cruzado de brazos, le obliga a levantarse al alba, no descabezar siquiera la siesta, y sacrificar al sueño las primeras —y las últimas— horas de la noche, a las que hasta hace sólo tres semanas —y pese al toque de queda que sumerge a la ciudad en la oscuridad y el silencio del miedo y de la muerte— sabía sacar partido de correlativas o de subastado en el corredor de la casa de vecindad —corral de comedias para tragedias y para dramas— en la que vive con su hermana Gloria tras el fallecimiento de sus padres, instalados finalmente en la ciudad y en ella enterrados, y a los que ni siquiera la huéspeda fuera capaz de reconciliar, enemigos hasta el último aliento, recíprocos acusadores de una bancarrota rural de la que ni siquiera sus propios hijos guardan ya resentimiento, como si aquellos años de su niñez y su adolescencia en la villa de Valdelancina hubieran sido un sueño y tanto él como su hermano y sus hermanas (en distinta medida y a las que a veces les estalla la memoria, exceptuando quizás a Estrella, que apenas los recordara, habituada desde su casamiento a otro estilo de vida) hubieran nacido en un arrabal cualquiera de la ciudad y en él criados no como hijos de un acomodado labrador que conociera años de caudales y venturas, sino como los de un pequeño artesano del palustre, el torno, la lezna o la garlopa de los que, desparramados y repartidos por todos los barrios de la Ciudad Fluvial, ocupan —sala y alcoba, comunal la letrina— los salones fragmentados de los antiguos palacios y los viejos conventos enclaustrados desde la Desamortización, convertidos en corrales de vecindad, y las minúsculas casitas —de muñecas— de los patronatos gremiales y las colonias obreras de extramuro, desde la Trajana a los Jerónimos y desde los predios de San Bernardo a Pineda. *(Monsieur le Président, je ne veux pas la faire, je ne sui pas sur terre, pour tuer des pauvres gens.)*

Laboralmente satisfecho en la medida de su incapacidad, pero también de su conformismo al reconocer su privilegiada situación de *emboscado* (falsa en cuanto no habría sido movilizado nunca) que le permite dormir tranquilo sin angustiosas pesadillas en las que se viera obligado a cargar a la bayoneta en noches estrelladas, comer el rancho frío de las posiciones de vanguardia, saberse prisionero, por culpa de una mina...

La garita encristalada se encuentra a menos de un centenar de pasos. En apenas unos minutos terminará su misión —la única que se le ha encomendado en los últimos cinco días— y antes de un cuarto de hora volverá a su cubil de control donde atenderá una llamada telefónica de tarde en tarde y continuará leyendo, para matar su tiempo, tan sólo para eso —ya que le está terminantemente prohibido fumar, y de hacerlo todo probablemente cambiara, bastándole el tabaco para entretener su ocio— periódicos atrasados, viejas revistas, alguna que otra novela por entregas que Gloria encuadernara antes de la contienda y que lo acompaña junto con el almuerzo, cada mañana a la fábrica, y una colección de crónicas taurinas olvidadas sin duda por un amador ocasional en el cajón de la jaspeada peinadora de espejo irregular que, como todo su mobiliario, recibiera como ofrenda del bizarro coronel artillero, su amante oficial desde hace cuatro años y al que hiciera promesa de una fidelidad que respeta rigurosamente, exceptuando algún que otro y raro desliz con algún galán de ensortijados cabellos y ojos negros y tristes que sepa engatusarla con una mirada marchosa y la flor —oportuna— de un requiebro. *(Monsieur le Président, je vous écris una lettre, que vous lirez peut-être, si vous avez le temps.)*

En definitiva (como naturalmente sucede en casos análogos) el dramático suceso se produjo sin transición a su casi satisfecha sonrisa laboral; de forma y manera que cuando en el curso de los años que le restan de vida se le pregunta por él es incapaz de responder invariablemente otra cosa distinta que la de su sorpresa y su estupor al advertir cómo su mano izquierda, convertida en unos segundos en pájaro, vuela tranquilamente por los aires mientras sus ojos la siguen fascinados hasta que va a estrellarse (y jura que sintió cómo se le llenaba la carne de aquella mano viajera de diminutos fragmentos de cristales) contra la alta montera de la nave, para atravesarla como un proyectil y seguir luego impulsada hacia las nubes, al llegar a las cuales siente de nuevo otro estremecimiento, no de dolor sino de escalofrío y de fresco consuelo.

Inválido de guerra (casi héroe, que cobraría hasta su muerte una pensión civil —mucho más sustanciosa en la medida de su miseria comparándola con la de un auténtico soldado—; su accidente de trabajo, que estuviera a punto de resultar mortal, transformaría radicalmente su vida tras haberle sido concedida una solicitud elevada al Ayuntamiento para instalar un quiosco de prensa en los aledaños de la fábrica militar), una mano le bastó en adelante para despachar y cobrar periódicos, revistas, cigarrillos de contrabando y cerillas, en el ínterin de sus lecturas de las actualizadas novelas de Caballería a las que bien pronto se aficionara. Su único pesar —compensado por otros placeres más tumultuosos— terminó siendo el de no manejar con la misma destreza ni las fichas de dominó ni los naipes, algo que por otro lado había perdido su importancia al compararlo con la dulzura de los mercenarios amores a que se entregara hasta la víspera misma de su muerte. *(C'est pas pour vous fâcher mais il faut que je vous dise, ma decission est prise: Je serai deserteur.)*

»Bebimos bajo el emparrado, junto al porche del corralito, frente al pozo rodeado de gitanillas y geranios, una botella de vino blanco acompañada de un plato de caracoles en salsa de hinojo y poleo —burgados del cementerio, galaicos *escargots* que huelen a osario, y cuyo gusto, ácido y perverso, recuerda vagamente el de un joven sexo femenino recién galopado, orgulloso e hípico, escoriado de cuero nuevo en montura de *galápago,* estiércol, fusta, rabia y soberbia—. Luego, Delia, hemos almorzado allí mismo los dos en silencio, cruzando sólo de tardc en tarde algún monosílabo intrascendente que no comprometía evocacionalmente a ninguna de las dos partes. ¿Acaso podíamos, sin sonrojarnos, hacer un verdadero inventario de nuestras respectivas vidas? Más tarde, tras una taza de café espeso y oloroso, a punto creía él del inevitable adiós definitivo, Eugenio me ha ofrecido gentilmente la alcoba matrimonial —intentando demorar no mi partida fijada para mañana antes del alba, sino mi reencuentro conmigo mismo y con mi casa, donde, no obstante, estoy dispuesto a pernoctar esta noche— y su cama con colcha de odalisca presidida por una estampa iluminada (¿coro de serafines, almas en pena, sollozantes doncellas que imploran el perdón de sus pecados?) para que descabece un par de horas de sueño y purifique mi mala conciencia caníbal, mientras él duerme también la siesta en el dormitorio de las hijas ausentes que no regresarán de su jornada en la manufactura de verdeo antes del anochecer, y su mujer —resignada ante mi presencia, cariacontecida y tímida— (¿dónde están las duquesas de tus sueños, dónde las ganaderas verde y oro?) trajina el quehacer doméstico devolviendo al chinero, de nuevo inmaculada, la sagrada vajilla de loza utilizada en ocasiones tan infrecuentes y solemnes como las de mi visita: platos soperos, fuentes, tacitas de café con grecas de hojas de celinda y de nísperos, las únicas, en definitiva, reliquias de su desaparecido ajuar de novia.

»Me enternezco escuchando sus pasos en el comedor desde la alcoba a oscuras, tendido en la cama, sin desvestir, inmerso en un silencio que rompen sólo, de tarde en tarde, el aleteo de una mosca —única— el canto de un pájaro, el chirrido de las ruedas de una carreta campesina, el lejano y estremecido grito de un niño. ¡Bienaventurada! Bienaventurada también esta casa, Delia, de estancias cuidadosamente encaladas y altos techos donde podrían revolotear hasta un centenar de panarras, con su corraliza que completa el área del modesto habitat de Eugenio, el mismo que le viera nacer y que ahora comparte con su mujer y sus dos hijas, alzado en una de las costanillas que desembocan en la plaza mayor cuya configuración floral no parece haber cambiado: las viejas palmeras, los viejos empolvados parterres, los bancos de azulejos, el mismo ramito de romero bajo idéntico fanal de hojalata, sobre el retablillo de ánimas, a la izquierda de la puerta de la Colegiata en la que se desposaran mis padres, y la misma verja florecida de jazmines celestes del palacio de la infanta Micomicona donde te pusieran de largo aquel verano, semanas antes del último baile de disfraces —setiembre vendimiador, carnaval de estío— de la colonia veraniega que, tras la muerte de Laura, perdiera su razón de ser al faltarle la inspiración de su varita mágica que convirtiera en jardines de las Tullerías, en coloniales verandas, en criollos porches del Mar de la Plata, los senderos de albero, los pórticos de la terraza, el cenador, la explanada enlosada a la portuguesa y hasta los mismos límites de la verja, frontera de la luz y las tinieblas, foso del castillo de *Irás y no volverás,* que nos separaba de un mundo que ni deseábamos conocer, ni intentábamos en manera alguna tampoco cambiar, no sólo porque su transformación— por otro lado fuera de nuestras posibilidades— pudiera asimismo trastocar el nuestro, sino porque éramos de algún modo conscientes de que también disfrutaba de su cotidiano carnaval goyesco; *(Amarga presencia; qué alboroto es éste; no hay que dar voces; con razón o sin ella)* tan diferente, por supuesto, pero también carnaval en fin, sin un solo punto de contacto —duras garras del hambre popular frente a nuestro frívolo fatalismo— con los *pierrots,* los arlequines y las Colombinas en que nos transfigurábamos al compás de la música de Vivaldi, durante unas horas, *al otro lado del espejo.*

»¡Tu puesta de largo! Ya para entonces ciertamente, Delia, eras otra (el antifaz de terciopelo —mascarilla mortuoria— acabó por modelar tus primeras arrugas); pero coleteábamos aún nuestros últimos besos; arrullábamos todavía (un recuerdo ya casi para entonces las Ruinas, el altillo del club, al que nunca más subimos —el club mismo casi— una velada sombra difuminando nuestro primer encuentro ya también, tan increíblemente lejos) algunos postreros furtivos contactos en el naranjal o en la parda terronera polvorienta de los olivares, otoño melancólico, resignándome a estrechar tu cintura con el Vals de las Velas, y a soñar más tarde con las rosas de Mrs. Miniver de nuestra última tarde de cinematógrafo. Después nada. Habría de consumarse mi tragedia famillar antes de volver a encontrarte (tú, tú, por última vez no tu fugaz errante imagen de todas las latitudes, casi mejor de todas las constelaciones) recién parida, madre ya, aún ni cuarenta días de tu primer parto, en aquella alcoba de arrabal. ¿Qué fue de ella, Delia, de aquella *chambre,* casi posada aún entonces de Trajana? Nada tampoco ya. Ni siquiera de nuestro paso por los jardines, las plazas, los cinematógrafos y las recoletas callejuelas oscuras de restricciones eléctricas de la Ciudad Fluvial queda nada. Itinerante peregrino, ayer al filo de la madrugada, bien pude comprobarlo. Ni siquiera la que fuera casa del patio de las ranitas vidriadas mantiene el azulejo de su numeración frente al luminoso *de guardia* de la traspasada farmacia de don Cástulo, donde los centellantes anaqueles han sustituido los frascos vacíos de porcelana azul, de blanca porcelana, rotulados de láudano y árnica, de quina y alcanfor, de sangre de drago, de crémor y de tártaro.

»Nada, en definitiva, queda ya ciertamente, Delia, no sólo de aquel mundo que se nos fuera para siempre, sino tampoco de aquella ciudad única que alargara en tantos aspectos de su fisonomía los esplendores románticos de Cecilia Böhl y los faustos versallescos de la pequeña Corte de los Montpensier hasta los felices —y desdichados— años de nuestra pubertad. Sin embargo, dentro de su caos y de su paulatina y sistemática destrucción —la de sus palacios y minaretes, sus patios y sus callecitas entoldadas, los compases de sus viejos conventos olorosos de arrayanes, sus jardines interiores asomando la punta de sus cipreses y de sus camelios sobre los bardales de sus tapias encaladas, los balcones colgados de gitanillas y geranios e incluso el curso maestro de su río— resta en ella ese aroma imborrable a joven y sabia ramera, ese perfume noctámbulo que emana de sus estatuas de bronce, ese zurear de las desaparecidas palomas de sus plazas cuyos fantasmas revuelan aún sus cielos; esa carnal languidez, esa contenida lujuria, ese asombro —de yegua árabe en celo— esa templanza de pasos sin prisa, esos rosales conmemorativos de las vírgenes que desflorara el Venerable Mañara; esos satánicos ojos negros enfebrecidos de las adolescentes, ese impreciso olor a axilas, ese temblor barroco de los arcángeles de sus retablos, y esas cigüeñas sobre sus torres y sus espadañas que no han sido afortunadamente capaces de tachar de un burocrático plumazo los ediles consistoriales ni los prefectos y que puede significar quizá que todo lo que amamos no se ha perdido definitivamente aún, al menos mientras sigan escuchándose en las noches de plenilunio a la sombra lunar de las palmeras, la voz cálida y dulce de Afrodita; voz que pude anoche aún oír y cuya cadencia inspiraba el canto de los ruiseñores en las frondas del parque de la Infanta donde, en un banco de cerámica, permanecí casi dos horas sentado para evocarte, esperando inútilmente una nueva materialización tuya, como si posible fuera conjugar al diablo en el centro de sus propios dominios.

»Dobla ahora la campana mayor de La Colegiata una muerte en el pueblo. ¿Hombre, mujer, niño? Pronto saldremos de dudas, en cuanto el final del pregón mantiene, empero, su clave medieval de tres, dos o un solo golpe de badajo, a intervalos de quince segundos aproximadamente para el varón, la hembra o el infante, que previamente haya sido, por supuesto, cristianado. Ha sido una mujer, Delia. ¿Una anciana o una adolescente? ¿Cuál habrá sido su enfermedad? ¿Larga o repentina? Acaso dolorosa. ¿Cuántos años hace que no oía esta campana de difuntos? Casi un cuarto de siglo. Mañana, a esta misma hora —y son poco más de las cinco— Eugenio tendrá ya cavada su sepultura, preparadas las cuerdas para bajar el féretro y dispuesto el mortero para cerrar las juntas de su losa; pero yo no estaré ya aquí. Habré ya partido hacia mi destino. ¿Qué destino? *Billy el Niño* abandonará Silver City, en el Condado de Grant para adentrarse en la frontera Norte del Estado tras haber inhumado de nuevo los restos de «Kathleen». *Billy el Niño* no volverá jamás a Silver City, no regresará nunca más al Sur —por muchas mariposas que el Sur tenga y muchos recuerdos que del Sur guarde. A *Billy el Niño* le quedan sólo unas horas entre los olivos y las viñas, las higueras y los jazmineros ya casi en flor; pero antes, naturalmente, Delia, limpiará sus revólveres, los enfundará cuidadosamente en su cinturón, comprobará el estado de las municiones en sus cananas y visitará las Ruinas dcl antiguo poblado indio, para cruzarse de brazos más tarde en el mostrador de la taberna y beberse en silencio —mientras sean capaces de respetar su intimidad— una botella de aguardiente antes de —de nuevo hombre de paz— ir a pasar la noche en el viejo y destartalado sofá del salón de su irrisoria casita de muñecas.

»Acaba en este mismo instante de levantarse Eugenio, Delia, y ya le oigo cuchichear con su mujer en voz baja. Buenas noticias. Probablemente como sepulturero titular será también el representante de cualquier acreditada funeraria de la Ciudad Fluvial, y su obligación —ineludible— consistirá en hacer cuanto antes una visita a su nuevo cliente, que no le podrá ya decir *no* aunque quisiera, calcularle —es su oficio— a ojo, el tamaño del ataúd, y telefonear a continuación el pedido que le servirán puntualmente y llegará a su destino en el primer autobús de la mañana...

DOMINGO, DIECISIETE DE MAYO DE MIL NOVECIENTOS CUARENTA Y TRES. Sentada en el afiligranado banco de hierro (resto de un imperio —periclitado treinta años después de su fundición en Amsterdam— que se hallaba, sin embargo, en condiciones tales de optimismo, anclado aún en sus pasadas glorias, de alzar a propósito de la Exposición Latino Americana —para ella ya sólo un casi olvidado recuerdo de primeras mieles matrimoniales, de las vagonetas de la montaña rusa de un *Luna Park* en miniatura y de polcas y valses en el Gran Casino— los parterres de jacintos y los macizos de boj y de espliego y los arriates de pitásporos y los artificiales lagos, y las glorietas de rosas con sus sirenas y sus tritones, y las estatuas de bronce de sus dilectos hijos —María Luisa, *La francesa,* con una blanca azucena de mármol de Carrara en la canal del seno— y los surtidores y los quioscos de la música como *podium* de las bandas de los regimientos de Lanceros y de Húsares desfilando con sus entorchados por los senderos de gravilla de los jardines de la Infanta) contempla, con un largo cansancio reflejado en sus dorados ojos de almendra, con una infinita desilusión incrustada en su alma campesina que no fueran capaces de borrar los esplendores ciudadanos de su juventud —no por efímeros menos elocuentes— el juego de sus hijos que sestean: en la pista de patinaje Beatriz, en el improvisado velódromo Augusto, mientras tricota con agujas de carey —el último regalo recibido de sus cuñadas, la única industria, por ellas finalmente regentada— un jersey de lana para su hijo Alberto, de la que lo separaran antes de cumplir dos años para quedar ya para siempre al cuidado de la ternura de sus tías, dispuestas a no soltarlo jamás aunque se hundiera la tierra y se derrumbara el mundo y a no abandonarlo ni un solo día, ni permitirle siquiera un apacible domingo de mayo salir en compañía de su madre y de sus hermanos a los que ni siquiera visita ya y a los que no se encuentra vinculado ni por el afecto ni por el amor a nivel de la conciencia de sus catorce años, con doce a las espaldas desgarrado de un hogar que, involuntariamente, entonces repudiara. Un menguado, un crecido, una vuelta al revés y otra al derecho. Las acarameladas agujas se deslizan raudas sobre el elástico y la sisa de la lana que perfilan el escote y el sesgo de unas mangas que teje amorosamente para su hosco primogénito, huraño, seguro de sí mismo y de su poder frente a ella y a sus hermanos, rubio príncipe borbónico de medias sonrisas y alados pasos alfonsinos, quedo hablar y ademanes de paje, feliz en la clausura de una casa de treinta y dos habitaciones, enfundado en una bolsa de papel parafinado, defendido de la polilla del amor materno y filial por la pesada artillería de tres solícitas vírgenes, aromado por el sahumerio de alhucema de un brasero repujado de plata, protegido de sus acechanzas por las cien lanzas de los eunucos parapetados en el cancel de forja, esclavo de su alcoba presidida por el buen Jesús, el Angel custodio y Santiago Apóstol; prisionero de su dicha de único efebo en un harén de pudorosas y castas doncellas (¡Sí, su dicha, pues necesariamente ha de tenerla, lejos de mí, Señor, sin nunca necesitarme, sin echarme de menos, sin percibir mi ausencia!) guardado como un *Agnus-Dei* en un cofre de ébano sellado con el lacre de imposibles blasones —de los que quizá se estime también heredero— y las dobles vueltas de las siete llaves de las cardinales virtudes; niño aún de Estanislao y casi mozo ya de Luis Gonzaga; brillante alumno, pero excesivamente imaginativo —sin encontrarse, en cambio, en posesión de ningún camarillo desde donde soplar su fantasía— para ser acreedor a las orlas del cuadro del honor o a las ignacianas *dignidades*; a pesar de cuya situación de privilegio reniega de su suerte por no haber sido dotado por Dios de la habilidad manual y talento pictórico —que singulariza a los Gentile— de su hermano Augusto para expresar gráficamente, con un par de trazos de carboncillo, el lomo de un gato desperezándose en el perfil de una ventana, las arboladuras de un galeón, el contorno de un búcaro de cerámica de Trajana, el vuelo de un pájaro e incluso la inconfundible sonrisa de su hermana Beatriz, sus labios de menina y sus trenzas castañas, sobre el granulado de un pliego de papel *Ingres*. Imaginación inútil al no disponer de un propicio campo de aplicación como el de la pintura para el que, en cambio, su hermano se encuentra tan prodigiosamente dotado; fantasía tan estéril, quizá, pues, como la de su propio padre al que lo vinculan además emocionalmente una serie de otros rasgos comunes, ninguno de los cuales presagian el feliz final para el que está siendo tan laboriosamente preparado.

Otro crecido más, otro menguado, una vuelta al revés y otra al derecho. En sus ojos —tan prematuramente cansados— se desdibujan los lejanos contornos de Augusto y de Beatriz persiguiéndose en la rotonda de los patines, ante la bambalina de tapiz persa de palomas que vuelan hacia las palmeras, pavos reales que pasean orgullosamente sus colas entre la floresta y cisnes que se deslizan por el lago estallando nenúfares y combando castañuelas y juncos.

Su hijo Alberto, por un lado —entre las almidonadas enaguas y los guarderones de un ropero de cedro, las vidriadas ranitas y las mecedoras que columpian fantasmas y difuntos— y, por otro, su marido, cortejando pelotaris y sirvientas, soñando imposibles negocios que nadie será capaz de confiarle, apurando su enésimo coñac o barajando naipes que jamás serán tampoco triunfos en sus manos; dando un quiebro a la vida —y otro quiebro a la muerte que lo ronda sin saberlo— desde el alba al ocaso, o del ocaso al alba para ser más exactos.

¿Ilusiones de un cambio a estas alturas? Cuando sus hijos crezcan. ¡Largo me lo fiáis! ¿Y mientras tanto? Tan sólo la esperanza y los contados instantes —como este atardecer de primavera— de paz que le proporcionan la leve brisa que acaricia su piel y un resto de su antiguo entusiasmo por el hecho mismo de sentirse viva —aun creyéndose desde niña, muerta— y saber descifrar aún los elementales rumores de la tierra: el gusano reptante, la tremolada flor, la mariposa, el trinar de los pájaros, la veloz golondrina. Pero las urracas y los cuervos, los tordos y los grajos, están también aquí, se encuentran junto a ella, a menos de un tiro de honda del banco, siempre avizores, bajo los mirtos, los enebros y los álamos, correteando sobre la pradera jardinera al acecho de una campana que puede doblar a muerto en cualquier parte.

Todo lo que la vida podía darle se lo ha entregado ya, a regañadientes; unos años de amor, muy pocos, los sucintos, meses apenas, tan sólo días quizá y unos hijos: el robado —al que solamente puede ofrecer sus caricias a través de la lana de un jersey que probablemente no se pondrá siquiera— y los dos que continúan a su lado y de los que jamás la separarán. En un posible balance —que no está dispuesta tampoco a hacer— no cuentan ya ni los años de su infancia. Su memoria se niega a evocarlos ni para bien ni mal: triduos, novenas, ingenuas canciones en el mes de María, unos calurosos veranos en la era —olor de trigo nuevo y paja pulverizada, sudor de mulas tordas y gañanes, perfumada verbena y culantro del pozo; agua dulce ¡y tan fría! recién volcada de los cangilones de la noria sobre la alberca, y los constantes estornudos que habrían de perseguirla a lo largo de treinta y cinco años; inviernos melancólicos— solecito en las tardes, el prado comunal, el aroma de la leche, la tartana trotando el caminito de la huerta o la viña, el fuego de la chimenea campesina, las temibles, las inacabables noches, con la lámpara votiva sobre la cómoda procesionando sombras espectrales en la cal de los lienzos de su alcoba de niña atenazada por el miedo, perdida en un caserón lleno de adultos incapaces (ni siquiera sus hermanas, aparentemente más jóvenes sólo en razón de la tersura de su piel y su afán de casar con quien fuere siempre que sus manos no empuñaran ni el arado ni las riendas y no calzaran botas de gañanes ni miraran el cielo por las noches, tras meses de sequía, leer en el cerco de la luna el anuncio del agua redentora; o el descampe, en los días de borrasca, tras las torrenciales lluvias que encharcaron sus predios) de adivinar la angustia y la soledad y el desamparo físico y el terror de la benjamina resignada, por culpa del mucho alcohol libado por su padre antes de concebirla, según los médicos, y de una bronconeumonía pescada a los tres años por mor de su madre, que la expusiera un atardecer de noviembre a una corriente de aire, a sus crónicos catarros y a sus desarreglos vesiculares que no desaparecieran ni con la adolescencia ni después de su casamiento y a los que continúa aún encadenada, por lo que la frecuencia de su tos, regularizada en los últimos siete días, no la hacen aún sospechar que las fibras de su pulmón izquierdo han empezado a desgarrarse y una primera brecha a abrirse camino en su vértice clavicular para desde allí, una vez pertrechado bacilarmente, inundar en poco más de tres años sus dos vías respiratorias, aún hoy con posibilidades de salvación si pusiera atención —lo que no hace, ni hará en las próximas semanas aunque las advierta— en la mancha sanguinolenta de sus esputos que, tras su golpe de tos —tan secular como el mismo color dorado de sus cabellos, su palidez y el brillo febril de sus ojos frente a todos los espejos en que se asomara en la vida— ha depositado discretamente sobre su pañolito de hilo con puntillas de encaje prestidigitado limpiamente de su bolso de piel de serpiente —una reliquia de un anteayer más venturoso— que se apoya transversalmente en la cestita de rafia azul —con *Pinocho y Chapete* recortados en fieltro rosa— de la labor donde asoman dos ovillos de lana y el termo lleno de leche caliente de la merienda que antes de un cuarto de hora vendrán a solicitar sus hijos, sudorosos y anhelantes, tras haber abandonado las soñadas pistas de hielo y los circuitos de competición de las rotondas asfaltadas del parque por donde discurren sólo los tristes y escasos simones acharolados arrastrados por sus jamelgos camino de la plaza de toros, y, de tarde en tarde —y sin mayor peligro ni para los paseantes endomingados ni para los infantiles patinadores y ciclistas, en razón de su lentitud— unos destartalados y renqueantes automóviles de alquiler que se dirigen o regresan de la estación férrea, del puerto o del aeródromo militar, en misión de servicio de viajeros, el único, junto al de urgencia médica, a que están autorizados en una ciudad, cuyos transportes urbanos quedaran reducidos al de los amarillos tranvías que la circunvalan y a los vehículos de tracción de sangre aún no definitivamente arrumbados en sus cocheras y en sus cuadras, o en ellas repintados y de nuevo resucitados para desempolvarlos del olvido y volver a trotar —quizá con menos brío, pero idéntico empaque, como en sus mejores años— por las calles, las plazas, las avenidas, los jardines, los sotos y las callejas de los lejanos arrabales de una urbe ya en completa decadencia y acelerado proceso de descomposición, cuyas ruinas sin remedio no serán, sin embargo, reconocidas por sus insignes habitantes sino al cabo de un cuarto de siglo, cuando suenen por fin las cornetas de Josué a través de sus almenas árabes-romanas y se derrumben sus defensas y sus barbacanas, sus murallas, sus puertas y sus torres, sepultando bajo sus escombros los efímeros esplendores, y los fulgurantes oropeles; la falacia de todas sus honras, todos sus blasones y todos sus orgullos.

Tras estornudar tres veces seguidas, después de haberle recorrido un largo escalofrío las espaldas, vuelve a toser, ahora convulsivamente, y una punzada honda le cruza en diagonal el cuello para terminar clavándosele como un estilete en el vértice superior izquierdo de su clavícula; pero ni el mismo dolor es capaz de sacarla de su arrobo; se limita a depositar sobre sus hombros una ligera chaqueta de crespón y a sonreír por primera vez, ensimismada en calcular mentalmente los crecidos y los menguados de la sisa del chaleco de punto que teje para el mayor de sus hijos, al que parece estar en estos —puros y casi milagrosos— instantes acariciando.

...»*¡Nymphis et genio locorum!*, Delia. Y a ellos me encomiendo de nuevo en las *Ruinas* del *poblado indio,* donde acabo de llegar con mis revólveres al cinto y mis cananas (en el que hace treinta años encontráramos un atardecer, entre las grietas de mármol del Anfiteatro, un *semis* y un *cuadrante —Octavio Munic Italic—*, que no quisiste aceptar, y aún cuelga de mi cuello prendido de una cadenita de plata como un talismán al que no he renunciado ni en los peores momentos de penuria) y desde el que no puedo dejar de evocar (¿qué significa, al fin y al cabo, el tiempo gravitando sobre alguien para quien el ayer más próximo está más lejano que los aconteceres de hace un cuarto de siglo?) la última y más fatídica de tus reencarnaciones en otras ruinas, la de los Jardines de la *Real Fábrica de Paños de Carlos III*, de Brihuega, cuando era mi intención rememorar ahora los lejanos días que aquí en éstas pasamos juntos.

»Veamos cómo sucedió: Pintaba de nuevo, Delia, volvía a pintar; el frágil caballete transportable —del que durante tantos años me alejara— y la noble paleta, requerían de nuevo imperiosamente a mi retina para que plasmara el cromatismo de los interiores de los palacios abandonados y de los semidifuntos jardines, por los que había quedado definitivamente marcado desde los altos barandales del patio de las ranitas vidriadas y fuera de los cuales era sólo un ciego empeñado inútilmente en *fotografiar* sonrisas y trazar teoremas de exágonos y paralelepípedos cuando lo que realmente me fascinaba era la textura de las rosas, de los arrallanes, de los cipreses, la atmósfera de los cenadores, el espejear del agua discurriendo por las acequias camino de una alberca, la forja del herraje de un cancel y la refracción del sol en la cal de los muros y en los azulejos de los zócalos.

»Pues bien. Todo eso y más —que ni siquiera imaginar podía hallé, sin proponérmelo, en aquellos jardines cubiertos de líquenes, arbolados de castaños salvajes y de camelios, de limoneros, de nísperos y de granados, cuadriculado de abandonados palomares, de arruinadas fuentes, de arcos de boj y de madreselva, de macizos de rosas y nomeolvides de la Alcarria. Impresión memorable: como si hubiera regresado de pronto al *Jardín de Alá* de mi niñez y no hubieran transcurrido treinta y cinco años desde los días de mi prisión en la dorada jaula (que, por otro lado, aún tanto echo de menos). Y con el pincel en la mano me encontraste, y, por esgrimirlo precisamente, te acercaste a mí por la espalda abandonando el grupo sajón (¡Oh tú, rosa de Evirán, en mitad de la desorientada multitud, levitando y huyendo para, junto a mí de nuevo, reencarnarte!) al que te vinculaba tu inexplicable nacionalidad, tu curso de lingüística y tu microbús USA; comunidad difícil de eludir fuera de las fronteras imperiales, máxime por haber sido a ti precisamente encomendada. Sí, sí eras tú, Achylus-Delia, los ojos de satín negro, las pestañas de seda, jazmines las ojeras y de nardos los dientes, *Nina Ricci* el perfume (que compraste en Marsella según supe más tarde) los cabellos azules de tan oscuros bajo el sol de poniente que lamía, tras los álamos, las cumbres ya en penumbra de la Sierra Ministra. ¿Qué advertiste en mi lienzo, manchado de clinios y petunias, un sendero de lirios, un busto de Jaturna y una estatua de Acca Laurencia? Sea lo que fuera, resultó suficiente para despertar tu entusiasmo en la misma medida en que el mío fuera enardecido por el timbre de tu voz, bronco y tranquilo (como el de una lejana cascada, quizá como un torrente remansado del Tajuña, allí bajo nosotros, fertilizando el valle) en el momento de preguntarme si podrías visitar al día siguiente mi estudio en *La Villa del Oso*. ¡Oh, pero no lo tengo, y ni siquiera sé, por ahora, si lo tendré de nuevo alguna vez! Lo mismo pinto hoy que dejo de hacerlo dentro de dos días. ¡Y soy tan inseguro y tan mal cumplidor de los encargos! Venga a mi casa, no obstante; le espero mañana por la tarde, aquí tiene mis señas, cerca de *Los Jerónimos*. ¿Se atrevería usted a hacer mi retrato? Y ni una palabra más; allí se fue tu voz para, instantes más tarde, integrarte de nuevo a la impaciente procesión gangosa del coro de tus alumnas, peripatéticas y desoladas, que se agrupaban ya medrosas dispuestas a refugiarse dentro del microbús, sabiéndose sin ti indefensas y abandonadas.

»Y fui, naturalmente, Achylus-Delia, la tarde siguiente, en un momento clave de mi melancolía, presintiendo que había efectivamente de encontrarte —sin concertar de antemano una entrevista telefónica— esperando en el serrallo como una amante árabe —lo que, al fin y al cabo, eras— el instante de mi aparición, a las cinco en punto de la tarde.

»¡Qué insólito todo en aquel piso! ¿Cómo encontraste, dime, la agencia de la dulce Emily (1) capaz del increíble arrendamiento de una estancia (13 por 7) empapelada en rosa salmón, colgada de lienzos (de Madrazo a Esquivel, de Rosales a Pinazo) llena de viejos muebles decimonónicos (a mi llegada, *Narcisus* en la victrola, por la *Victor Concert Orchestra,* la mirra y el incienso en el brasero de cobre repujado, hirviente ya el agua del té en el samovar, los cigarrillos aromáticos cuidadosamente alineados en su caja de ámbar) de falsas tallas románicas, de guitarras, de celestes floreros de Sajonia, de divanes, de libros, de revistas, de viejos pergaminos polvorientos, y de la mancha —roja y fulgurante como un coágulo de sangre— que todo lo iluminara, de tu quimono de seda, entreabierto al rozar con mis labios las sortijas de amatista y azogue, de ágata y de estaño que enjoyaban tus dedos cuando me postré ante ti, de rodillas, Olimpia-Achylus-Delia-Sherezade.

»Sí, porque ante aquel recibimiento todo sucedió como irremisiblemente debiera, marcando ambos cada tiempo de la acción para la correcta

(1) El autor hace referencia a la protagonista de *Una rosa para Emily,* de William Faulkner.

puesta en escena de *Alf laila wa-laila.* Primero el Artista, sin alterarse, expuso las poderosas razones de su negativa a ejecutar el retrato. Luego se dignó tomar contigo el té —hirviente y aromado de hierbabuena— más tarde aceptó un cigarrillo, cuyas volutas azules se dirigieron, aladinamente, hacia el tiro de la chimenea apagada para quedar transformadas en lluvia de pétalos de rosas sobre el frío tronco de pino; por último, entró en situación y se puso a recitar su papel de siempre. Vano e inútil empeño de un pusilánime, tímido y desconcertado Shahriyâr frente a la argucia y la suavidad de la piel —ya comprobada— de una Sherezade dispuesta, no obstante, a conservar a todo trance su pudor y la consiguiente dispensa de sus favores amatorios hasta el momento de lograr sus fines: un busto de *madonna* pintado al óleo, que reprodujera clara e inequívocamente sus propias facciones, por el que tu padre, a punto de llegar un día cualquiera e inesperado de Londres para pasar a tu lado unas horas, te había ya anticipado 2.000 dólares —que te era imprescindible justificar— de los cuales me podías hacer entrega, una vez concluido mi trabajo, sólo de trescientos, ofreciéndote a pagarme el resto con el cheque en blanco de las sabias y experimentadas caricias de una dulce amante nacida en Providence, hacía escasamente veinticinco años, armenia pura (y no mezclada en tu limpia genealogía con ninguna otra sangre extraña, nieta de unos emigrantes arribados a Nueva Inglaterra desde Erzurum —artesanos de alfombras, zapateros de leznas, chaira y cerote— e hija del mayor accionista de una fábrica de curtidos, apresto y entintado, de la costa oriental) llegada expresamente hacía dieciséis semanas, tras tu licenciatura en Literatura Medieval inglesa y tu *maestría,* ejercida durante un año en la Universidad de Nueva York, a recibir clases de guitarra —tu auténtica, y hasta entonces frustrada, única vocación—

becada por la generosidad y el amor de tu padre, lo que no te impidió, en las últimas semanas, obtener algunos ingresos suplementarios —en un principio, naturalmente, no previstos—, pero a los que te obligaron las circunstancias de tu prodigalidad con la gente del bronce, gracias a tu perfecto conocimiento de la nobilísima lengua de Castilla, proporcionados por los cursos itinerantes de la Associated Mid-Florida College, lo que justificaba tu insólita permanencia en los jardines de la *Real Fábrica.*

»Trescientos dólares, a cambio de mil setecientos que tú ya habías dilapidado en cuatro meses escasos, Achylus-Delia, por un retrato que debía terminar —utilizando la técnica y el estilo de los viejos maestros italianos— en un par de largas sesiones a lo sumo si quería llegar a tiempo de conseguir justificante ante tu progenitor. ¡O.K.! No lo pensé. Por vez primera en un cuarto de siglo tu reencarnación me proporcionaba un puñado de denarios de plata (*¿semis o cuadrantes,* onzas, florines, ducados?) y me obligaba a practicar con destreza mi hermoso —y odiado— oficio. No debía pensarlo. No estaba en disposición de elegir entre los treinta billetes (abiertos en flor con los que abanicabas tu languidez, mientras me mirabas intensamente desde unos ojos que prometían que el pago suplementario en especie sería abonado puntualmente por una dulce y sumisa amante, experta en todos los secretos del amor) y mi incapacidad de pintarte en otra *pose* distinta que la de medio cuerpo, desnuda; repetir, en suma, una vez más, tu retrato de siempre, el de tu silueta de niña frente a mi asombro en el altillo del *club,* una mañana de primavera.

»Eso o nada. No me ofreciste la opción a una fórmula intermedia honrosa para ambos, y continuaste sonriéndome estúpidamente, Achylus-Delia, mientras tremolabas irónica —segura de la importancia de tu oferta— treinta satinados billetes que resultaban ya para mí, en aquellos instantes, mucho más fundamentales que tus prometidos besos mercenarios. Compréndelo, Delia, fue un error imperdonable por tu parte. Aportabas —sin saberlo— un nuevo elemento, el oro, que jamás antes había jugado ningún papel en una legendaria historia que desconocías.

»Ahora bien —y no caben ni la disculpa ni la contrición en algo de lo que no estoy de ningún modo arrepentido— juraría que no sufriste, que tu tránsito al paraíso de las meretrices fue tan rápido y poco doloroso como si hubieras hallado la muerte bajo la presión de los expertos dedos de un estrangulador profesional y no entre los de un recién llegado al crimen.

»Y cuando, tras bajar los crujientes peldaños de la escalera de madera de tu casa, Achylus-Delia, alcancé por fin la calle solitaria bajo la lluvia, una gran paz invadía mi ánima, y aunque las campanadas del reloj del Palacio de Comunicaciones proclamaran la meridiana exactitud de las seis en punto de la tarde, para mí aquel día estaba amaneciendo, como también ahora me lo parece, Delia, aunque las primeras horas de la noche hayan comenzado a entintar de violeta los olivos del Al-xaraf, y los mosaicos de *La Casa de los Pájaros* a desdibujar sus contornos de iris bajo la luz agria y destemplada del crepúsculo. Indefectiblemente, Delia, siempre se termina por matar lo que se ama...

MARTES, TRECE DE NOVIEMBRE DE MIL NOVECIENTOS CUARENTA Y SIETE. La carretera silenciosa y desierta (boca de túnel ferroviario abierto entre las vaguadas calcáreas de los alcores y el leve reflejo de grafito de los olivares, fauces de perro *foxterrier,* enlutado pañuelo de aldeana, el fondo de la alberca nimbado de verdina del jardín de su infancia, a última hora de la tarde, bajo las ramas mecidas por el viento de la palmera —quitasol estriado donde gorjean los pájaros— que transformaron los atardeceres en noches y en tardecitas las mañanas) ante él. Ante él, el cielo de la noche sin luna y sin estrellas, sin el umbilical cordón de la Vía Láctea calmando sus temores, ni el punto de referencia de una ventana iluminada en un caserío, en un ventorrillo, en una humilde casilla caminera; ante él el latifundio rapaz y legendario, soberbio, omnipotente —respetado más que por sus juramentadas carabinas por una ancestral resignación frente a la propiedad sagrada— y ni la doméstica fosforescencia de los ojos de un gato, ni el relámpago del vuelo de una lechuza (¡bebedoras de aceite, fúnebres compañeras de las consejas de terror con las que estremeciera aún más su histeria de niño tía Natalia, casi os echa de menos porque ante vuestra presencia física sería capaz de saberse aún dentro de los seres concretos, lo que empieza a poner en duda!). Nada. Negro sobre negro, y, de tarde en tarde, una fresca ráfaga de viento atlántico que, cruzando la pineda del Coto se transforma en cuchillos de helados azogues en las tierras altas, como para resecar a propósito la húmeda película de la piel de sus labios. Sólo lo negro para abrir el camino de sus pasos marciales, rítmicos y vibrantes (tras, tras, tras) para ahuyentar el miedo; la única cadencia que bien pudiera —no obstante, sin conseguirlo— volatilizar su cobardía, vaciándosela por los poros de sus pespunteados zapatos de *boxcalf*, los elásticos de sus calcetines de lana y las costuras de las anchas solapas —el cuello levantado— de su trinchera *beige*.

¿Demoró acaso voluntariamente en casi tres horas su vuelta a la ciudad, a su única y verdadera casa (en la que ha permanecido enclaustrado diecisiete años y que abandonará mañana al mismo tiempo que la Ciudad Fluvial) tras pasar el día —sólo el día, exclusivamente el día, un último día memorable— al lado de los suyos? ¿Qué suyos? ¿Es ahora más suya acaso —tan tarde— su madre? ¿Son más suyos sus hermanos, (obligados a verse morir rodeados de huertos de naranjos, olivos y viñedos, en una casita levantada en los aledaños del humilde lugar donde por vez primera la casi aún adolescente que lo trajera al mundo una tarde de Reyes Magos, la nunca aceptada esposa de su ya bajo tierra y perdonado padre, viera la primera luz y ambos contrajeran matrimonio en el barroco retablo mayor de la parroquia arciprestal) la víspera de su partida para incorporarse, por fin, al primer curso de la neoherreriana Escuela de Arquitectura en la que tan brillante y rápidamente lograra ingresar, y para cuyo ciudadano regreso, inexcusable, se ve obligado ahora a caminar, al no haber encontrado otro medio alguno de transporte, la media docena de kilómetros que lo separan del apeadero del tranvía suburbano que extiende su red desde hace quince años hasta la falda misma de los rojos alcores del Al-xaraf? ¿O fueron quizá los ojos de Beatriz, los febriles, los héticos, los agónicos ojos de su hermana, los que lo inmovilizaron en el saloncito con la terraza abierta a la fragancia del cercano naranjal —*pabellón de reposo*— del que debiera haber escapado tres horas y cuarto antes para poder alcanzar el último autobús de línea, su única posibilidad de asegurar su regreso para (como se le hizo comprender una y mil veces por sus solícitas tías, vírgenes custodias, sancristobalinas de su tren rápido de las nueve en punto de la mañana del miércoles: primera clase, butaca reservada con quince días de antelación) poder encontrarse —por ellas, naturalmente, acompañado hasta el mismo estribo y hasta el postrero silbido— con tiempo sobrado de recomendaciones, de consejos y adioses, antes de la definitiva despedida —húmedos los ojos, enternecidos los corazones— en el evocador andén de la estación del Norte?

Los agónicos ojos de su hermana Beatriz fijos en la arrogante presencia de su insultante vitalidad, pero, asimismo, alucinados, aunque no menos terribles, los de su madre y, en otra medida y con otros fulgores, los de su hermano Augusto, como si en el fondo estuvieran convencidos de que serán también supervivientes de la tragedia y que la guadaña no intentará aún cerrarlos por obra y gracia de su pubertad consagrada a la más maravillosa de las Artes; dura coraza, precioso talismán invisible capaz de hacer cambiar las coordenadas de un destino fatal, que se cumplirá, no obstante, en él inexorablemente por otros caminos aún impensables cuando diez años más tarde el *Superconstellation*, que lo conduzca —en una primera aproximación— a las soñadas aulas de la rue Bonaparte, se estrelle contra una ladera forestal del Oroel, en las estribaciones de la cordillera pirenaica.

No se trató, pues, de aquel par de ojos suplicantes —aunque ellos hubieran bastado—, sino de seis pupilas del mismo tamaño e idéntico color de miel, las que lo imploraron a la vez —sin mediar una palabra— que no las abandonara, que no se separara nunca más de ellas, y que renunciara no ya sólo a su regreso en el último autobús para alargar su permanencia en unas horas, sino a su definitivo trasplante geográfico para cursar unos estudios que tarde o temprano acabaría abandonando, y quedara por siempre a su lado para sentirse todas y cada una de ellas defendidas cerca de él, de una muerte que, caso de lograr su absoluta victoria sobre ellos, estaba también él obligado moralmente a compartir, aceptándola resignado como la habían ya ellos aceptado para que el gene de los Gentile no pudiera volver nunca a fructificar en vientre alguno de mujer y el ligúrico apellido quedara borrado a sangre y fuego de la faz de una tierra a la que no debiera haber arribado jamás.

No se ha dejado seducir por su canto de sirena, que en el fondo lo fascinara y que, durante unos instantes estuviera a punto de convencerle de que era imprescindible firmar ante ellos, sobre un pliego de papel *ingres* de los utilizados por su hermano Augusto (para dibujar peces, toros de lidia, gitanas, segadores, palomas, mendigos, campanarios, garrochistas, toreros, el perfil macilento de Beatriz y las manos marfileñas de su madre, un ramo de jazmines, un helecho, una flor, un búcaro de Trajana) con una pluma de pavo real mojada en su propia sangre, la renuncia a la vida y quedar en adelante voluntariamente prisionero de aquella casa y entregarse a ella en holocausto. Fue más fuerte que ellos, se aferró tan frenéticamente a una vida —que minutos antes estuviera dispuesto a sacrificar— que ellos comprendieron que no tenían ningún poder —ni ningún derecho— sobre él al que le resultaba imposible compartir su muerte si antes no había compartido también su vida, sus juegos, sus afanes, sus alegrías y sus tristezas, sus ternuras y sus amores; que no conocía siquiera las reglas de comportamiento frente a una intimidad fraterna que le era ajena y el dulce calor materno del que jamás había gozado, ni ninguno de ellos fueran antes capaces de ofrecerle —esas miradas por las que él durante tantos años había suspirado ser flechado— y que ahora le clavaban al tratarle a lo largo de tantos años como un desertor. Huyó despavorido. Escapó como un poseso sin despedirse, sin decirles siquiera adiós, para hundirse en las sombra de la noche que ahora cruza, como un ciego, acuchillado por las reconminaciones y los arrepentimientos (tras, tras, tras) dejando ya a su espalda el paseo orillado de acacias, las últimas —las primeras— luces del lugar, las huertas festoneadas de moreras, la cruz del Humilladero y las copas de los cipreses del minúsculo cementerio con su verja entreabierta a la libertad nocturna de sus moradores donde se hallan enterrados los destrozados restos de su tío Florencio y debieran encontrarse también los cadáveres de sus abuelos maternos que, no obstante, su mutuo deseo —en lo único en que estuvieran los dos por una vez de acuerdo— de ser inhumados al lado de su hijo, reposan, cada uno por su lado, en una fosa anónima del camposanto de la Ciudad Fluvial.

Ante él se abre ya la legua y media larga de serpenteante asfalto remendado de supurantes y rasposos parches de alquitrán y gravilla —que sólo la planta de sus pies, sobre las finas suelas de su calzado ciudadano advierte— a lo largo de la cual —exceptuando una pareja Benemérita de *correría* nocturna o el boyero de un carro agrícola que transita a deshora, con un fanal de aceite encendido a la altura del yugo de sus bueyes parsimoniosos— no hallará un solo ser humano. Calcula que en poco más de tres cuartos de hora

—de continuar su marcha a buen paso— habrá recorrido la mitad de su camino y podrá hacer alto para tomar —de encontrarse aún abierta— un café (infusión de achicoria colada sobre un vaso de cristal pringoso desde una cazoletilla de hojalata) en la única venta-albergue de peones agrícolas de temporada, de arrieros de borriquillos que transportan día y noche en sus serones de esparto el amarillo, el taurino albero desde una cantera de los collados hasta el muelle del apeadero ferroviario, y de pastores, a sueldo, de puntas de borregas que ramonean hasta el alba los dorados cañizales de los barbechos blancos. Café que descalofriará sus terrores y le dará ánimo para, prosiguiendo una familiar ruta —tantas veces recorrida sobre una motocicleta *Torrot* por su padre— que le llevará, en poco más de otra hora, a la terminal rural del tranvía urbano, único enlace posible para poder pasar su postrera noche —en la que no cabrá ni unas horas de sueño que está seguro no podrá siquiera conciliar— en su cama con respaldo de palillería (columnas, perinolas, estallantes rosetas, el edredón de plumas) que preside un grabado mariano (*¡...eso nunca lo haré, Madre querida, eso nunca, nunca lo haré!*).

Tras, tras, tras. Tras, tras, tras. Y, a continuación, a una veintena de metros a sus espaldas, tras, tras, tras; tras, tras, tras, el eco de sus pasos, porque, ¿qué otra cosa sino su eco puede ser? El eco, solamente *ella,* Eco (Hija de la Tierra y los Aires, joven ninfa de la corte de Hera, su juglaresa cuando el veleidoso Júpiter le era infiel. Dulce Eco, castigada a no pronunciar jamás ni una palabra sin ser previamente interrogada; enamorada Eco, repudiada finalmente por Narciso, huyendo desolada a lo más profundo de los bosques, reducida su imagen a la voz).

Pero no, no puede ser *ella,* y la trasmutación mitológica de sexo, que ha admitido deliberadamente consciente, *ella* (¿quién no, sino Beatriz?)

hace que le corra un escalofrío por el esternón imaginando que es *ella*, sólo *ella*, la que camina pegada a su sombra —que no tiene lugar— duplicando sus pasos. No, no se trata de eso; alguien, sin duda, un ente corporal, un ignorado caminante interesado como él en llegar esta misma noche a la ciudad, en cuanto, a intervalos, los tiempos y el ritmo de los cuatro tacones no coinciden, de manera que, incluso habiéndose detenido (sin atreverse, por supuesto, a volver la cabeza) los otros imprecisos golpes de suela sobre el asfalto —más suaves, menos estridentes, casi femeninos— continúan acercándose a él, sin llegar a alcanzarlo, no obstante, nunca. ¡Tras, tras, tras! (traas-traas-traas). ¡Tras, tras! (traaas). ¡Tras-tras! (traas-traas-traas). Un nudo en la garganta, una nuez cerrándole la espita del corazón. Ciento treinta pulsaciones por minuto. Está a punto de echar a correr; no se atreve porque intuye que, en el instante mismo de iniciar su carrera, puede desvanecerse, y resuelve respirar —tres, cuatro, cinco veces— profundamente por la nariz como le obligaban a hacer en sus aulas de párvulo para tranquilizar su excitación frente al encerado, incapaz de expresar gráficamente una letra cualquiera del alfabeto que, sin embargo, conocía perfectamente y se le escapaba huyendo como una ardilla de su memoria. ¡Tras-tras-tras! (traas-traas). De pronto, inesperadamente —como en sueño— un leve resplandor frente a él, un levísimo relámpago amarillo: luz de carburo, quinqué, fulgor de mecha de petróleo acaso, pero luz al fin. ¡Luz, luz! Su corazón empieza a bombear la sangre a un ritmo más preciso. Engurruña los ojos para dilatar aún más sus pupilas, y poder luego rasgar mejor la oscuridad. No, no se ha equivocado. A un centenar de pasos —que resultarán ser casi quinientos metros— se recorta, a su derecha, la silueta desvaída (y el olor de carozo de su campana da fe pronto de su corporeidad), que la microscópica cortina de rocío nocturno hace aún más imprecisa, de la venta arriera y pastora abierta aún a los insólitos peregrinos de la noche.

Un velón de aceite quema lenta y chisporreante sus pabilos colgado de la viga maestra, sobre la vertical del encharcado mostrador. Cuando cruza por fin el umbral, tras arrollar a un lado la cortina de mohosos alambrillos y escurridizos cilindros de madera, gusanos casi, larvas —que huele a estiércol, a merina, a altramuces y a vino agrio— el ritmo de su corazón se regulariza en los enclaves de su pulso, y un sudor frío y ácido comienza a pelarle las sienes y la embocadura de los labios. Todo ha quedado fuera, como un mal sueño. Da las buenas noches a la ventera (cuya imagen de lejanas tardes que se pierden en los años mantiene aún nítida en su memoria: siete, nueve, once, frente a la misma esfinge; ¿una *panne*, un respiro, una cerveza, las simples ganas de su padre de abandonar el volante y sentarse a fumar un cigarrillo bajo el porche, al lado de la parra?) que dormita con un gato negro en su regazo, sentada ante el brasero, y solicita luego de ella, maquinalmente, el anhelado café, con leche, si es posible.

No contesta a su saludo, no da la bienvenida; se limita a levantarse, y, mientras su mascota felina con los pelos erizados alcanza de un salto el bastidor de la ventana entreabierta para escapar al corral y perderse en las espesas sombras exteriores, dispone perezosamente dos vasos, coronados por sus cazoletillas cargadas de achicoria, sobre la rugosa superficie ondulada del mostrador y se dirige luego al rescoldo de la lumbre de la cocina donde hierve quedamente el agua dentro de una desconchada cafetera esmaltada en azul.

No puede evitar un gesto de fastidio (que es más bien de arrogancia, de orgullo y de desprecio ante las torpezas del prójimo) a la vista de los dos servicios dispuestos ante él y cuidadosamente alineados en una equívoca y chocante posición que le obligan a pensar que ambos platillos, ambas cucharas, ambos vasos le corresponden. Pero no hay en sus palabras ni siquiera una leve sombra de sospecha, sino más bien de simple enojo —como si un *maître* le hubiera servido a la vez dos platos de sopa o dos tazas de consomé— cuando advierte a la *esfinge* de su error, del que ella se disculpa entre divertida y asombrada: Pues hubiera jurado que venía usted acompañado, que traía colgada del brazo una linda damisela. Por eso, pensé que también ella... ¿Qué le pasa? ¡Conteste! Se ha quedado sin aliento. ¡Diga qué le sucede!

»Rafael Molina Sánchez —*Lagartijo*—, Delia, nació en Córdoba el 27 de noviembre de 1841 y fue bautizado en la iglesia de Santa Marina, la misma románico-gótica-mudéjar parroquia que lo auxiliara con los postreros óleos cincuenta y nueve años más tarde, una asfixiante y encalmada madrugada de agosto del nuevo siglo. *Lagartijo*, Delia, fue un matador grave y florido a la par, sobrio, flexible, afiligranado y cauto. Inventor del *paso atrás* en el instante de la suerte suprema y para hacer menos perceptible el cuarteo, Rafael Molina daba graciosamente al brazo derecho un giro intuitivo e inimitable, dejando colgada una media estocada mortal —cuando lo era— que ha pasado a la historia con el nombre de *lagartijera*. A *Lagartijo*, Delia, le debe también la afición la *larga cordobesa*, que tanta perplejidad y admiración produjese en el ilustre Cavia, el cual en uno de sus memoratísimos artículos de *Azote y Galera*, volviera a rebautizarlo —*para asombro de los siglos venideros*, como si bien no lo hubieran hecho ya, primero el párroco de Santa Marina y, más tarde, su apoderado a la hora de darle nombre artístico—, con la sonora apelación de *El Califa*; hipérbole imperdonable en cuanto Abderramán I, nieto de Hixen, llamado *El Justo*, e indirecto culpable de la muerte de Roldán en Roncesvalles, se distinguió no sólo por sus realizaciones arquitectónicas mandando alzar mezquitas, palacios, baños públicos y ordenando el trazado de orientales jardines, sino por la roturación de las dehesas ribereñas del Guadajor y del Genil, donde pastaban libremente los legendarios toros ibéricos, masacrados antes, cual bisontes, para sanear los insolubles predios.

»Rafael Molina Sánchez, Delia, se cortó la coleta en la antigua plaza de Madrid el 1 de junio de 1893, tras haber lidiado seis toros de don Julio Laffite (antes Herederos de don José Lizaso —divisa verde y blanca—

uno de cuyos tatarabuelos —*Melenito,* retinto— el 26 de octubre de 1892, causara la muerte del diestro Manuel Parra, suceso que impresionara tanto a su majestad católica Fernando VII, *el Deseado,* que asistía a la corrida, que fundó y reglamentó sólo unos meses más tarde la Escuela Taurina de Sevilla) precisamente frente a uno de los cuales, *Morriones, capuchino* y *chorreado,* y, en suerte de capa, me llega el testimonio ya desvaído (sobre el chinero, a la izquierda del sofá —entreabierta la ventana para sentirme dulcemente enervado con el perfume de azahar del huerto de naranjos, encendido a media llama el reverbero, el mismo: florecillas azules sobre el cristal nevado— y a la derecha del viejo sillón *voltaire* donde *ella* expirara) y enmarcado con un dorado listón, de una estampa iluminada (ya por entonces marchita, pudriéndose en el desván donde agonizaban los gatos y dormían las domésticas, el desván de los óleos resecos y de los maniquíes, de las apolilladas partituras, los viejos sombreros y los empolvados vestidos tachonados de lentejuelas de la casa del patio de las ranitas vidriadas) de *La Lidia*.

»Sí, Delia, aquí me tienes ya, gozoso peregrino frente a la *piedra negra* de mi Meca, en el mismo recinto del *Haram*. Humedad, líquenes, microscópicos hongos tapizando la fosilizada mesa de sanantonio, las mecedoras distorsionadas en pulpos, los desintegrados lechos, los armarios de lunas ya empañadas —sus azogues transformados en nácares. Arácnidos, partos de ratas (habidos en los colchones estallados), refugio de gatos y lechuzas, topos, cornejas y nidos de palomas colgados de las vigas donde el bermellón, color de las antiguas jambas, los burladeros y los viejos zócalos, ha matrimoniado ya canónicamente con el yeso de los morteros.

»Aquí me tienes sí, sentado en el sofá de pana ajada (ya sin canales, sin flecos y sin pespuntes —que huele a momia, a pergamino, a enfolio de incunable, a limón agrio, a ortigas y alas de murciélagos— tras haber dejado colgado en el espárrago del vestíbulo —donde a mi llegada una colonia de pumas afilaba sus uñas en la estera florecida de lilas y de geranios— mi sombrero *stetson*— antes de aflojar mi cinturón —un punto sólo en la hebilla para no desnivelar el peso de mis revólveres con los digitales de los gatillos cuidadosamente limados—, de desprenderme de mis espuelas de estrella, de descalzarme de mis botas y liberarme de mis guantes de piel de perro), desmadejado, somnoliento, inmerso en la penumbra anaranjada de la luz de la tulipa del reverbero, contemplando asombrado no ya la destrucción consumada, sino sus residuos, como los de un naufragio que hubieran arribado a una orilla marítima tras años de singladura, navegantes fantasmas flotando a la deriva por todos los mares del mundo: estores enmohecidos, carcomidas persianas, espejos lagrimeantes, reventadas gavetas, metales oxidados, pantallas agusanadas.

»Sin embargo, aquí están, a mi alrededor se encuentran, como centinelas de Pompeya, tal como los dejara mi hermano Augusto, que resistiera, atrincherado en este recinto durante años, su soledad que yo no supe consolar nunca, si no con una —imposible— visita, para la que me hubiera obligado a cruzar medio mundo, al menos con unas cartas —que nunca tampoco recibiera— o unas simples líneas, escritas al reverso de una tarjeta postal, en las que hablara de mi amor por él y por todo lo que él —como superviviente de los míos— para mí representaba. ¡Sí, Delia, de mi amor por él! Pero yo no podía escribir una palabra que no me habían enseñado, unas sílabas que sonaban demasiado grandilocuentes e incluso desprovistas de sentido.

»Es ya noche cerrada, Delia. Durante el día la luz entra a raudales por esta ventanita bajera ante la que me encuentro sentado de espalda. En estío el sol eleva tanto la temperatura de su herraje que su simple contacto hace que se levanten ampollas en las yemas de los dedos, pero estamos en primavera, y la luna cuelga su luz cándida y antigua de los viñedos, del huerto de naranjos y del olivar, donde comienzan a ulular los búhos y las mochas y hacen noche los estorninos migratorios para amanecer con las primeras luces del alba y buscar el Norte, guiadas por la serpiente del curso maestro del río.

»Ha llegado la hora de la reflexión, Delia —tantas veces demorada— la hora de cerrar el balance, el instante fatal que fuera —tan estúpidamente— capaz de alargar y alargar y alargar y alargar y alargar y alargar y alargar y alargar por espacio de casi un cuarto de siglo; el momento, Delia, de despojarme del antifaz veneciano —de goldoniana seda— y poner punto final a la farsa de *clown* —consciente de su papel— decidido a encomendar su destino, tras desenfundar sus revólveres, a la suerte de la ruleta rusa.

SABADO, DIECISÉIS DE OCTUBRE DE MIL NOVECIENTOS DOCE. Así y de manera que cuando Don Antonio —con sus fondillos colgantes y las cenizas del cigarrillo apagado cayéndole en cascada por las solapas— se le acerca, él se encuentra demasiado abstraído en su trabajo de robar a los dedos de su mano siniestra (con la que desde niño dibuja —a pesar de las inútiles reconvenciones de Estrella— y con la que continuará haciéndolo hasta su muerte —carbonizado un mediodía de marzo de 1919 entre los restos humeantes de un cuatrimotor *Superconstellation* en la falda del Oroel: pinos, abetos, grises canchales, margaritas azules, lirios blancos, la *flor del Amor y de la Luna,* torrentes de agua límpida escurriéndose hasta el cauce del Gállego) una postrera línea de grafito con la que redondear el perfil de lobo de Don Miguel, sentado en un velador junto a Pablo Ruíz y Valeriano Bécquer, Ramón Valle, los hermanos Baroja y Blas de Otero.

Se disculpa de su abstracción con un gesto inconfundible de alada mano genovesa, y el poeta asiente y espera sonriendo para pedirle que lo acompañe a que un último y definitivo trazo acentúe y ennoblezca el contorno de la barba y que firme luego —ya con la diestra— el dibujo, 30 por 15 (Augusto Gentile, Otoño de 1912), sobre el ángulo inferior derecho del granulado papel *Ingres,* sujeto por cuatro chinchetas al cartapacio de cartón francés, hule y cintas rojas de algodón.

En el *tablao* canta Chacón. El aire se espesa de humo de *Marías Guerreros,* de picaduras de Gibraltar, de vapores de ron de Santiago, de ginebra holandesa y de anís del Mono. Sólo Pedro Domecq, sentado en el fondo en un sofá de peluche, fuera de los haces de luz del arco voltaico que ilumina el *saloon,* paladea una copa de *brandy Tres Cepas.*

Una niebla plateada —de *filme* de René Clair— distorsiona la dimensión real de todos los objetos *que no están* y de la mayoría de los que están: carteles taurinos, mantones de Manila, capotes de paseo, mantillas de encaje, camisas rizadas, castañuelas, *quevedos,* impertinentes, gemelos de teatro, facas, navajas, barómetros, fanales de galeones corsarios, y las levitas y los entorchados de los fantasmas de los guardiamarinas alemanes que arribaran esta tarde al puerto malagueño y entraron a primera hora de la noche en el Café de Chinitas a beber un vaso de zarzaparrilla, saludar al hermano de Paquiro y ver bailar a *la Macarrona.*

Alberto Gentile introduce el dibujo en la carpeta, se la coloca bajo un brazo, y sigue los medrosos, los inseguros, los discretos pasos de Don Antonio hasta que ambos alcanzan el mostrador de madera de ácana en el instante mismo en que el *cantaor* pone punto final a su lamento (que hiciera tintinear el cristal de todos los vasos, el vidrio de todas las botellas, las lágrimas de todas las arañas, el azogue de todos los espejos y los cobres de todas las chocolateras) de ruiseñor ya herido, y el juglar de Fuente Vaqueros, con los ojos alucinados de jazmines y estaño —rodeado de Altolaguirre, Celaya, Cernuda y Alberti— solicita urgentemente un tubo de aspirinas antes de prestidigitar la pluma-fuente del bolsillo del dormán de corresponsal de guerra *(Daily Telegraph)* de Pedro Salinas para transformarla en una alondra.

Todos están esperando que les hagas un retrato —dice al joven Augusto Don Antonio— les entusiasman los que pintaste de Pedro Romero y de *Cúchares*, de Guillén, de Juan Ramón y de *Chicuelo*...

CORO DE LOS POETAS

Música del Padre Soler

(Don Antonio Machado guarda silencio)

...y de Dámaso
y de Miguel Hernández
y de Rosales.

Y de Buñuel
y de *La Niña de la Puebla*
Y de Pepe-Illo.

Y de *Joselito*
y de Domenchina
y de Aleixandre.

Y de Antonio Ordóñez
y de Gerardo
y de Prados.

Y de Max Aub
y de Manuel Rodríguez
y de Espriu.

Y de Fernando de Rojas
y de Luis Martín Santos
y de Joan Manuel Serrat.

¡Y de don Manuel de Falla!

ORATORIO

Todo amor es fantasía;
él inventa el año, el día,
la hora y su melodía;
inventa el amante y, más,
la amada... No prueba nada,
contra el amor, que la amada
no haya existido jamás.

ANTONIO MACHADO

Yes because he never did a thing like that before (1) y para mí hubiera resultado entonces sorprendente pensar que casi treinta años más tarde él sería capaz de inventar esta disparatada historia y que mi nombre y mi piel continuarían aún incrustados en sus recuerdos y clavados como una maldición a su memoria habiéndome visto apenas media docena de veces y no cruzado jamás conmigo ni una sola palabra no porque yo lo rechazara cuando ambos coincidíamos en la pista de patinaje en el lago o en el velódromo juvenil del parque de la Infanta sino en razón supongo de su timidez idéntica a la de su hermana Beatriz más que amiga melancólica compañera de curso siempre ensimismada y ausente por lo que tampoco la hubiese nunca creído dotada de la suficiente imaginación para ofrecerle a él a través de la imagen que pudiera ella forjarse de mí otra

(1) *Sí porque él nunca había hecho una cosa así antes,* James Joyce, *Ulysses,* Monólogo de Mary Bloom.

cosa que mi incapacidad para sentirme segura de mí misma no sólo durante aquellas tardes de jueves y aquellas mañanas de domingo en los jardines de *María Luisa* sino en el transcurso de aquellas otras monótonas horas de clase que pasaba oteando el trozo de cielo que podían abarcar mis ojos tras los cristales del balcón y la acacia gigante y el tramo de calle por donde discurrían los perros famélicos y los vagabundos y los soldados de la guarnición y por donde rodaban los simones y las bicicletas y los carros agrícolas y en el cual los estudiantes del último curso del cercano instituto de Enseñanza Media esperaban impacientes nuestra salida al atardecer sólo para vernos las más de las veces sin atreverse a acercar a ninguna de nosotras que éramos recogidas y custodiadas por nuestras diligentes criadas o nuestros uniformados mecánicos cuya misión se reducía exactamente a eso en cuanto la falta de combustible estrictamente racionado por aquellos años obligaba a los ancianos y renqueantes automóviles a permanecer enmoheciéndose en los garajes de nuestras casas con sus patios llenos de aspidistras y de hortensias sus fuentes cantarinas y sus jazmineros reptantes por las columnas de los cenadores y donde permanecíamos enclaustradas soñando en los azahares de los ramilletes de novia idénticos por otro lado al que mi hija aprieta ahora temblorosamente sobre su pecho subiendo del brazo de su padre las gradas del altar mayor presidido por el barroco y dorado retablo del *Entierro de Cristo* mientras el órgano desgrana dulcemente las notas de una *Inglesa* de Bach en la capilla del Hospital de la Caridad fundado por el Venerable Siervo de Dios Miguel de Mañara Vicentelo de Leca cuyos ocho rosales por él sembrados en recuerdo de las ocho doncellas enamoradas que a él entregaron las primicias de su amor continúan floreciendo cada primavera en el recoleto patizuelo del hospital por él erigido para asilo de ancianos inválidos y enfermos y como penitencia de su desordenada vida hace trescientos años a orillas del caudaloso río que parte en dos la ciudad siempre fiel al Rey Sapiente a los pies de cuya estatua en la Plaza Mayor aún revolotean las palomas albas como aquellos soñados velos de novia o de novicias de nuestra lejana pubertad que a él se le ha ocurrido rememorar como si no hubieran transcurrido casi treinta años y las efemérides reales o imaginarias pudieran significar ya algo para una solitaria y destronada mujer a la que no se le permite siquiera asistir oficialmente a la ceremonia del casamiento de su propia hija y que se ve obligada a permanecer durante sus nupcias oculta en el fondo oscuro de la misma iglesia en la cual contrajera también matrimonio una mañanita de marzo con un maestrante de la Real de Caballería primogénito de un caballero cubierto ante el Rey a la misma edad en que Beatriz fuera enterrada en un panteón del camposanto ciudadano sin haber conocido ni una sola caricia ni recibido aún ni siquiera un beso de amor de cualquiera de aquellos enredadores y tímidos adolescentes que jamás se atrevieran a acercarse a ninguna de nosotras enfundadas en nuestros uniformes azules manchados de yeso de encerado y salpicados de lágrimas y uncidos de avemarías y recamados de atriciones y sudorosos de axilas y temblorosos de veniales rencores como los que sin saberlo ninguna de las dos a Beatriz y a mí nos separaban a pesar de distanciarnos sólo la anchura de dos pupitres en el aula del colegio de las *Irlandesas* lo cual no presuponía que una u otra dejáramos de interesarnos por nuestros mutuos problemas ni que no deseáramos ambas quedar enlazadas por una verdadera amistad pese a que no llegáramos a pasar de un leve saludo cuando nos encontrábamos en la calle e incluso yo supiera que aquel desgarbado rapaz que nunca se atreviera a abordarme era uno de sus dos hermanos que tras la tragedia familiar que asolara a los Gentile viviría aún al cabo de veintinueve años para imaginar una historia amorosa alrededor de una desdichada y envejecida Delia que al fondo de una iglesia en penumbra y situada estratégicamente entre el lienzo *El Triunfo de la Muerte* y el del *Fin de las Glorias del Mundo* donde las casullas y las capas pluviales y las calaveras y los féretros y los candelabros y la justicia de una balanza y los cuerpos yacentes amortajados de cardenales y caballeros y las guirnaldas y los brocados y los cetros y las coronas y los terciopelos y los cayados arzobispales y las lechuzas y los libros de la Sabiduría se eternizan en una meditación de bermellones y azules y cúpricos verdes y violetas y blancos y carmines mientras se cruzan las alianzas de platino idénticas a las que tú mi fiel amador deseabas haber cruzado también por lo visto conmigo un día sin yo ni siquiera saberlo lo cual naturalmente no hubiera cambiado en absoluto nada por supuesto desde el instante en que tantas cosas además de nuestra mutua juventud nos separaban estando yo por otro lado predestinada para que gracias a las frustraciones que por mi culpa sufriste pudieras algún día como has hecho escribir sobre mí una imaginaria historia que ciertamente me hubiera gustado quizás haber vivido como le gustaría vivirla si por desgracia no la ha vivido ya a mi propia hija que escucha ahora trémula la plática sacerdotal tras las palabras del Apóstol con la misma candidez que yo la escuchara aquel dieciséis de marzo ahí en ese mismo presbiterio en que te encuentras con los ojos humedecidos porque eres al fin mujer y lloras de alegría como yo lloro también de tristeza imaginando cuál será tu vida tan paralela en el transcurso de los años seguramente a la mía oh hija que aunque hayas llegado al altar sin los virginales azahares con los que yo fuera crees en estos momentos haberlos recuperado pequeña mía de la que me separaron para que no pudiera infundirte ese espíritu de rebeldía que sin conocerme supiera captar tan bien el improvisado biógrafo de mi vida urdiendo una historia que bien pudiera haber realmente sucedido de existir aquel huerto de naranjos y aquel altillo del club y aquel viejo aeródromo y de ser ciertas nuestras excursiones a las *Ruinas* y nuestro posterior encuentro ya casada con el gentil caballero que ciertamente no me hubiera prohibido ninguna de mis aventuras galantes siempre y cuando mi discreción hubiera estado a la altura de mis apasionamientos lo cual no pude conseguir nunca noble anciano que en la flor de mi edad compraste mi cuerpo e intentaste comprar también mi alma por treinta monedas oh sucio mercader que me arrojaras de tu lado por no seguir al pie de la letra los sabios consejos de la no por irreal menos patética y adorable Laura que hubieran sin duda hecho florecer rosas en nuestros corazones donde sólo se encontraban espinas y ramilletes de jazmines en los decimonónicos tirabuzones de nuestros cabellos aceitados de victorianas trementinas sucios mercaderes agrícolas culpables no sólo de mi desdicha sino de la que a la larga afligirá a mi hija y continúa afligiendo a la ciudad vieja meretriz vendida una vez más a los mejores postores por los irredentos patricios dormidos en sueños de ancianas glorias periclitadas que no fueran capaces de desprenderse aún de los antifaces de su orgullo de repintados blasones y caireles y catavinos y utreros y túnicas nazarenas y ruletas y alberos y rejones en el agua gris y zahones y del honor del bidé y de la media verónica y de los lienzos en los que creían inmortalizarse y de la falsa alegría de las tientas y de las romeras peregrinaciones al santuario de Afrodita que es lo único que os sigue interesando verdaderamente pese a los engañosos cambios a los que decís haberos doblegado y que no significan otra cosa que el desmantelamiento de nuestros palacios de nuestros jardines de nuestros conventos y de nuestras iglesias y el cercenamiento de nuestro río que viera arribar los galeones cargados de metales preciosos y que terminarían engrosando las arcas de los duques de Milán y de los *Dux* de Venecia y de los rectores de las manufacturas de Brujas y de Amberes que habéis frívolamente aceptado para ofrecer una falsa apariencia de vitalidad a medio millón de seres incapaces biológicamente de oponerse a vuestras honorables miserias engolados corsarios ridículos fantasmas que supervivís sólo gracias a la desidia y a la vieja sabiduría de los que os dejan hacer mientras no les quitéis el sol invisible protagonista de las historias que mi fiel amador ha imaginado alrededor de una niña ya pobre mujer que sólo espera ver bajar a su hija del altar para hundirse de nuevo en el olvido y que difícilmente se mantiene ebria sí yo también como tú acabarás también estándolo al cabo de veinte años de agonía al lado de un melifluo espectro grandilocuente y vacuo impenitente don Juan de pacotilla incapaz de satisfacer los deseos de una perra de pura raza razonablemente salida consecuente con su clase y su estilo de vida pero también con su ineludible necesidad de amor sí necesidad de amor y ahora aún tú no lo puedes comprender oh hija mía que abandonas a los inevitables acordes de una marcha nupcial la escalera alfombrada de terciopelo rojo del presbiterio para caminar del brazo de un Caballero de Calatrava con su inmaculada capa y sus botas de charol y su abotonado uniforme y su casco de pluma y sus guantes de cabritilla en la siniestra mano y su pintoresca arrogancia al que acabas de vincular tu vida que esperamos sea lo suficientemente complaciente en la misma medida en que tú debieras ser discreta para lograr no la siempre imposible felicidad sino la difícil convivencia de los ramos de azucenas y de lirios con las mortajas y sin embargo ya sabes que es posible efectivamente aunque tan temprano se marchiten sus pétalos por su contacto con una muerte que a ti oh también mi aguerrido amador tanto te inquieta a lo largo de una historia sepulcral en la que solamente yo me salvo de los familiares panteones siempre viva pura y fragante al lado de tanta desolación oh amador mío qué más hubiera yo deseado que de veras hubieras podido reflejar mi desnudo adolescente en mi falso retrato concebido a partir de nuestra entrevista en aquel maravilloso e inexistente altillo del *club* donde ambos hiciéramos olímpicamente el amor por primera vez cuando fuéramos a buscar aquellas desaparecidas raquetas que allí dejara olvidadas la sin par Laura y que no llegáramos naturalmente a encontrar porque de sobra sabíamos que no habían existido nunca fuera de nuestra propia mente y de nuestra necesidad de acariciarnos no sólo en el naranjal ni en la *Casa de los Pájaros* de *Las Ruinas* aquel día que giramos nuestra inolvidable excursión en bicicleta para extasiarnos ante los cipreses los mosaicos romanos de la *Casa del Laberinto* y de la *Casa de Hylas* y la cabeza de Alejandro Magno y la estatua de Diana cazadora y el busto de Trajano oh amador qué enloquecida manera de besarnos hasta que nuestros labios sangraron aquella tarde yo vestida con una falda blanca y una blusita azul con el cupido celeste recogiendo mis cabellos castaños para que no los despeinara el viento que soplaba desde las crestas de la serranía lejana y barroca allí a lo lejos a nuestra derecha apenas un airón de nubes desgarradas sobre las estribaciones montañosas que cierran el costado izquierdo de la llanura por donde tú te fueras un día para no volver más a verme para abandonarme a mi infortunio y a mi soledad y a mi desventura sólo consolada con mis súbitas apariciones allí donde tú estuvieras en cualquier lugar donde te hallaras siempre cerca de ti pegada a ti como una lapa en las alcobas de los prostíbulos que frecuentaras y en los lechos de rosas de cualquier hembra con la que pretendieras hacer el amor novicia-institutriz-camarera-bailarina-conspiradora-diplomada cualquier mujer en suma lo que yo no podía consentir de forma alguna pensando que me habías olvidado y que jamás en fin volvería a dejar latir mi corazón contra el tuyo oh mi amor siempre también tu corazón cálido bajo mis mejillas y verte mientras tanto arrobado en la contemplación de mis manos de virgen dolorosa y escuchando el timbre de mi voz ahora ya cascada pero entonces dulce como la música de un caramillo griego oh hija mía sí así era mi voz que tú sólo reconocerías de seguir en tu cunita arrullada por mis besos maternales y no saliendo ahora como haces ya precipitadamente por la puerta de la sacristía para pasar ante los lienzos del maestro Miguel El Flamenco hacia el patio amarillo-Roma lleno de macetas de hortensias de aspidistras palmeras enanas y arrayanes y rodeado de añiles azulejos holandeses y donde se alzan las dos cantarinas fuentes coronadas por la florentina imaginería de los espejeantes mármoles convertidos por obra y gracia del artista en *La Caridad* y *La Misericordia* oh hija algo que yo tanto necesito y que nadie es capaz de ofrecerme ni tú siquiera aunque me hubieses reconocido agazapada como una rata en la oscuridad de la iglesia viéndote cruzar bajo la jamba de la encerada puerta de roble presidida por el FINIS GLORIAE MUNDI serpenteante en raso junto al féretro en la cripta del pudridero del lienzo de Valdés Leal oh tú hija mía recogiéndote la larga falda de moaré de seda de tu vestido de novia ayudada por el bizarro gentilhombre al que has unido tu suerte como yo debiera haber unido la mía a la de mi amador con el que no llegara a cruzar ni una palabra ni un beso ni un adiós durante aquellas tardes otoñales y melancólicas mientras remábamos en el lago nos deslizamos sobre el asfalto rozando los parterres de dalias y de crisantemos de la rotonda jinetes de nuestras bicicletas o de nuestros patines oh Dios mío casi treinta años desde aquellos días cuya sola evocación hace que se me ericen los vellos de la piel oh no aquellas pelusas de albaricoque sino estas ratoneras y que todo mi ser se contraiga penosamente en una mueca artrítica que solamente el alcohol Dios es capaz de aliviar y que vuelvo a necesitar de nuevo y terminaré por encontrar no en tu banquete de boda sino en cualquier solitaria y oscura taberna de Trajana para sentirme a continuación lo suficientemente lúcida para poder seguir conversando con vosotros dos oh mis hijos tú y él él también hijo al que pudiera amamantar en mis marchitos pechos única forma de exorcisar definitivamente de su vida los fantasmas que implacablemente te persiguen aunque ya sé que es tarde para empezar de nuevo con treinta años de retraso porque quizá de haberte realmente conocido entonces *yo te hubiera rodeado con mis brazos sí y atraído hacia mí sí y podrías haber sentido mis senos todo perfume sí mi corazón hubiera latido como loco y hubiese dicho sí yo quiero sí* (1).

Berlín E, Madrid y Valencina del Alcor
Julio de 1969, Agosto de 1972

FIN

(1) *Nota del editor:* El autor se ha limitado a traducir —cambiando el tiempo de los verbos— las cuatro últimas líneas del monólogo de Mary Bloom (James Joyce, *Ulysses*) cuyo texto en el original inglés es: «...*I put my arms around him yes and drew him down to me so he could feel my breasts all perfume yes and* ***his heart was going like mad and yes I said yes I will Yes.***

ÍNDICE